我當道士那些年

仐三 著

高寶書版集團

III 卷二一・江湖河海・湖之卷(中)

目錄

第五十九章　小村裡的老人

「臭小子，讓我看看，簡直是野豬一般的恢復能力。」承心哥說話間，故意拍了一下我的背，疼得我齜牙咧嘴了一下，對他怒目而視，說道：「什麼叫野豬一般的恢復能力？你倒是說清楚？能不能找個比較好的比喻？」

「抱歉，這個我做不到。」承心哥真誠的望著我，看得我一陣牙癢癢，恨不得馬上抽他一頓，而大家都在笑，包括一直靦腆得過分的陶柏，也低著頭笑。

我不知道該怎麼去形容我們這群人的沒心沒肺，承心哥和肖承乾及時回來，也就意味著我們馬上要出發去萬鬼之湖，他們難道真的不在意嗎？

其實，在這相對平靜的幾天，我的內心不見得是平靜的，我總有一種山雨欲來風滿樓的預感，有一種說不出來的沉甸甸的感覺，那感覺撐得我內心就像快要爆炸，可是我始終沒有辦法說出口，為的就是不要大家擔心。

可是這樣好嗎？承心哥在為我換藥，他帶來的某一種藥粉敷在傷口上，就有一種特別的效果，清涼而麻癢的感覺特別明顯，他在和我開玩笑，說這是真正版本的雲南白藥，是傳說中最強悍的金創藥，但我卻皺著眉頭，一直在思考這件事情。

我是感覺這次有事的，瞞著大家是不是不算負責，我內心又衝動在想，最危險的地方還是我一個人去吧，是不是又會被罵個人行動主義者？

窗外的天空有些陰霾，這個季節雖然炎熱，可是雨水總是很多，這樣的天氣是不是也意味著我們這次的行動不會太順利？我承認我此時的思緒有一些亂。

下午時分，我們退了房，終究還是出發去萬鬼之湖了，路山不知道從哪兒搞到一輛麵包車，倒是方便了我們這一次的行程。

在車上，承心哥交給我一瓶藥粉，他說是來不及配製成藥丸，藥粉的效果也是一樣，讓我每天一小勺，用溫水吞服。

藥粉的功效他沒用說，我打開瓶塞，就聞到了一股強烈的人參氣味，藥粉不多，這麼小一個瓷瓶，也只是裝了小半瓶，看來也吃不了幾次。

「能有這分量，已經可以偷笑了，這一次的行程我自己也感覺不是太好，希望這藥粉可以幫到你，那也是幫到我們了。」承心哥看著窗外，看似無意地說道，可是我能明白他的心情。

沒有多說什麼，我默默珍惜地倒了一些藥粉出來，用隨身攜帶的水杯裡的溫水吞服了，在那一刻，我沒有誇張自己的感受，只是藥粉入腹的瞬間，我就感覺到了靈魂的滋潤感，而且這種感受還是連綿不絕的。

我舒服得差點呻吟出來，內心卻是極佩服，醫字脈只要有合適的藥材，出手總是那麼不凡。

原本，那個小縣城是靠近萬鬼之湖的，按照我們原本的計畫，這一次的行程應該是到萬鬼之湖附近的一個小村莊落腳的，那是一個靠著湖的小村，村民多是一些靠湖吃湖的漁民，可是到如今卻有了改變，我們是要去另外一個地方了。

而那個地方就是靠近萬鬼之湖真正「鬧鬼之地」的一處地方，非常偏僻，周圍也沒有什麼村子，只是在四、五里之外，有一個小小的村子，聽說有些封閉。

畢竟萬鬼之湖占地是很大的，有的地方比較繁華，但有的地方偏偏也就比較偏僻。

「這樣的選擇也是無奈的，從現在的情況看，我們還是不要在湖裡待太久，在陸地上怕是要安全一些。所以，也就選擇了最靠近那個地方的地方……」路山攤開地圖在給承願解釋著，因為承願不太明白我們為什麼偏偏要選擇最危險的地方。

但我明白路山的意思，如果萬鬼之湖藏有什麼祕密，那應該也是在那個「鬧鬼」之地，如果我們按照原計劃在那個小漁村停留，那麼我們自己租船划去那個地方，怕是在水面上就要待很久的時間，按照路山的意思，其實無論是在水面或者水上我們都是相當危險的，至少對施法也是不利的！選個靠近的地方，至少我們不用在水面待很久，也可以及時的回到陸地。

因為行程的改變，加上有些路並不是太好走，到達目的地的時候已經是深夜的時分了。

在這裡就是最靠近那個地方的小村子了，我們半夜到來的時候，這個村莊已經是一片安靜，除了連綿的蟲鳴聲，就是偶爾傳來的一兩聲狗叫聲。

我下車來，伸了一個懶腰，舒展了一下身體，抬頭仰望天空，這裡的星空一片閃爍，這是多久都不曾在城市裡看過的風景了，讓我想起了我小時候的歲月，那時，在竹林小築所看過的朗朗星空和我生活過的那一片村子。

多麼令人懷念啊！

內心有些感慨，是我們的汽車聲，打破了這裡的一片安靜的鄉村之夜，我敏感地注意到由於我們的到來，村口已經有好幾戶人家亮起了燈……

「去那邊問問吧，那麼大一群人，總不能露宿野外吧，看看有沒有村民的家可以借住。」說話的是肖承乾，這小子一臉疲憊，看樣子是著急了想找一個地方好好洗個熱水澡，睡一覺，畢竟是才和承心哥回來，又趕著來到了這裡。

「就是，去問問看吧，實在不行，咱們就分兩地兒住。話說，這個村子晚上的霧還真重吶。」承心哥也在安排著。

慧根兒這小子就鬧著無論如何就是要和我還有如月住在一起，小時候的記憶是不可抹滅的，在那個時候，我是他的哥哥，如月是他的姐姐，那個時候我們還在荒村。

歲月的流逝總是讓人感慨啊。

我們的運氣不錯，遇見的第一戶人家就願意收留我們，而且房間也足夠了，兩間極大的臥房，算是解決了我們的需求，因為這家的情況有些特殊，就是一個老婦帶著一個孩子生活在這裡，孩子的父母在外面的城市打工，而孩子在很遠的地方讀書，一個月才回來一次。

老婦是一個善良而寡言的老人，看我們旅途疲憊，在答應收留我們以後，就急急趕去給我們燒了一大鍋熱水，肖承乾跟著老人去了廚房，硬塞給老人一千塊錢，倒是把老人嚇住了，她說她一輩子就沒有拿過那麼多的錢，拿著都不安心，臉紅地推卻，卻拗不過肖承乾。

承願因為常年照顧元懿大哥是極其能幹的，承真也因為多年跟著王師叔漂泊的生活，也是很能幹的。

在肖承乾和老人因為錢的事情推來推去的時候，她們已經挽起了袖子，去了廚房，說是買老人家的一些米麵菜肉什麼的，自己動手做一頓吃的，卻被老人一疊聲拒絕：「錢給得好多，再多給就不收留你們了。」

這讓我感慨，如今在鄉村還保留著這樣淳樸的人也已經是不多了。

承真和承願在忙碌，我們幾個大男人和如月（不能幹的代表）就在屋子裡休息著，和老人隨意聊著天，承清哥無意中就說起：「大娘，你們這裡晚上有點兒冷啊，這麼大的霧。」

老人就說道：「是啊，這晚上霧氣大，這晚上也不要亂走，就是咱們村子的特色，外鄉人是不知道的。咱們這些村子靠著湖，這些年聽說那些地方來湖上遊玩的人不少，好些村子都有錢了，可咱們這村子就不行，一來是偏僻，這二來嘛……」

我們面面相覷，按說有週邊保護大陣的存在，這裡的村子應該是沒有什麼問題的，難道這裡也是受了影響不成？

「二來是什麼啊？」肖承乾性子急，忍不住問了一句。

老人臉上露出一點兒猶豫的神色，然後才說道：「也沒什麼，就是咱們農村人避諱的規矩多，這裡又特別講規矩什麼的就是了。你們是來旅遊的嗎？」

老人竟然不動聲色的轉移了話題，讓我們又是一愣，承心哥反應比較快，說道：「是啊，就是來旅遊的，人多的地方我們不愛去，想著這邊是最清靜的不就來了嗎？」

老人搖搖頭說道：「這裡可不是旅遊的好地方啊，旅遊參觀什麼的，聽說是有專門的地方的，就像我以前也出過遠門，去過那什麼峨眉山，那裡也不是能漫山遍野亂走的，總是得沿著路走。你們不要貪什麼新鮮，住一晚上就走罷，到這片兒湖上來旅遊幹嘛呢？」

我們沉默了，我敏感地覺得這個老人和我想像的老人不一樣，覺得她言談之間不像沒見識的人，更不像沒文化的人，她應該是知道一些什麼的吧？

第六十章 驚魂之夜與村之謎（一）

我們沉默的當口，承真已經端著一盤菜進來了，冒著熱氣兒，就是農家地裡的蔬菜，聞著就有一股子清香的味道。

「你們說什麼呢？都洗手，準備吃飯了，一群懶貨。」承真斜了我們一眼，然後放下菜就出去了，我們肚子也的確餓了，就全部上了桌子，老人堅持不肯和我們同吃，她不吃夜宵，說不利於養生。

聽了這話，我表面沒有什麼，但是心中詫異，之前的想法更加確定，這個老人家怕不是簡單的孤寡老人這麼簡單的，可是畢竟從某種程度上來說，我們算是陌生人，別人的事情我又怎麼好多問？

菜是兩盤子醃魚，農家的臘肉炒了蒜苗、新鮮的炒蔬菜、拌黃瓜，外加一大盆酸筍鮮魚湯，配上噴香的米飯，我們一個個上了桌子都是狼吞虎嚥的，連話都顧不上說了。

老人看著我們吃了一陣子，就推說累了，要回房間去休息了，但進房間之前，像是不放心一般，又轉身對我們說：「晚上呢，就好好睡覺，無論遇見啥事兒，別亂走，磕著碰著就不好了。」

我原本吃得正香，忽然聽見老人這麼說，不由自主就愣了一下，是磕著碰著，還是另有隱情？我剛想問，老人已經進了房間關上了房門。

「承一，你咋看？」肖承乾端起碗，一碗湯喝得淅瀝呼嚕的，哪裡還有一點兒大少爺的優雅？旁邊承願笑他，他還不樂意，教育承願：「所謂優雅風度的最高境界，就是在什麼樣的地方幹什麼樣的事兒，就比如在這種環境下的優雅就是男人要大口吃飯，是一種男人味兒的優雅。」

「一肚子歪理，怪不得是來自不正當的組織。」承願哼了一聲，不理會肖承乾了。

肖大少爺也懶得理會她，一抹嘴，望著我說：「承一，問你呢，發啥呆？」

「你難道不清楚嗎？這老人可不是那麼簡單，你還非得問承一？」承心哥扶了扶眼鏡，一邊小聲地說道一邊鄙視的看了肖承乾一眼。

「廢話，不問他問誰去？我們還要在這村子裡搞幾艘船什麼的，還要住什麼的，現在別人的意思是趕我們走呢，唔……」肖承乾一激動，說話的聲音不由自主的就大了一些，然後就被在旁邊一直很沉默的承清哥捂住了嘴。

這肖大少爺，可惜他那陰柔俊美的長相，越接觸越覺得像一個土匪。

但肖承乾說的的確是一個問題，可是我有些累了，不知道為什麼這一晚我不想想這些問題，路山一邊夾菜一邊說道：「明天再說吧，這老太太是這態度，可不見得其他的村民是這態度。」

陶柏羞澀地笑笑，小心地夾了一塊魚肉給路山，說道：「山哥，快吃。你就是一定有辦法的。」

「我×，要不要這麼肉麻！陶柏，你可不是一丫頭，至於嗎？」肖承乾一掙脫了承清哥，又開始咋咋呼呼。

可是路山卻放下了筷子，輕輕地摸了摸陶柏的頭髮，認真地對我們說：「別這樣說他，這孩子其實是個苦孩子來著，我一直是像哥哥一樣照顧著他的。」

陶柏把頭低得更低了一些，連夾菜都有些畏畏縮縮的了，我看了陶柏一眼，然後夾了一大筷子臘肉給他，說道：「快吃！」心裡卻在想莫非這陶柏也有什麼祕密？我又不禁想起他那有些驚人的怪力了。

一頓飯就這樣吃完了，我們幾個沒做飯的負責收拾完碗筷，夜就已經很深了。

沒人還有太多的精神說什麼，簡單地分配了一下房間，我們就各自睡去了，我打的地鋪，慧根兒睡在我的身邊，這小子還是老樣子，一沾著枕頭就睡著了，而我抽了一枝菸，猶豫了很久，才有些躊躇地睡下。

是的，我有些抗拒，我怕又做那個怪夢，可是到底是抵不住這幾天累積的疲勞，胡思亂想了幾分鐘，我竟然也在不知不覺當中沉沉睡著。

山村的夜晚安靜，空間中也帶著湖邊人間特有的一股水氣兒，將人溫柔包圍，房間裡很快只剩下此起彼伏的呼吸聲和打鼾聲。

在迷迷糊糊之間，我好像很清楚自己沒有做夢，沒有再次看見那個黑白色的大院子，聽見那聲聲呼喚我「陳諾，陳諾」的聲音。

我陷入了一種奇怪的滿足，但不知道為什麼，在這充滿了霧氣的小村中，夜晚總是那麼的涼，我睡著睡著就起了一身的雞皮疙瘩。

這是初夏啊，所以我們也沒有特別準備什麼被子，都是一床毯子搭著兩個人就睡了。

太冷了，太冷了，我在迷迷糊糊之中也沒有去思考為什麼會這麼冷，下意識地去扯毯子，卻發現慧根兒這小子把毯子裹得那麼緊，扯不動！可是卻把我扯清醒了……

遠處傳來了狗叫聲，但很快就不叫了，傳來一陣咽咽嗚嗚類似於哭泣般的嘶鳴以後，就再次安靜了下來。

師傅在小時候，也總愛和我講一些民間流傳的說法，就比如說半夜特別厲害的狗叫有時不能說明什麼，但是這其中有幾樣講究，如果是這幾樣情況，那麼做為一個道士就應該探究了。其中一條我記得就是狗一開始叫得特別厲害，可是叫幾聲之後發出了被打一樣的咽唔聲兒，接著就安靜了，那麼就是看見什麼厲害的傢伙了。

是這樣嗎？我冷得睡不著，一下子坐了起來，人也瞬間清醒了，開始思考起這個問題，不過卻沒太多害怕的感覺，只因為這裡靠近萬鬼之湖，而且是靠近那個地方，要沒鬼物遊蕩倒是奇怪的事兒了，而一般的冤魂厲鬼我不是特別在意，畢竟我還是一個道士，只是難為這裡的人們竟然也奇怪地適應了這裡的環境。

這裡的人們？想起那個老太太，我的心思就複雜了，如果這裡的人們都如這個老太太一般，那又說明了什麼？這個村子……

「吱呀，吱呀……哐哐」幾聲莫名的響動，打斷了我的思路，我一抬頭，看見了原來是夜風吹動了窗戶，發出的聲音，或許是因為夜深，外面的霧氣更濃了，從開著的窗戶可以看見濃濃的霧氣往屋子湧，然後飄蕩開來的場景，跟幻覺似的。

「怪不得這麼冷。」我嘟囔了一聲，然後站起來，就準備去關窗戶，只是站起來的瞬間，我自己感覺有一些奇怪，這種奇怪是一種特有的不清醒感，我形容不出來，就像陡然一切都像做夢似的，我並沒有那麼的清醒，我整個人都是迷糊的感覺。

是不對勁兒嗎？我發覺自己的反應都像變慢了似的，並不想思考太多的問題，只是一瞬間想到了，就笑自己多事兒，不過是關個窗戶而已。

「吱呀」我拉過這兩扇都吹得哐噹作響的窗戶，準備關上了，窗戶慢慢向我靠近，一切都很正常，可是在那一瞬間，我的心裡卻像是被安了一顆炸彈，然後忽然爆開似的，一種巨大的危機感覺瞬間就抓緊了我的心臟。

到底是怎麼了？我整個人都緊張了起來，用力拉動窗戶，想趕緊關了了事兒，可是我卻悲哀的發現，窗戶竟然動不了了。

我低頭一看，是從旁邊伸出了一隻手，緊緊拉住了窗戶，這隻手是女人的手，看起來很漂亮，指甲看得出來是精心修剪過，一切的細節都顯得美麗。

只不過，此時它緊緊拉住了窗戶，也不知道是不是因為太過用力，而顯得蒼白無比。

我的冷汗沿著額頭滴落，下意識地看了一眼屋內，所有人都睡得分外香甜，難道是我……我再一轉頭，忽然看見一張臉就出現在了窗口的外邊，和我僅僅隔著窗欄的距離，然後就這麼定定看著我。

在湧動的霧氣中，它衝我微微一笑，開口說道：「陳諾，來，跟我走！」

第六十一章　驚魂之夜與村之謎（二）

那一瞬間，我無法形容自己毛骨悚然的感覺，可就是這麼隔窗相對，我還是看不清楚它的真實面目，我只記得一雙沒有眼白的幽深黑眸，死死盯著我，那一刻，我就已經陷入了一種奇異的迷茫狀態。

鬼物凶厲到了一定的程度，就算化形也是沒有眼白的，小鬼如是，鬼羅剎亦如是！這就是我腦中的最後一個想法，接著，我已經陷入了那種奇異的迷茫狀態。

窗外的夜色不再是夜霧瀰漫，而是變得清亮了起來，遠山近景，群星閃閃，蟲鳴聲聲，夜色不是正好？

我臉上浮現出一絲奇特的微笑，看著窗外，哪裡還有什麼凶惡的鬼羅剎，是一個梳著辮子的女人，笑吟吟地看著我。她很美，眉目如畫，一低頭的風情，就如含苞待放的花蕾，羞澀矜持，帶著讓人心動不已的微微顫動。

在我的眼中根本沒有她的具體形象，只是覺得她很美，一點也不可怕，看著她只是覺得心中一片溫柔的情緒在蕩漾。

原本，在我靈魂深處，傻虎在我看見她的一瞬間已經開始咆哮，可是到了此刻，和我靈魂相連的傻虎竟然也發出了幾聲依戀般的呼嚕聲，然後包裹在一片溫柔的情緒中，再次沉沉入睡。

「陳諾，你不來出來嗎？」窗外的聲音幽幽，含嗔似怨，又夾雜著歡喜的情緒，讓人心疼心動不已。

我哪裡還會猶豫，舉步就走，只是內心還有一絲微弱的掙扎，但那絲掙扎在心中湧動的強大情緒面前幾乎是可以忽略不計的。

「哥，你去哪裡？」我身後傳來了慧根兒的聲音，在那一瞬間，我陡然有些清醒，記起來我是陳承一，我在……可是這種清醒只是持續了一秒鐘不到，窗外又傳來了：「陳諾，過來啊。」的聲音。

我又陷入了迷茫，頭也不回地對慧根兒說了一句：「你睡，我就回來。」說話間，已經舉步走出了這間屋子。

「吱呀」是我打開大門的聲音，在院中，那個美好的身影正在等著我，我舉步朝她走過去，她卻轉頭衝著我盈盈一笑，走出了這個小院，走在了院外的小路上。

我趕緊跟上，夜色此刻在我眼裡已經變得生動起來，一切就如同在白天看見，草色正綠，野花爭豔，農田裡的各種作物輕輕搖擺，包裹在寶藍的瑰麗夜色中，而前方的那個身影卻比這一切更加美麗，我仿似陷入了迷戀一般。

終於，在村子另外一個朝向萬鬼之湖的出口，那個身影停下了，倚在一棵樹旁等著我。

我快走了幾步，來到了她的跟前，沒有說話，只是沉默看著她，此刻我早已經忘記了我是陳承一，只記得我是陳諾，似乎是和她有一段很重要的往事，可是我不太記得了。

但是這有什麼好重要，重要的是眼前這個身影對吧？我不由自主的追隨她，那是愛嗎？我個人忽然升起一股子奇異的抗拒，那不是愛上般的心跳和牽掛啊，好像只是……只是什麼？我臉上流露出了一絲痛苦，心底只是有一個讓我動心不已的身影，但那個身影是那一個傍晚，倚在窗前，夕陽映照著美好背影，她有如瀑般的長髮，她……想離開了。

我更加痛苦，心口彷彿是在重溫一種熟悉的痛，那是一種失去的痛苦，我在掙扎間，忽然那邊樹下卻傳來了一個動聽的女聲：「陳諾，這名字真好，我很喜歡你的名字呢，知道是為什麼嗎？」

「我不是……」我下意識地就想說，我不是陳諾，可是不知道為什麼，又一股迷茫的感覺傳來，說了三個字，就變成了：「為什麼？」

「因為啊，陳諾就是承諾，你是一個為承諾出生的男子，所以一生最重的就必須是承諾啊，一個重承諾的男子如果愛上了誰，就不會再有二心，不會再背叛了，不是嗎？」樹下的身影聲音輕柔的對我說道，說這話的時候，她仰頭望著星空，眼神迷濛，彷彿在夜空之中，有她最溫柔瑰麗的美夢。

這是一個陷入愛戀中的女子的美好，讓人心動的畫面，可是我心中儘管柔軟溫柔一片，卻對那份感情怎麼也起不了回應之心，總是……

我的臉上再次浮現出痛苦又迷茫的神色，那個身影卻在慢慢走向我，然後輕輕依偎在了我的懷中，語氣溫柔到如同一片柔柔的煙霧氤氳開來一般，她說道：「是一輩子不變的，是嗎？」

說話間，她的雙手抱在了我的腰間，這感覺很是熟悉，彷彿夢中發生了很多次，我總是這樣被擁抱，卻難以給予回應，夢中……為什麼會發生？

我的額頭出現了冷汗，懷中的感覺不是一片溫軟，卻是一片冰冷，伴隨著我的心跳「噗通噗通」，竟然莫名升騰起一種緊張的感覺。

「陳諾，你為什麼不說話？那到底是不是一輩子不變的？」懷中的女子抱得我更緊了一些，牽動了背上的傷口，我不由得微微皺眉，我抗拒不了心中那片溫柔的迷情，不忍責備，但是心中的疑惑卻是壓抑不住。

「什麼東西是一輩子的？」是的，我不明白這個女人在說什麼是一輩子。

「你不知道嗎？」懷中的女子似乎很不滿，抱我的雙手如此用力，我肚子上背上的傷口都很疼痛，我心中已經有了一股子怒火，可是到底還是抗拒不了那種莫名而來的溫柔情緒，只能冒著冷汗忍受下來，問道：「那妳告訴我吧。」

「就是要愛我一輩子啊。」她的手稍微放鬆了一些，我終於不用再忍受那種疼痛，鬆了一口氣，接著又是長時間的沉默。

我從骨子裡抗拒我是愛她的，並且是一輩子的，就算心中那種莫名的情緒也不能消磨這種抗拒，所以我只能沉默。

「你愛我嗎？」懷裡的人似乎是不打算放過我，忽然就這樣問道。

「我……」我的眼中迷茫一片，就如同置身於記憶的盲點，什麼也不記得，但在一片迷濛之中，那個有著如瀑長髮的身影，卻是越來越清晰。

「你說啊？」懷中的人咄咄逼人。

那個身影是誰？是誰？我彷彿是忘記了很重要的人，我在拚命地回想，我口中喃喃：

「我……我……我愛……」

「我愛的是如雪！」那一刻，我根本沒有想起我心底的那個身影是誰，但是下意識衝口而出的話，就提起了這樣一個名字。

隨著這個名字的喊出，我終於記起了一切，記起了初見的瞬間，記起了生死與共的亡命奔逃，記起了……我是陳承一！

眼前瑰麗的夜色在我的眼中一片一片破碎，整個夢幻般的小村再次恢復了迷霧茫茫的狀態，懷中還是冰冷一片，我的全身不可抑止的起了一身雞皮疙瘩！

此刻，我心中再清楚不過，我被鬼羅剎勾了魂，竟然隻身與它來到了這個地方，而且此刻的情況是鬼羅剎竟然在我的懷中，它正抱著我！夢中的場景在現實裡發生了，它根本沒有離開過，它一直出現在我的夢中，在對我進行一場靈魂的「清洗」，它彷彿有著與眾不同的惡趣味，要征服一個又一個的男人，即使它可以輕易的殺死他們。

「呵呵呵呵呵……」我的懷中傳來一陣陣輕笑的聲音，那笑帶著一種說不出來的諷刺與癲狂。

我下意識地低頭去看，有生以來，我第一次看清楚鬼羅剎的樣貌，依稀是一個五官慘白，很是清麗的女子，可是這張臉卻是那麼恐怖。

純黑色的雙眼，怨毒的眼神，在額頭的一邊有一個清晰的血洞，正在往外汩汩流著鮮血，染紅了半張臉，配上慘白的臉色，讓人心底都在發顫！

有時候恐怖的形象並不是說什麼爛肉啊，腐爛啊之類的，就是這種色彩的衝擊，詭異的氣氛，足以讓一個人崩潰。

鬼羅剎在笑，我那一刻全身都僵硬了，它的笑容太過恐怖，整張嘴越張越開，張到一個已經不符合人體比例的角度，露出了口中的森森白牙，是為羅剎，自然已經有了一口尖銳的牙齒。

我覺得下一刻，它就會開口將我吞噬！

第六十二章　驚魂之夜與村之謎（三）

「鬼羅剎若是勾人魂，在這世間能保持心中清明，能擋住的只是極少極少數。」

「那師傅你能嗎？」我幽幽歎息一聲，托著下巴說道：「我想肯定不能的，師傅你那麼愛蹲在街上看大姑娘，鬼羅剎稍微漂亮一點兒，不用勾魂，你就跟著走了。」

「咳，咳……說啥呢？三娃兒，你皮癢了是不？如果是我在有防備的情況下，能有一半一半的機會不受它迷惑，如果是在完全無防備的情況下，嘖嘖……」

「師傅，那如果被勾魂了咋辦？你說有形食人之物是餓鬼，無形之鬼物不食人，除了鬼羅剎，可吞人血肉，彌補自身，勾了魂不是要被吃掉？」

「咋辦？總之是不能坐以待斃的，如果有微小的機會可以清醒，就記得盡量拉開一些距離，各種打鬼的辦法都可以用，或可拖延時間，逃得性命！如果是它纏住了你，以舌抵上顎畫符，噴一口舌尖血，能夠暫時擺脫它，普通人就……」

在這一瞬間的恐懼中，我想起了那遙遠的往事，在竹林小築，在溫暖的夜裡，師傅拿著典籍給我講解各種鬼物妖物的往事，那是一天勞累的修煉之後，我最盼望的事情，因為小孩子總是對未知的東西充滿了好奇，卻並不恐懼。

當然鼎鼎有名的鬼羅剎自然也在講解之例，畢竟鬼怪食人的傳說，就源自於鬼羅剎，只是後來餓鬼「渾水摸魚」，將之發揚光大。

感謝我那強大的靈魂，讓我靈魂分外的警覺，能在這種時刻清醒過來！

想起往事，在這危機恐懼的時刻，我的心裡也不可抑制地泛起了一絲溫暖，師傅那微笑的樣子彷彿在我心底給我注入了一股勇氣，我瞬間就已經冷靜了下來。

鬼羅剎還在我的懷中狂笑，可是勒住我的雙手已經越來越緊，傷口的疼痛都可以忽略，更危急的情況是，在此刻身體內的力量（靈魂力，功力等）都被一股無形的力量壓制，根本使不出來，就連傻虎此刻也被驚醒，在我的靈魂深處咆哮，卻被死死壓制，絲毫不能動彈。

怪不得辦法有千萬種，師傅卻告訴我要用舌抵上顎，噴出一口舌尖血。

「你不是普通人。」鬼羅剎終於停止了它那恐怖的笑聲，忽然間開口說話了，再不是那種讓人沉醉的溫柔，而是一種冰冷無情的恐怖。

我根本不理它，但是卻不能讓它察覺我在做什麼，只能假裝驚懼萬分地看著它，假裝已經恐懼到說不出話來。

「你的靈魂力很強大，呵呵呵……竟然能夠清醒過來，但是更大的原因是那個叫如雪的女人吧？呵呵呵……」和第一次它從背後抱住我一樣，它說話間尖銳的指甲已經插入了我背部的肉裡，一股陰冷的感覺瀰漫開來，那種從體內綿延開來的就快凍僵的感覺是如此詭異。

我感覺我的鮮血在流動，流過鬼羅剎的指甲，流到它的手上，卻一滴也沒有落在地上，全部都消失不見！我感覺它的臉上出現了一種鮮血彷彿醉人的迷醉，眼神變得迷濛起來。

它是準備這樣殺掉我嗎？

我強迫著自己冷靜，在此刻口中畫符已經完成，我忽然一口咬在舌尖，劇痛伴隨著血腥味瞬間瀰漫在口中，瞬間，我的一口舌尖血就噴出，噴在了鬼羅剎那張迷醉的臉上。

「啊……」鬼羅剎收回了雙手，下意識地捂著臉，發出了一聲刺耳的尖叫，我顧不得身體的冰冷，轉身就朝前跑了幾步。

然後停下來，在下一刻就召喚出了傻虎！

我知道一味的跑是根本跑不掉的，師傅也說過拉開距離，就用盡一切的辦法才能起到作用，我只是為自己爭取到了一刻喘息的時間。

其實也不是沒有更好的辦法，那就是我手上那串沉香串珠，可是這麼多年的歲月，師傅當年完整交給我的沉香串珠已經失去了一些，如果再用它，又是變成飛灰的結果吧，不到萬不得已，我不想用它。

傻虎出來以後，瞇著虎眼，踩著虎步，在我身前徘徊，卻始終不敢靠近鬼羅剎，它全身的毛髮炸起，尾巴也是彎曲成一個驚恐的角度，顯然傻虎也是有些畏懼的，就如當年它有些畏懼小鬼！

「兄弟，幫我拖延片刻。」我對傻虎傳達著自己的意念，我是被勾魂而出的，手上沒有符籙，和傻虎合魂，時間上已經不允許，而對付這種極度陰邪的鬼物，最好最有效的辦法自然是雷電，以我現在的能力，運用五雷訣，可以不用很多的時間，也不用下茅之術了，而且雷電的動靜大，說不定會驚醒他們，得到援兵，先驚退鬼羅剎……

傻虎低吼了一聲，算是回應了我！可惜我的一口舌尖血加上「空口符」，也只是在鬼羅剎痛了一下，它就完全恢復了，此刻它抬頭望著我和傻虎，臉上的神情更加猙獰！

命運就是一個輪迴，在當年我對付餓鬼的時候，也用這種辦法，但當年我完全沒有功力可言……如今，同樣的辦法，至少可以讓一個怨鬼一蹶不振，對鬼羅剎卻……

「你不會死，你會變成徹底愛上我，一輩子都不會背叛的陳諾。哈哈哈……我一開始就沒打算要殺死你！」鬼羅剎忽然開口對我說道。

說話間，鬼羅剎忽然舉起了雙手，瞬間就出現在了傻虎的面前，傻虎一下子弓起了身子，似是受到了極大的驚嚇，畢竟速度是傻虎的優勢，卻不想鬼羅剎更快。

我知道此刻除了極度的冷靜，我沒有別的辦法，我一邊安撫著傻虎，一邊已經開始閉眼行咒掐訣，鬼羅剎那囂張的帶著癲狂的聲音不停地在我耳邊迴盪：「沒有用的，沒有用的……」

我聽見了傻虎的咆哮，接著就是鬼羅剎瘋狂的聲音，它們已經開始了戰鬥！

一陣陣屬於靈魂的劇痛折磨著我，畢竟傻虎和我靈魂相連，隨著歲月的流逝，一日強過一日，我能清晰感受到鬼羅剎竟然輕易就撕裂了傻虎的一隻爪子，傻虎發出震天般劇痛的嘶吼！要知道傻虎已經不是當年的笨虎，它是在老林子裡進化過，能力已經大大加強了的啊。

我忍耐著快速掐動手訣，卻在那個時候感受到了一陣來自於靈魂的迷茫，不是我，而是傻虎的迷茫！

此刻，傷痕累累的傻虎忽然趴在了地上，雙眼已經失去了靈動的神采，虎頭就趴在鬼羅剎的雙膝之上，鬼羅剎帶著獰笑，撫過傻虎的大腦袋，傻虎發出麻木下意識的呼嚕聲，眼看著就要徹底睡去。

我在掐動手訣，能感受到這一切，卻根本不能分神，我無法去呼喚傻虎，我只能眼睜睜看著鬼羅剎看著我，然後放開了已經陷入虛弱狀態的傻虎，然後輕飄飄地朝我走來。

傻虎！我的心中疼痛，不知道這樣一來，傻虎會受到什麼樣的傷害，我根本不該放它出來的，沒想到和小鬼還能纏鬥一下的傻虎，和鬼羅剎交鋒，支撐不了一分鐘。

小鬼沒有那強大的迷惑能力！

快啊，快啊！好幾滴汗水從我的額頭滴落，難道真的要逼我動用手上的沉香串珠嗎？鬼羅剎的速度極快，瞬間就已經到了我身前一米不到的距離！

我沒有辦法再掐動五雷訣了，硬生生停止了術法，那種靈魂力功力集中，強行停止存思的反噬瞬間就衝擊到了我的自身。

「哇」的一聲，我吐出了一口鮮血，鬼羅剎望著我的眼神帶著飛揚的得意，它在開口對我說道：「背叛的男人，就只能一口一口被吃掉，這樣他還有什麼能力去背叛，一輩子都化為我的血肉，待在我的身體裡吧。」

我毛骨悚然，褪下了手腕上的沉香串珠，舉在了自己的面前。

村子的遠處，一連串的狗叫聲響起，伴隨著嘈雜的人聲和腳步聲，是有人來了嗎？聽聲音已經來了很久，此刻已經離我很近了，而我的位置是村口朝著萬鬼之湖的出口！

第六十三章　驚魂之夜與村之謎（四）

的確是對我的沉香串珠有著極大的忌諱，鬼羅剎在距離我不到半米的地方停住了，我們之間就如同隔著一串沉香串珠的距離。

我看著鬼羅剎，心裡在這一刻的緊張是到了極限，在半夜被勾魂而出，我唯一可以依靠的也只是這一串沉香串珠，它對鬼羅剎貌似有效，這也就是我最後的底牌。

鬼羅剎的目光沒有落在我的身上，而是帶著一種痛恨的神色看著我舉著的這一串沉香串珠。

「你不要以為有了它，你就可以逃掉，你殺了傅元，你就接替著傅元做他未做完的事情吧，我不會放過你的。」鬼羅剎說完這話，轉頭看了一下那邊點點亮亮的燈光和越來越接近的人群，身體竟然漸漸後退，速度越來越快，很快就消失在那個指向萬鬼之湖的村口。

我放下了沉香串珠，剛才還勉強維持的平靜表情一下子鬆懈了下來，此時才驚覺自己後背的衣服黏黏膩膩，已是一身的冷汗！

在鬼羅剎消失以後，傻虎也瞬間清醒過來，可惜受傷頗重，站起來都有一些勉強，鬼羅剎撕裂的傷口，竟然不能用靈魂力緩慢修復，看得我心裡一陣心疼，但暫時也想不到辦法，只能把傻虎收回，等著承心哥來解救。

收回傻虎以後，我背上再次被鬼羅剎撕裂的傷口開始劇痛起來，一股子說不出的陰冷凍得我嘴唇都在顫抖，我知道這一次我又「中招」了，恐怕情況比上次還要嚴重一些。

如果鬼羅剎每夜都來找我麻煩，這樣三番二次的讓我中招，我就算是鐵打的漢子也會虛弱下去，還談去什麼萬鬼之湖！

強忍著疼痛，我盤膝坐好，也不理要來的人群，自己一狠心，將原本被撕裂的傷口索性再撕開了一些，痛得我齜牙咧嘴，忍不住痛哼了一聲！

雖然不是醫字脈，總是懂得簡單的常識，就如中了蛇毒，在第一時間驅毒也是極其重要的！

傷口的血流出，並沒有鮮血那溫熱的感覺，反倒是一片冰冷的感覺，我閉目開始運功，就如同上次配合承心哥驅毒那樣，這陰毒並不是時間普通概念的毒素，要用我自身的功力壓制驅趕。

這個過程就同上次一樣，是一個痛苦而極其考驗意志的過程，以至於我根本不能關心外面發生了什麼，只是聽見有許多人圍了過來，聽見了慧根兒他們著急的聲音，聽見承心哥要為我上藥，還聽見許多陌生的聲音，可我卻沒辦法去分析思考。

「不用上你的藥了，雖然也是有效果的，把這個燒成灰，敷在他的傷口處吧。」一個有些蒼老的聲音插了進來。

這個聲音我熟悉，是那個我們暫住的那個地方，那個老太太的聲音，她怎麼也來了？我心中疑惑，運功卻疏忽了一下，差點又被陰毒反沖，我哪裡還敢再想，趕緊閉目重新進入那種完全靜心的狀態，對外面發生的事情一概不再注意。

也不知道過了多久，我感覺到有人走到了我的背後，然後一把還滾燙的熱灰敷在了我的傷口處，只是瞬間我就感覺到我的傷口處熱度驚人，一股有些狂暴的熱力接著就衝進了我的身體……

原本我是很吃力地在逼毒，卻不想那捧熱灰有著神奇的效果，那熱力只是一會兒就徹底溫暖了我，讓我全身不再發冷，此刻也不用運功逼毒了，我漸漸睜開了眼睛，首先看見的就是同伴們擔心的臉，接著我就尷尬了，我看見很多陌生人都在看著我，而我此刻衣衫不整，背上還有才結痂，又被撕裂的傷口，這要怎麼解釋？而我完全不認識這些人……

一著急，就感覺後背更加疼痛，我忍不住呻吟了一聲，扭動了一下身體，卻不想一個蒼老而熟悉的聲音從我身後傳來，她說道：「別動，你的毒還沒有完全拔除，你動起來更麻煩。」

我已經知道了身後是那個老太太，也就趕緊不動，任由她處理，感覺到她小心翼翼地刮下我背後已經變冷了的熱灰，然後再給我敷上了一層。

這一次我感覺那股熱力不再狂暴了，估計是因為我的身體不再冰冷了，所以也就不再覺得燙得嚇人了，反而是暖洋洋的很舒服。

刮下來的熱灰，老太太並沒有隨手扔掉，而是放在一張紙上包著，做完這一切，站起來的時候，那老太太就捧著那張紙，來到了這群人中的一個老頭兒面前，說道：「你看，這菖蒲灰完全發黑，是拔除的陰毒，應該是它來了。」

那老頭兒比那老太太還要蒼老，聽聞那老太太如是說，神色凝重地看了一眼那老太太手中的灰燼，然後有些沉重又詫異地看了我一眼，就歎息了一聲說道：「回去再說吧。」

他的聲音是如此蒼老，不過倒是中氣十足的樣子，精神狀態也不錯，我不由得打量了這老頭兩眼，鬚髮皆白，可是皮膚什麼的卻不顯蒼老，雖不是傳說中鶴髮童顏的高人模樣，倒也頗有幾分威勢，莫非這個村子，我看了一眼這老頭，再看一眼那老太太……疑惑在我心頭瀰漫，弄得我看這裡所有的人都是高深莫測的樣子了。

此外，我還注意到一個細節，那就是趕到這裡的每一個人，手上都拿著一種植物，那種植物是比較辟邪的一種植物，在淨化屋子，熬製「淨水」的時候，也會用到它，它很普通，就是菖蒲！

從剛才的言談中，我也知道老太太給我敷在背上的熱灰，也是用這種植物燒製而成的，這植物有這效果？我的疑惑加深，再仔細看去，我發現這些菖蒲有些若隱若現的紅色……

我們沒有回那個老太太的家，反而是被直接帶到了這個村子裡最大的一座小院，也就是那個老頭兒的家裡，追隨而來的，還有剛才一起過來的陌生人，他們應該是村民吧？我都有一些不確定了！

老頭兒的家裡和老太太的家裡一樣冷清，不存在什麼年輕人，只不過多了另外一個老頭兒，和這老頭兒長得頗像，老頭兒簡單地介紹了一句：「這是我弟弟。」

果然！

我對這裡的一切都充滿了疑惑，就比如我進入了這個小院，就發現偌大的院子沒有種一點兒花花草草，反倒是種滿了菖蒲，一大叢一大叢的，這下我看得分明，這種菖蒲就是帶著一種區別於普通菖蒲的殷紅，紅得就像是鮮血……

可是，我卻不能多問，畢竟我和他們還很陌生，連他們是什麼人我都不知道，同樣對這些菖蒲感興趣的還有承心哥，他甚至表現得更加直接，看樣子很想扯下兩棵來研究一下，畢竟是醫字脈的人。

「進來坐吧。」老頭兒聲如洪鐘，直接走入了那扇大門敞開著的堂屋，一下子就拉亮了燈。

慧根兒扶著我，也跟著往堂屋走去，一邊走一邊小聲地說道：「哥，我看著你走出去的，之前沒想什麼，可聽你聲音不對勁兒，樣子也迷迷糊糊的，就越想越覺得不對，然後……」

「然後你就叫了一大群人來？」我無奈地看著慧根兒。

慧根兒抓了抓帽子下的光頭說道：「我沒叫，我想著不對勁兒，就起來了，想跟出去看看，就看見你走得好快，一下子就出了院子，轉眼就沒影兒了，我剛想追出去，就被屋裡的老太太拉住了，我都不知道她啥時候醒的。然後她跟我說，多半你是被迷了魂兒，現在追也追不上，她準備一下……然後她說怕我們留在屋子裡出事兒，就把我們全部都叫醒了，帶著我們出來了。」

「那那些陌生人是咋回事兒？」我小聲問著慧根兒。

「我咋知道啊？那老太太在院子的角落裡扯了兩把菖蒲，然後帶著我們出來，沿途遇見屋子就去敲個門，然後就出來一個人，跟著人就越來越多，我心裡急，就說趕著找我哥呢，叫那麼多人幹嘛，結果那老太太回答我，以防萬一，我就徹底搞不懂了。」

這是什麼詭異的情況，我心中也疑惑，但此刻我們已經進到了堂屋，卻是再不好出聲議論了，而我不經意的抬頭一看，卻是被這堂屋震撼到了。

這間堂屋極大，正對著大門的中間，靠牆擺著三張大椅子，而在兩旁分別擺著三排小椅子，這哪裡像是普通人家的堂屋，一看，分明就像什麼綠林好漢的「聚義堂」之類的。

當然，也像是一個幫會聚集的會議室！這又是什麼情況？

承心哥在我身後壞笑了一聲，然後小聲的對身邊的肖承乾說道：「看來，我們的承一才逃脫鬼爪，又掉進了土匪窩，嘖嘖……這個事兒精！」

第六十四章　小地獄

承心哥雖說是小聲地說，說到最後，由於太過興奮，聲音不由自主的就大了幾分，我在他前面一些，都能清清楚楚聽見，何況是其他人？

說小爺是事兒精？這事兒不能忍，我想著就忍不住轉身狠狠瞪了承心哥一眼，卻因為轉身的動作太大，疼得齜牙咧嘴的，承心哥見狀，更是做無奈狀，歎息了一聲，我那個火啊，只能硬生生從嗓子眼兒憋回了肚子裡去！

那邊，卻傳來了老頭子那洪鐘一般的聲音：「小娃兒，你說誰是土匪？哪裡是土匪窩？我們守湖一脈的道士就是被你這樣說的？」

承心哥一聽，劇烈咳嗽了幾聲，接著又呵呵乾笑了幾聲，尷尬得說不出話來，我看得好笑，心裡一口悶氣也發了出來，但是還是敏感地注意到了守湖一脈的道士這幾個字！

好在那老頭兒也沒太過計較，衝著承心哥哼哼冷笑了兩聲，比了一個抽你的手勢，就坐在了堂屋正中的那把大椅子上，剛才的威嚴不見了，反倒有些童真般的戲謔。

接著他的弟弟就坐在了他的身邊，另外一把大椅子竟然是那個老太太去坐了，待他們三人坐定之後，居中那個老頭兒說道：「遠來是客，你們幾位就坐在前面來吧。」

他指的當然是我們一群人，客隨主便，我們當然也不會拒絕，挑了幾個靠近他們三人的位置坐下了，接著其他的人也很快找到自己的位置坐下了，待人坐定，我發現這氣氛還真的像「聚義堂」之類的，真怕忽然就有個人跳出來說道：「大王，兄弟們已經好久沒開葷了，要不就去做上一票？」

我承認自己的想法比較扯淡，為了配合這嚴肅的氣氛，我也盡量讓自己嚴肅了起來，可是一認真，我就發現了自己一肚子的問題，根本不知道從何問起。

反倒是這樣的安靜被那個老頭兒自己打破了，他說道：「我最討厭文謅謅的那一套，就隨便地說了，我姓鄭，你們可以叫我鄭大爺，我弟弟你們就叫他鄭二爺吧，至於這位，你們稱呼她為雲婆婆就好了。」

這鄭大爺還真夠直接的，開口就介紹自己，並要我們叫他大爺……我還在有些好笑的想著，肖承乾已經露出了一幅頗不以為然的樣子，肖大少爺驕傲得可以，一般情況下，怎麼可能開口叫人大爺二爺的？

可那鄭大爺彷彿看穿了肖承乾的心思一般，狠狠地瞪了肖承乾一眼，說道：「咋？小娃娃覺得不服氣，我一〇三歲了，我弟弟也一〇一歲了，你叫聲大爺、二爺可是吃虧？」

肖承乾一聽，差點驚得從椅子上掉下來，看不出來啊，這健步如飛，聲若洪鐘的樣子，竟然是百歲老人，道家養生有道，但能到這份上的，只能說明一個問題，眼前的三人是高人。

肖承乾再是驕傲不羈，此時也不敢不道一聲尊重，趕緊恭敬的大爺二爺，婆婆的叫了一聲。

這時，鄭大爺才滿意地唔了一聲，也不和肖承乾囉嗦了，而是繼續著他那開門見山的風格說道：「你們幾個人，我也看出來了，應該是我道家之人了罷，所以，我也就不再隱瞞！這個村子基本上普通的村民都已經通過各種的方式，讓他們陸陸續續的搬遷了，從三百多年以前，在這裡住的就一直是我道家之人。」

真是語不驚人死不休啊，三百多年前，這就是個道家之人的村子？這樣的祕辛我怎麼就不知道呢？

鄭大爺的話剛落音，那邊雲婆婆就已經接話了：「守住這個湖，本就是我道家的責任，幾百年來一直如此！在這裡沒有門第之見，所有的人都來自不同的門派，只要暫時在這村子住下了，都統稱為守湖一脈。這裡偏僻，而且因為刻意的隱瞞和保護，幾乎沒有什麼生人進來，你們幾個小傢伙冒冒失失地闖進來，倒是讓我吃了一驚。」

「是啊，我們來之前就覺得很奇怪了，隔這裡最近的村子起碼都有二十里路的樣子，偏偏這裡還有一條公路可以開進村子，當時就覺得奇怪，但又覺得自己想多了。」面對雲婆婆的話，承真接口說道，她頓了一下，又說道：「其實，我一路上習慣性的會看一下風水，這一路斷斷續續看了一下，雖然有些晦澀不明，但總覺得這個村子坐落的點彷彿是這一片的風水走勢中一個十分關鍵的點，卻又不敢肯定，心中也總是疑惑的。」

肖承乾性子急，一聽承真這樣說，趕緊接口說道：「那妳為啥不早說？」

「都說了是因為不確定！」承真白了肖承乾一眼。

卻不想這種不起眼的小對話卻引起了一直沉默的鄭二爺的注意，他悚然動容地說道：「小姑娘，妳這看風水的本事可了不得，要知道，這裡的風水經過了幾百年，經歷了幾代高人刻意掩飾，妳竟然能看出端倪？」

掩飾大風水？這句話讓我愣住了，在我看來這簡直是不可思議的事情，為了這個萬鬼之湖竟然有人做到了這個？但是，承真的臉色卻沒有多大的變化，我看著承真的淡定，忽然就想起了王師叔曾經的大手筆，那沖進黑岩苗寨地下洞穴的洪水……

或許在相字脈真正的高人來看，這一手的確是可以做到的。

「也不是看出端倪，只是有一些不確定的想法而已。」承真兀自謙虛。

可是鄭二爺卻是嚴肅地問道：「我想問一下你們的師承？為何又要來到這萬鬼之湖？莫非你們知道了……」說到這裡鄭二爺的話沒有說下去了，臉色變得有些沉重。

「我們都是來自老李一脈，這是我山字脈的大師兄陳承一，這是……」承真站起來不卑不亢地開始介紹起來，每介紹一個，這坐在上首的三位老者面色都驚奇一番。

「我們來這萬鬼之湖的目的，其實並不是我們知道了什麼，而是因為師門的一些私事，卻不知這萬鬼之湖……」整番話，承真說得不卑不亢，但在末尾就稍許套話了一下。

這一次鄭二爺和雲婆婆都徹底沉默了，連一向直來直去的鄭大爺都愣了很久才說道：「老李？傳說中的道人，昆侖人李一光！我知道的，我是知道的！那一輩的弟子姜立淳等人，無不是我道家精采絕倫之輩，沒想到啊……你們可是徒孫輩？」

面對承真的問題，鄭大爺並沒有直接回答，而是問起了我們。

「是的，我們就是徒孫輩。」承真也代我們回答了這個問題。

「沒想到，老李一脈的人也來了，他們師門的私事牽扯到了萬鬼之湖，這可是巧合還是……」雲婆婆忍不住說了一句，到後來聲音越來越低，竟然是與鄭大爺耳語起來。

所有人都沉默著，等著兩位老人說話，大概五分鐘以後，兩人停止了這種耳語的低聲交流，然後鄭大爺抬起頭來，對我們說道：「好罷！關於萬鬼之湖你們想知道什麼？是要你們問我，還是我詳細來說明一番，不過，在我說明了以後，我可是有問題要問你們一下。」

說起萬鬼之湖，除了師傅的一些說法，我們幾乎可以說是一無所知，問也是無從問起，所以這一次由我來回答：「鄭大爺，如果您不介意，就把萬鬼之湖的一切詳細告知我們吧。如果不出意外，這萬鬼之湖，我們少不得是要去一趟了。」

鄭大爺有些沒反應過來，神情有些震驚地望著我說道：「你說要去一趟萬鬼之湖？是要去哪裡？」

「如果有必要的話，那自然形成的聚陰陣內，我們也是會去一趟的。」我不明白鄭大爺為什麼會問我這個！

「什麼？」鄭大爺聲音原本就大，這一驚奇之下，那吼聲是震得整個房間的牆壁都在顫抖，他站了起來，幾步走到了我的跟前，幾乎是壓抑不住情緒的大聲說道：「我們守湖一脈，鎮守此地三百年，除了少數幾個高人，從來就沒有人膽敢說進入那自然形成的聚陰陣內，你等小子如此大膽，依仗是什麼？你可知……」

「什麼？」我有些迷茫地看著鄭大爺。

「可知這萬鬼之湖真正的核心地帶，可有個諢號，那就叫——小地獄！」

第六十五章　冤魂成群聚　一步一厲鬼

地獄是一個什麼樣的存在？做為一個道士我自己也不知道，甚至不能肯定這樣的空間是否存在。但在各種典籍傳說中關於地獄的描寫卻是不少的。

不管這些描寫有什麼細節上的差異，但其中一點總是不會變的，地獄是冤魂鬼物待的地方，到處充斥著的就是冤魂鬼物！

小地獄，那意思不就是……我能想像那聚陰陣的核心一定少不了冤魂鬼物，畢竟鬼羅剎這種存在萬鬼之湖裡都有，但是叫小地獄的話，那比喻一下，不就是鬼物的城市，忽然闖進我們幾個生人，要多顯眼有多顯眼那種？

看到我的表情不停變換，鄭大爺彷彿覺得這把火還燒得不夠旺似的，幾步走到了我的跟前，俯身看著我，認真地說道：「小地獄，我可是半點沒有誇張啊！」

沒誇張？我眉頭一皺望著鄭大爺說道：「大爺，你可是去過那聚陰陣內？」

「我沒去過，但我們守湖一脈的前輩去過，出來之後不久就因傷重去世了，那可是一個高人，關於湖內聚陰陣他只留下了一句話，冤魂成群聚，一步一厲鬼！你覺得呢？對了，那個時候，萬鬼之湖還沒有鬼羅剎的存在哦。」

我已經無語了，抬頭望著鄭大爺，無力地說道：「大爺，你其實是想恐嚇我吧？」

鄭大爺此時已經轉身回到了他那個坐位上，哈哈一笑，對我說道：「這不是恐嚇，只是事實！你們是老李一脈的人，這一脈的人都是不錯的，我又豈能看著你們眼睜睜送死？好了，也不囉嗦了，我話說到這裡，具體是要怎麼樣，還是你們自己決定吧，現在就讓賀之詳細給你們講講萬鬼之湖的事情吧。」

賀之是一個穩重的中年漢子，坐的位置與我們相對，鄭大爺這麼吩咐了一句，賀之立刻就站起來，頗有古風衝我們抱了一下拳，然後也不囉嗦，當即講起了萬鬼之湖的典故。

萬鬼之湖的聚陰陣自然形成已經不知道是多少年前的事情了，總之道家高人發現它的存在應該追溯到明初。

「為什麼是明初才發現，在這裡是有一個猜測的，因為在之前萬鬼之湖的一切都正常，只是人們靠近聚陰陣會迷路罷了！直到後來的某一年，靠近這萬鬼之湖聚陰陣的七個村子，一夜之間村民全部莫名其妙死亡，才引起了高層的注意，那一年，甚至鬧鬼鬧到了最靠近萬鬼之湖的幾個陣子上。」賀之是這樣對我們敘述的。

「意思就是說，這萬鬼之湖的聚陰陣在發現以前，說不定是有什麼天然屏障的，後來不知道何故這天然屏障被毀去，萬鬼之湖的鬼物才跑了出來？這就是那個猜測？」我一下子就抓住了事情的關鍵點。

「是的，那個猜測就是如此！事實上，待我道家好幾位高人來到此地勘察後，都證實了這個猜測，同時也感覺到神奇，這萬鬼之湖不僅形成了聚陰陣，竟然還有一個天然的迷陣，對鬼物和人類都是有著巨大作用的迷陣……這一切怎麼不讓人震驚？但出於不知道的原因，這個迷陣的部分竟然已經失去了效果，才導致了慘劇的發生。」賀之認真地說道。

接著，他告訴我了萬鬼之湖那一段歷史，所謂的萬鬼之湖守護大陣，是在那個破損的天然迷陣的基礎上建立的，當然由於這麼多年，每一代都是道家的高人主持維護大陣，這週邊大陣早就做成了複合陣法，只不過其中作用最大的就是那個迷陣罷了。

「也不得不以這個迷陣為最大的基礎，是為了防備普通人的誤闖入萬鬼之湖。」賀之繼續敘述著。

週邊大陣是有了，但不代表有了大陣就是萬事大吉的事情了，因為萬鬼之湖有一個奇怪的特性，就是吸引鬼物而來的時候，陣法幾乎是起不到任何作用的。

做為人，不敢妄自揣測天地，只知道這樣的後果就是萬鬼之湖的冤魂鬼物是越累積越多！

我聽得心驚，不由得開口問道：「如若按照如此發展，那萬鬼之湖不是早就……這樣說吧，一個容量再大的盒子，它也是有個容量限度的吧？裝不下了，自然就要溢出來啊！那……」

賀之搖搖頭，說道：「普通的鬼物是進入不了萬鬼之湖的，進入萬鬼之湖的鬼物最低級的，都是怨鬼啊！就是說，這裡聚集的都是那種心中有怨氣，所以徘徊在人間的鬼物。所以，你明白了嗎？」

我聽著都覺得身上在冒冷汗，普通的鬼物就是再多，也不見得就有害人之心，但怨鬼那就不同了，畢竟是心中有怨氣之物……而且萬鬼之湖裡最低級別的就是怨鬼！

「其實，不只是如此的，這萬鬼之湖從發現那一年開始，就有了一種說不清道不明的現象，那就是再精妙的陣法，在這萬鬼之湖內日積月累，都會受到自然的破壞，讓這裡的陰氣外泄，鬼物出沒。由此，才有了我們守湖一脈的存在，我們不僅要守住這裡的陰魂鬼物，還有時不時的冒險去修復陣法。不然，後果不堪設想。」賀之認真地對我們說道。

「當然了，我們也懷疑過這陣法出現問題，是因為萬鬼之湖裡出現了厲害的鬼物，不停在破壞陣法，所以才有前輩高人進入萬鬼之湖探查，但結果都深入不了核心的地區，從發現到如今，只有一人完整地去聚陰陣內探查到了一切，又完整地出來。」鄭大爺在旁邊補充說道，目光頗有深意地望著我們幾人。

看著鄭大爺竟然是這般的神情，我們的心裡同時都有了一個猜測，帶著震驚的表情，彼此面面相覷地看了對方幾眼，最後是我問道：「大爺，你是說那個人是我們……？」

我的話還沒有說完，性子有些急的鄭大爺已經忙不迭地點頭了，說道：「是的，就是你們那個大名鼎鼎的師祖——老李。」

「果然是啊！」我已經懶得去震驚了，甚至懶得去思考我師祖在這個世間到底留下了多少神奇的足跡，我只想知道接下來發生了什麼。

繼續是由賀之敘述，可是結果卻出乎我們的意料，我那不愛解釋的師祖在完整出來以後，竟然半句關於裡面的具體情況都沒有說明，只是留下了一句話「我在那其中留下了一個契機，若是我後輩來到此地，自然會察覺到契機是什麼。」

說完這句話以後，我師祖就飄然而去，待到守湖一脈反應過來，刻意要尋找我師祖時，我師祖已經失蹤了。

「不要小看守護一脈的能量，就算是去到那西洋，也不見得找不著，可是你師祖是遍尋天下而不得啊。」鄭大爺年紀大了，對西方的稱呼竟然還是古老的西洋，但也從側面說明了守湖一脈的能力，但遍尋天下而不得嘛……我苦笑，若真有那麼好找，我師傅怎麼會在晚年還踏上了一條未知之路。

「我們守湖一脈認為你師祖一定是發現了什麼，才會這樣說！你要知道，這對我們守湖一脈的意義有多重大，如果能解決陣法不停被破壞的根源，那簡直……」鄭二爺是一個不愛表達的人，表達能力也有限，但說到如此激動的地方，也忍不住開口了，就是那簡直，那簡直形容不下去了。

但我們卻能理解他們的心情，只是……我皺著眉頭想著，如果在萬鬼之湖有這樣的契機，我師傅為什麼偏偏不來？而且既然我們是老李一脈的後人，他們應該熱切盼望我們進去才是，為什麼一再出言阻止？

想到這裡，我把後面一個問題問了出來。

面對我的問題，是雲婆婆回答的，她說道：「這個問題很簡單，我們雖然希望破解萬鬼之湖的一切謎題，但是也不能置人命於不顧！在以前，萬鬼之湖內有厲害的存在，是我們的猜測，但如今，我想你們也知道了，鬼羅剎是實打實的存在，我們怎麼能眼睜睜看著你們去送死？」

「這鬼羅剎……？」承清哥皺著眉頭問了一句。

「是的，這鬼羅剎的存在是近幾年的事情了，也就是說這個化身鬼羅剎的厲鬼是近幾年才成為鬼羅剎的，更糟糕的情況是，這幾年週邊大陣出了一個相當大的問題，一些對人有保護性的陣法幾乎都快失效了。我們在這裡的日子也是一日比一日艱難。」雲婆婆歎息了一聲，幽幽對我們說道。

她這個說法，倒是讓我想起了一件事情，那個縣城裡，承真看出的問題，莫非就關係到這個大陣？

我還沒來得及發問，承真已經說出了她的發現和猜測，「這樣在縣城裡陰氣流動聚集的問題，是不是關係也就是大陣的問題？為什麼不去修復它？」

聽著承真的問題，在場的所有人都搖頭苦笑，雲婆婆開口說道：「還能因為什麼？就因為鬼羅剎的存在啊！」

第六十六章　爆發之前

「因為鬼羅剎？」這倒有一些奇怪，萬鬼之湖的鬼物何其多，為什麼偏偏會因為那隻鬼羅剎呢？我不由得開口問道。

「羅剎是什麼級別的鬼物，相信你們都是知道的，至少咱們這個村子聚集力量在它面前自保是可以，若要說滅殺是萬萬不可能的。這隻鬼羅剎不同於萬鬼之湖的其他鬼物，喜愛待在萬鬼之湖內互相吞噬，提升力量！它喜歡頻繁外出，也不知道是去做些什麼？但自從它出現以來，一直和我們村子井水不犯河水，但我們一有修補大陣的舉動，它就會毫不客氣地動手！」雲婆婆苦笑著說道。

「所以，你們守湖一脈為求自保，乾脆就這樣放任鬼羅剎？」肖大少爺不知道客氣為何物，直接就問了那麼一句！當然按照肖承乾從小接受的「我道」的教育，他並不會覺得這有什麼不對，只不過是隨口一問。

這一問弄得鄭大爺有些尷尬，他咳嗽了兩聲說道：「其實並不是我們明哲保身，第一，我們面對的是整個萬鬼之湖，並不是鬼羅剎，如果我們全部都去和鬼羅剎槓上了，那萬鬼之湖的其他鬼物，哎……至於第二，鬼羅剎極其狡猾，它不可能會來找我們全部人的麻煩，我們也不可能隨時都聚集在一起，萬一落單，各個擊破。至於最後一點，那隻鬼羅剎至今也沒有大開殺戒，所以……」

鄭大爺搬出了幾條理由，有尷尬之處，確也有真的為難萬分之處，說到底這鬼羅剎沒有大開殺戒，也引不起相關勢力的注意，憑他們既肩負著守湖的重任，又要對付鬼羅剎是萬萬不行的！

但是鬼羅剎真的沒有大開殺戒嗎？據我所知，鬼羅剎的身上就背負了十六條人命啊！我還沒開口，慧根兒已經忍不住了，面對鄭大爺的理由，他把縣城發生的所有事情都說了一遍。

結果，整個屋子裡的人都悚然動容，其中一人更是說道：「長久以來，我們還以為鬼羅剎和我們形成了某種默契，它只是出來放風，只要我們不動守護大陣，也就相安無事繼續下去！我們在村子裡布置最終擋住陰氣的陣法，防備其他的鬼物，它就放風好了！等到有一日，自然有高人收拾它！卻沒想到……」

「而且情況比你們想像的要嚴重，現在距離此地有一定距離的縣城，都已經有一條陰氣流動的陰脈，如果照此擴散下去，你們覺得在村子裡修建守護大陣還有效果嗎？」承真搖搖頭說道！

「嗨！」鄭大爺猛地一拍桌子，重重歎息了一聲，說道：「我們在村子裡待了太久太久，已經待到了保守成如此頑固的境地了！也不得不承認，我們面對這萬鬼之湖是有著畏懼的，這鬼羅剎怕是留不得了。」

看著鄭大爺如此痛心的表情，我的傷口也開始隱隱作疼，說實話，那鬼羅剎也盯上了我，就算我不想與它有什麼糾纏，想學鄭大爺他們扔給高人處理也不行！

鬼羅剎不管我願不願意，不是我滅掉它，就是它毀了我，另外我也必須進入萬鬼之湖，所以……我皺著眉頭說道：「鄭大爺，鬼羅剎和我們幾乎是不死不休的狀況了，我們是一定會和它有一戰的，既然你也覺得不能放任它了，你能為我們提供幫助嗎？」

「你們要親自去和鬼羅剎一戰？」鄭大爺揚眉問道，眼中盡是難以置信的表情。

「那是避免不了的，而且我們是老李一脈，自然也是有一些依仗！」是的，是有依仗，沉香串珠、四大妖魂、中茅之術，總還是能搏一搏的！我在心中數著自己的底牌。

「那好，那我們守湖一脈自然也會不遺餘力地幫助你們！」鄭大爺重重再次拍了一下桌子，鄭重說道！

要去到萬鬼之湖裡的聚陰陣，是需要一種特殊的船隻的，在鄭大爺答應給我們提供不遺餘力的幫助之後，我們才知道這一點！

這種船隻說特別，是特別在它用所的木料上，這種木料能夠最大程度的抵擋萬鬼之湖裡流動的陰氣，讓人的靈魂不至於受到那骯髒陰氣的影響，只要在船上就能夠保持清醒！

但這種木料是經過道家人特別處理的，就如我綁繩結的紅繩一樣，所以要湊齊一隻船的木料是頗為不易的，整個守湖一脈的村子也不過兩條這樣的木船，也就限制了我們進入萬鬼之湖的人數。

另外，這種特別的船隻，在船頭有一盞引路燈，這種引路燈並不是人們常以為的那種為陰魂引路去黃泉的引路燈，而是為了防止在週邊的迷陣中和聚陰陣內這種陰霧瀰漫之地迷路的引路燈！

說明白點兒，它就是一種巨大的特殊的線香，和我師傅曾經在荒村用過的「仙人指路」香有異曲同工之妙，發出的紅色輕煙，始終能指出正確的道路！

這種線香也非常珍貴，由於此地比荒村凶險很多，這種線香自然也比仙人指路高級很多，也是極為稀少，我們這一次要去萬鬼之湖，村子還特別拿出了這種儲存的「引路燈」！

兩艘木船限制了人數，有限的引路燈，也限制了我們進去的時間，可以說這次的行動困難重重，除了危險，還有諸多的限制。

除了給我們提供了這些幫助以外，村子裡還給了我們幾束鮮紅的菖蒲，雲婆婆告訴我們這是村子裡最珍貴的菖蒲了！在關鍵時刻，以功力為引，消耗一根這種菖蒲，可以打得一隻厲鬼直接魂飛魄散！

這種威力是非常讓人驚歎的！

而對於這種菖蒲，原本我就是很好奇的，在追問之下，我才知道這種菖蒲原來根本不是自然生長的，它們原本是普通菖蒲，是經過了特別的「灌溉」才成長了這樣，這其中還牽涉了一個祕法！

祕法，雲婆婆自然是不會告訴我，但我卻簡單地知道，灌溉這種菖蒲的東西就是守湖一脈老死在此地之後的一身鮮血，全部會用來灌溉這種菖蒲！

修道之人的一身鮮血，自然是不同於普通人，多年累積的功力在最後一刻散盡，至少這身鮮血的氣場就已經強大於普通人，怪不得會有此威力！

這種顏色鮮紅的菖蒲，應該就是這個村子裡培育的菖蒲中最厲害的存在了。

最後，這次萬鬼之湖的行程，鄭大爺還給我們提供了人手上的幫助，村子裡年輕一輩最厲害的五人會和我們一起上路！

「我們保守了太久，也畏懼了太久，這一次你們進入聚陰陣，而我們也會舉全村之力開始修補週邊大陣！同時，這裡的情況，鬼羅剎的情況是應該上報了。我會派人出去上報！」鄭大爺如是說道。

派人出去上報，在這個通訊高度發達的年代，是一件異常好笑的事情，但是鄭大爺也是無奈的，做為最靠近聚陰陣的村子，這裡的一切信號都受到了嚴重的影響，現在的通訊再發達，在這個村子也沒有用！

這種情況，讓我不得不想起了荒村，在那個地方，不也一樣嗎？中斷了所有的通訊，我們就相當於被困在了荒村！

一切的事情，就這樣定下來了，而所有的行動，在我傷癒之後，就會開始！

承心哥說了，有這種血菖蒲為我拔毒，加上他的藥和我野豬一般的恢復能力，最多五天，這些傷勢就不會再影響到我！

嗯，又一次，野豬一般的恢復能力！

接下來的日子，我被嚴密保護了起來，一直就住在村裡最大的屋子，也就是鄭大爺那裡，每天至少有十個人輪換著守護我。

關於我怪夢的問題，鄭大爺他們為了讓我能好好休息，避免鬼羅剎影響我，也給出了解決的辦法，每次我要休息之時，總會在我床邊點上一枝加入了血菖蒲和一些珍貴香料的香。

不得不說，這些香是非常有用的，至少從有了它開始，我可以一夜無夢睡到大天亮！

鄭大爺笑說我是運氣好，畢竟這個村子的夜晚是容易受到鬼物影響的，為了避免萬一，總是準備有這種香，平常情況也不會動用，為了我算是豁出血本了。

而承心哥為我提煉的參精我每天也在吃，只不過大部分的藥力被傻虎吸收了，這是沒有辦法的事情，傻虎受傷了，承心哥說了，對於傻虎來說，最好的藥就是這藥粉！

說起來也不算浪費，畢竟按照我的體質，是吸收不了全部的藥力的，如今分出來給傻虎，也算物盡其用。

這幾天的日子過得很平靜，直到我恢復期的最後一天！

我忘不了這一天的夕陽——殘陽如血！

第六十七章　霧來，鬼行

這是最後一天安逸的黃昏，而我在這一生中最留戀的便是初夏的黃昏，暑氣退去，微微涼風，人們結束了一天的忙碌，紛紛出來納涼，散步！

這種時候，無數的聲音和生機，組成的便是紅塵萬種！置身其中，也才知道什麼叫人間煙火，最是不捨！

小村的黃昏沒有這種喧鬧，卻別有一番屬於鄉野的氣息，裊裊輕煙，蛙鳴蟲鳴，漫步在鄉村的小路上，心間的安逸，便能把所有的煩惱都暫時排除心底。

和我並肩走在路上的是如月，就如承心哥所預料的，我的傷勢在第五天已經恢復得差不多了，加上幾天的好休息，我的精神狀態也已經恢復到了巔峰狀態，修養五天，我的情況已是前所未有的好。

「三哥哥，有沒有發現今天的夕陽很特別？」如月在我身邊輕聲地說道。

「嗯，所謂殘陽如血，就應該是這種夕陽吧，紅得讓人……」望著遠處的夕陽，我也形容不出來心間的感覺！

「是啊，聽著很殘忍，殘陽如血，可是這樣火紅的夕陽真的很美！如果姐姐在，那也就好了，她是最愛黃昏的景色，這樣美麗的夕陽，我猜她會站在窗邊看很久很久。」如月的聲音幽幽。

而我只是沉默，所有的事情在前面加上如果兩個字，再美好的事情都會變成一種悲哀，因為如果只是一種人們在沒有時的嚮往，擁有時又怎麼會帶著那樣的心情說一個如果？

「起風了，回吧。」過了很久，我才開口說道，這裡的鄉間一到夜晚，因為陰氣聚集的原因，總是特別冷一點兒，夕陽雖好，但想起傷感的事情，對著它，總是容易更加沉淪。

如月建議我出來散步，不過是想起了少年時，那段無憂而輕狂的歲月，那時的我們加上楊晟，也常在竹林小築周圍隨意漫步，這樣的感覺讓人懷念，倒不如在冒險之前重溫一下。

可卻不知，歲月流逝，再來這樣散步，也沒有了當年的心境，而我和她也終究繞不開如雪，一說起，一想起，便是惆悵！如雪已是我們心中共同的牽掛……

「是啊，起風了！」風吹起如月額頭前的斜劉海，她忍不住抱起了雙肩，這裡的風很涼的，可是望著遠處，如月的眼中又出現了小時候那種任性的倔強，她對我說道：「好時間不多了，這個村子一到晚上，便是霧靄沉沉的，可架不住夕陽特別美，我要看到夕陽散去才回去，我要去那邊。」

我無奈地笑笑，又想像小時候那樣摸摸如月的頭髮，但終究沒有，這妮子到了這般年紀，卻還是如此，小時候那種任性的倔強是刻在骨子裡的，也是她唯一的毛病，而她所指的地方，是村口那邊，靠近萬鬼之湖的村口那邊。

在那一邊，風景特別好，一個綠草野花滿地的小山坡，山坡之巔便是那棵我也認不出是什麼樹的大樹，開了滿樹的白花，微風輕拂，配合著這如血的夕陽就像在夢幻中一般，也怪不得她要去那邊。

「三哥哥，你要不要去？該不會是那邊遇見鬼羅剎，留下心理陰影了吧？」如月狡黠地盯著我，又來了，小時候的激將法。

做為道士，我都不忍心告訴她，這邊的夕陽那麼美，呈現血色，是因為靠近萬鬼之湖，怨鬼氣息所致，有時候美麗背後的真相就是殘忍，何苦去破壞這種表面的美？

就如越鮮豔的毒物便越毒是一個道理，看著可以，靠近卻又是另外一番滋味。

那麼，萬鬼之湖上的夕陽又該是怎麼樣？我胡思亂想著，點上了一枝菸，帶著些寵溺的對如月說道：「去吧，我沒陰影。」就算是她八十歲了，我還是會把她當妹妹一般的寵愛！

如月難得這般再次孩子氣的表露，聽我這樣一說，歡呼了一聲，便笑著朝那邊跑去，而我吐了一口菸，望著那夕陽，忍不住說了一句：「今天的夕陽真的紅得太不正常，連小時候見到的火燒雲都比不過，這夕陽是染紅了整片天空啊。」

可惜如月沒有在意我的話，在前面大步走得正歡，而我莫名就想起和小鬼大戰時的紅雲，心中湧起了一股緊張的感覺，卻又覺得自己多想了，這裡畢竟是一個道家人的村子，只要鬼羅剎不出現，又有什麼危險？

而它，也已經整整快五天沒有出現了。

「真美，如果時間能停留在這一刻就好了。」十分鐘以後，我們已經走到了這個村口，如月倚在大樹之下，沉醉看著夕陽，忍不住感慨了一聲。

我同樣倚著大樹，站在如月的身旁，我看見的卻不是夕陽，而是在山坡之下，那沉沉的霧氣如同潮汐一般湧來又退去，翻滾著，顯得那麼的不真實。

原本我的內心在這樣的黃昏是很安靜的，可不知道為什麼，盯著這霧氣看了幾眼，一下子心就緊了，一種巨大的危機感在心間爆發開來了！

這是我的靈覺在發揮作用，我一下子皺緊了眉頭，經過了幾次悲劇之後，我再也不會在正常的情況下懷疑自己的靈覺了，既然湧起了這種危機感，那就一定有什麼危險會發生。

我一下子轉頭，對如月說道：「那些霧氣不對勁兒，我們快回去。」

如月被我陡然嚴肅的語氣嚇了一跳，轉過頭看著我，說道：「三哥哥，你這是怎麼了？這個村子到晚上不都是這樣湧起霧氣的嗎？怎麼會不對勁兒？」

「我知道，可是妳見過這樣莫名其妙翻湧的霧嗎？我說不上為什麼，總之我們走吧。」我的表情已經非常認真，認真到不容抗拒。

如月看見我這副表情，留戀地望了一眼那已經開始散去的夕陽，不再任性，很乾脆地點頭。

我也顧不得什麼了，這種危機感伴隨著一股子讓我心慌莫名的感覺，我轉身拉起如月就走，如月乖乖任我拉著她的胳膊，跟著我大步大步的走。

「三哥哥，明天就去萬鬼之湖了，我們會死嗎？」或者是我忽然這樣的爆發，讓如月緊張了，她不安地開口問我。

「不會死，我們所有人在一起，什麼情況都不會死。」我大聲地說道。

「三哥哥，還能看見這樣的夕陽嗎？」如月留戀地問道，我發現如月的心情好像低落到了一個怪異的低點，這丫頭在平時是不會說這麼頹廢的話的，我再次皺起了眉頭。

難道是受這夕陽的影響嗎？是有什麼不對嗎？

夜風習習，每一次吹動都帶著越來越重的涼意，在這一瞬間吹拂過我的臉頰，竟然讓我起了一串兒雞皮疙瘩，這麼涼的風非但沒讓我的內心冷靜，反而是湧上了一股子頹廢沉淪的感覺。

是陰氣的影響！這種不純淨的陰氣，一般飽含著負面的氣息，不是讓人頹沉淪，就是讓人偏激暴戾！可是小村每個院子都有血菖蒲的守護，怎麼陰氣還能帶來這樣大的影響？

想到這裡，我忍不住回頭看了一眼，這個時候我看見，天邊的夕陽已經模糊不清了，並非它們散去了，而是被那忽然而來從山坡下湧出的濃稠霧氣給遮擋了我的視線！

這霧氣怎麼忽然湧上來了？我忍不住停了一下腳步，如月卻分外緊張，忍不住問我：「三哥哥，難道是鬼羅剎來了嗎？」

「不是，是這霧……」我話還沒有說完，就看見了一個男人的身影從霧氣中走出，穿著民國時期的衣服，帶著愁苦的表情，幽幽望著我，身形是那麼飄忽。

我一下子愣住了，因為我一眼就看出來這霧氣中走出的根本不是人，是鬼物，在我沒開天眼的情況下，能清楚看見它，就只能說明一個問題，那不是普通的鬼物！

是我判斷錯了嗎？我對如月說道：「妳回頭，看能看見什麼？」

如月莫名地有些緊張，但是聽聞我的話，還是有些戰戰兢兢地轉過頭來，然後一下子驚呼出聲了：「三哥哥，好多人，不，這是人？」

如月的聲音有些發緊，我吞了一口唾沫，因為我清楚看見，在如月轉頭的瞬間，從霧氣中已經走出了十來個身影，無一不是身形清晰！它們的表情是如此詭異，望著我笑的，望著我哭的，癡癡的發呆眼神卻狠厲的……

而它們的樣子，我根本不敢細看！

我一把拉走如月，嘴上說道：「快些和我回村，快，快快……」說到最後，我已經拉著如月跑動了起來，因為那霧氣中還在不斷湧現出新的身影，而那霧氣也在快速地朝著整個村子湧來！

第六十八章　群鬼夜行　湖村危急

這樣的亡命奔跑就是一個宿命的輪迴嗎？耳邊呼呼而過的風聲提醒著我，在很多年以前的墓道中，我也曾這樣和如月一起逃命過，那個時候還有一個小胖子——酥肉！

彷彿腦中不能想起這些事情，我手中如月的手已經滲出了冷汗，偏偏我一想起酥肉，我身後就響起了一個熟悉的聲音：「三娃兒，你等等我哦，你要把我丟下啊？」

是酥肉的聲音！我一再告誡自己不要回頭，鬼物最是能迷惑人的心智，可是酥肉於我是何其重要的一個朋友，聽見這慌張而無助的聲音，我還是忍不住回頭。

然後我倒吸了一口涼氣，映入我眼簾是密密麻麻的人群，怕已不下幾百人，中間血淋淋的，舉著自己殘肢的，各種腐壞的，根本就是一場恐怖的大遊行！

而最讓我心悸的，是走前最前面那一個胖呼呼的身影，那分明就是現在的酥肉，他是那麼無助的望著我，那焦慮的眼神，那充滿希望和信任的表情，我的整顆心都在顫抖。

「三哥哥……」如月有些害怕的聲音傳來。

我深吸了一口氣，然後用握固的方式捏緊了自己的拳頭，功力在下一刻一下子湧上了喉頭：「滾，就這樣還想裝酥肉嗎？」

「哈哈哈……」走在前面那個酥肉的臉上忽然就湧出了大量的鮮血，接著是身體，最後他一下子破碎了，在我的面前破碎，化為了一個陌生的鬼物，帶著陰沉的表情盯著我，兀自陰笑。

儘管知道是假的，可是親眼看見我最重要的朋友之一的酥肉，在我的眼前忽然湧出大量的鮮血破碎了，我的心還是一陣壓抑不住的難受，最是可惡的就是這種鬼物，隨意玩弄人心底最深處的感情，很好玩嗎？

我的憤怒一下子如烈焰般竄起，我深深地看了一眼那個鬼物，擅長迷惑人心的厲鬼嗎？我會記住你的！

如月被我忽然的吼叫聲嚇到了，但我也來不及解釋，拉著如月就跑，狂奔在這鄉間的路上！

我很慶幸，這個村子的背後是各大勢力，甚至還有高層的身影在其中，所以這個村子儘管偏僻，但是一條通村的水泥路修得是極為平整，這樣的細節，如今就成了我和如月逃命的關鍵！

同時，我也敏感地察覺到一個細節，這些鬼物的行動是受到了限制的，它們並不能像平常鬼物一樣，因為沒有陽身的限制，所以也不存在速度的束縛，而只能一步一步的快走，霧氣湧動的速度，就是它們行走的速度，並不能衝出霧氣之外！否則，我和如月只是一瞬間，就會被這群鬼包圍，那時任我是一個道士，也沒有能力衝出這樣的重圍。

我和如月飛快奔跑著，原本十分鐘從村裡到村口的路程，我和如月只跑了五分鐘，就已經進了村子！

「砰砰砰」我使勁地拍著第一戶人家的大門，大聲地吼道：「萬鬼之湖的厲鬼湧出來了，快點聚到鄭大爺屋裡去。」

我喊得聲嘶力竭，青筋畢露！可見我的內心多麼著急，儘管這些鬼物受到了霧氣的某種限制，但是他們包圍的速度並不慢，相當於是人類快走的速度，時間上根本耽誤不起！

我這樣瘋狂地喊叫，自然引起了屋裡人的注意，我看見二樓飛快探出了一個身影，只是朝著鬼潮來襲的地方望了一眼，就臉色蒼白地縮了回去！

「你們快跑，我通知一下大家，隨後就來！」從樓上傳來一個聲音，連聲的催促我和如月，我也不矯情，拉著如月就繼續朝前跑去！

當風聲吹過，我聽見身後傳來了一聲巨響，回頭一看，就看見一個紅色的信號彈升上了天空，接著，又是連續的幾聲，又是連續的幾個信號彈升上了天空！

這就是通知危險的方式嗎？我來不及多想，只是拉著如月朝前衝，一路上我看見從村子的四個入口的方向都有紅色的信號彈衝天而起，我的心一點點地沉下去，我在這時已經清楚，村子的所有入口都湧進了這種詭異的霧氣，這個村子被陰魂鬼物包圍了！

此刻，我的腦子也是一團亂，根本想不出什麼，只剩下一個目標，那就是拚命地朝著鄭大爺那邊跑去，只有到了那邊，和大家匯合了，我才能稍微安心一些吧？

路山，越來越多的人們紛紛從屋子裡面跑了出來，人人手上都拿著血菖蒲，也統一朝著鄭大爺的屋子跑去，並不顯得有多慌亂，或許萬鬼之湖會出現這種危險，也是在預料當中的事情，他們是留有後路的，我安慰自己般的想到。

在紛亂中，我一邊跑，一邊帶著微微的喘息問如月：「為什麼想要到村口那邊去？」

因為事情現在回想起來，才發現實在是太過巧合，我因為寵溺如月沒有多想，只當她是小時候的任性發作了，如今想起……

如月的臉色有些蒼白，對我說道：「其實我也不知道，只是看了那邊一眼，內心就有一個聲音告訴我，去那邊看夕陽，不去就會遺憾一輩子？三哥哥，難道我……」

「很正常的，這很正常！」我一邊跑一邊大聲地對如月說道：「這些鬼物最是會迷惑人的心智，連我都會在不知不覺中中招，何況妳。」

如月的臉色終於好看了一些，我明白她是在自責，可我也想不出更好的詞語來安慰如月，現在這種情況，也不知道鬼物湧出來了多少，萬一鬼羅剎也在其中，我自己也亂了！

好在人流並沒有影響這奔跑的速度，也好在這裡是一個道家村，人人的體質都是較好的，在一陣不要命的奔跑之後，鄭大爺的院子終於近了，我看見鄭大爺正臉色嚴肅地站在屋子的門口，迎接著這裡的村民一個個進屋，在屋外還有兩個人在忙碌，他們從村民手裡接過大量的血菖蒲，很快這些菖蒲堆積起來，就快要成為了兩座小山包！

我終於一腳跨進了屋門，發現裡面已經是人聲鼎沸，人人來了這裡，才開始慌亂，而有人在負責安撫的工作！

這時，一個人猛地拉了我一把，我一看是肖承乾，他身後站著我們的人，全部都擔心地看著我和如月！

「你去哪裡了？這村子咋了？鄭大爺忽然說最高警報，不允許任何人出去！我們到處都找不到你和如月，擔心死我們了。」肖承乾說這番話的時候，連喘氣都不帶的。

而我卻在大口喘氣，根本來不及給肖承乾解釋什麼，一把拉過肖承乾到門外，然後指著外面，就什麼也說不出來了，慧根兒他們也過來了，承願給我遞過一杯水！

我大口大口喝了，發現所有人都目瞪口呆，水滋潤了我乾燥的喉嚨，我終於能說話了，大聲說道：「看見了嗎？萬鬼之湖的鬼物湧了出來，這個村子應該被包圍了。」

「是啊，被包圍了，最糟糕的情況，我們以為要幾百年後才會發生，原來這個週邊大陣不知不覺已經被破壞到了這種程度！」鄭大爺就站在我們的身旁，聲音沉重。

在此刻，那些快步行走的厲鬼離鄭大爺的這間屋子已經不到兩百米了！那些鬼物傳來的各種恐怖的聲音，已經傳入了所有人的耳朵，難道是要被困死在這裡嗎？

我的臉色異常難看，可是老天爺像是在和我們開玩笑，彷彿還嫌情況不夠糟糕一般，在這時，從另外一個方向，大概五百米開外，又一顆淡紅色的信號彈衝天而起，一瞬間，所有議論的人們都沉默了下來。

我不明白這淡紅色的信號彈是什麼意思，可是鄭大爺卻臉色異常沉重地問道旁邊的雲婆婆：「村民進來的時候，妳有統計嗎？是誰被圍困了？」

此時，還有十來個村民來陸陸續續進入，雲婆婆皺眉沉思，鬼物在那邊的腳步越來越近！忽然雲婆婆驚呼了一聲，說道：「在村子的人已經全部到這裡了，可是你忘記了嗎？前些天你派人出去聯繫外面的高層了，他還沒有回來，之前，你還在念叨這件事情。另外……」

雲婆婆看向了我們，我一下子就出了一身細毛子汗，因為我想起來了，還有一個人，他也應該是今天回來的，那就是路山！

他在三天前離開，說是這裡沒辦法和外面聯繫，他要出去拿鬼羅剎的一些資料，調查應該有了一些結果！

信號彈在五百米之外的地方，此時，那個地方已經是一片鬼潮！

第六十九章 入鬼霧

「應該是我們派出去和上邊接洽的小子，時間不能耽誤，我冒險一把去救他吧。」鄭大爺臉色鐵青地說道。

他之所以判斷是那個村民，是因為這種信號彈，在這裡的村民幾乎都是隨身攜帶的，如果是路山，他是沒有這種信號彈的。

「我去，我要去，我去！」鄭大爺讓雲婆婆去拿他裝法器的布袋，卻在這個時候陶柏忽然跳了出來，攔也攔不住的就要衝出這個屋子。

他的力氣極大，我去拉他，竟然被他拖著走了幾步，最後，是好幾個大男人去抱住他，才稍微讓他速度慢了下來，可是比較搞笑的場景也出現了，我們幾個大男人竟然也被他慢慢地拖著走。

這時，鄭大爺的法器包已經拿了出來，他看見這一幕，臉色陰沉地低吼了一聲：「別鬧，現在情況都已經這樣了，任何人不能出屋，點燃血菖蒲吧。」

在之前，血菖蒲上就已經灑上了易燃的酒精，此時鄭大爺一聲令下，兩個火把立刻扔向了血菖蒲！

「轟」的一聲，火光沖天而起，這血菖蒲燃燒出來的煙霧竟然帶著一種淡淡的血腥味，呈一種詭異的很淡很淡的紅色，這煙霧卻並不刺鼻！

血菖蒲開始燃燒，那煙霧立刻瀰漫開來，朝著那鬼霧的方向擴散而去，神奇的事情瞬間就發生了，那些煙霧竟然在慢慢逼退鬼霧，而鬼霧中的那些冤魂厲鬼也是聞到了這血菖蒲的煙氣，竟然怪叫著紛紛後退，躲進了霧氣當中！

我的臉色出現了一絲驚喜的表情，鄭大爺卻歎息一聲說道：「只能暫時拖延時間罷了，我去救他。」說完，鄭大爺舉步就要走！

這時，一向羞澀低調的陶柏忽然就如同爆發了一般，吼叫著又拖著我們前行了幾步，然後大喊道：「我要去，我知道是路山哥在裡面！」

我一下子愣住了，是路山在裡面嗎？陶柏為什麼如此肯定？如果是路山的話，我怎麼好意思讓鄭大爺去以身涉險，我一下子叫住了鄭大爺，大聲說道：「鄭大爺，你回來，讓我去吧，這裡還需要你主持大局！」

「你去？」鄭大爺的眼中抱著懷疑，顯然我是年輕一輩，就算有血菖蒲的幫助，他也不相信我有那個本事能深入鬼潮！

「我是老李一脈的。」我也不多解釋，直接把師祖的名頭搬了出來，然後轉頭吩咐承願去把我的黃布包拿出來。

承願明顯有一些猶豫，我瞪眼衝承願大喝道：「快去！」

承願不敢再猶豫了，立刻衝進屋裡去給我拿黃布包，我安撫陶柏：「你先別忙，力氣大對鬼物是沒有多大作用的，我和你一起去，馬上就去。」

陶柏轉頭驚喜地看著我，問道：「你真和我一起去？」

我鄭重點頭！

而在那邊，鄭大爺聽聞我吼出那一句，我是老李一脈的之後，終於走了回來，然後塞了件兒東西給我，說道：「萬事小心，這件物事兒，能保你神智清明！」

我攤開手一看，鄭大爺給我的是一塊長方形的玉牌，上面刻著一些複雜的符紋，我一眼就認出來了，嚴格地說這一塊玉牌應該是一張罕見的玉符，這樣的符籙論威力自然是比不過紫色以上的符籙，但是根據玉的特性，這種符籙是一種長期性的符籙，一般也不會封印威力強大的大術，都是一些靜心提升之類的作用。

鄭大爺給我的玉符比較高級，封印的法術竟然是類似於靜心訣的法術，對於玉符來說這樣的法術已經頗為不易了，不過我有沉香串珠，倒是用不上這張玉符，我轉手就把這張玉符交給了陶柏，讓他貼著胸口收好！

那邊肖承乾已經嚷著要和我同去，我估計是肖大少爺又熱血了，我瞪了他一眼，生生把他瞪了回去，然後承願已經拿出了我的黃布包交給了我，欲言又止的樣子，看我著急著要出發，才憋出一句：「承一哥，你小心一點兒。」

我點點頭，看了一眼大家，都是一副擔心的模樣，估計是怕給我造成負擔吧，全部都有話憋在了肚子裡！

那邊，血菖蒲的煙霧已經逼退了鬼霧一定的距離，再次露出了一段兒安全距離，原本是要深入鬼霧三百米左右的，如今只用衝進去一百多米，就能見到要救的人。

「陶柏，等一下進去鬼霧，就扯住我的衣角，跟著我衝，一刻也不要停下來，知道嗎？」我說話間，已經扯下了自己的沉香串珠，顧不得是很大一串兒，叼在了嘴裡。

然後我從黃布包裡掏出了一疊最普通的辟邪符，在我和陶柏身上幾乎所有關鍵的位置都貼上了，最後我拿出那一把師傅在龍墓留下來給我的拂塵，就頭也不回地帶著陶柏朝著鬼霧跑去。

在這一刻幾乎是沒有辦法思考的，因為前方就像一個巨大的懸崖，會不會跌下去我心裡也沒譜，還不如不要去想！

三百多米的距離在我們小跑的速度下，不到一分鐘就已經跑完了，鬼霧就在距離我們不到五米的距離處翻滾著，裡面有著影影綽綽的人影，想也不用想，就是那些陰魂鬼物！

我深吸了一口氣，讓陶柏拉著我的衣角，然後憋著一口氣，一下子就衝進了鬼霧之中！

在進入鬼霧的一瞬間，我的全身就冒起了大顆大顆的雞皮疙瘩，我自己都還來不及去體會什麼，就感覺到一股影響於靈魂深處的陰冷在身體裡爆炸開來，幾乎是凍僵了我！

「有些冷！」陶柏又恢復了他那要命的羞澀，聲音從我背後傳來，一隻手把我的衣角拉得緊緊地，可我不得不佩服他，血氣旺盛到了如此地步，這種鬼霧中的陰冷，只是讓他感覺有些冷！

在霧氣中，眼前的世界已經變了，不再是那個熟悉的小村莊，而是變為了一片翻騰的黑色雲潮中，一片沒有光照的深黑色的水面，在遠處有一些模糊的黑色山體，就在這水面當中！

我和陶柏站在這入口處，不過兩秒，就已經發現，我們就如同行走在水中，而這些水竟然有逐漸將我們淹沒的趨勢！

這就是陰氣中的世界，會嚴重影響人的靈魂，產生不可思議的幻覺，不要以為這終究是幻覺，是無害的，就好比荒村入口處那濃霧中的世界，這種幻覺如果沒有強大的意志來抵抗，產生的傷害是直接傷及靈魂的。

在入口處並沒有人影的存在，只不過抬眼望去，不到二十米的距離，就已經聚集了大量的人影，也就是鬼物，我和陶柏的闖入，就如同黑暗中忽然亮起了兩盞探照燈一般顯眼，一瞬間，所有鬼物的目光都落在了我和陶柏的身上！

「呵呵呵……」「過來啊，過來……」各種飄忽的聲音幾乎是在同一時刻響起，鬼物開始朝著我和陶柏飄然而來，各種形象正常的或恐怖的鬼物蒼白的臉上都帶著詭異的笑容，樂呵呵地望著我和陶柏，彷彿是在說：「歡迎參加恐怖之夜晚會！」

我只能這樣安慰自己，是一個晚會，因為我就算清楚眼前的世界是一個幻覺，我也無法去破除這一個幻覺般的場景！在這種情況下，拚的只能是速度，要在極快的速度下去救人，否則這麼多鬼物，帶來的迷惑一旦加深，我們就將永遠沉淪於此！

好在鬼羅剎沒有現身，這些鬼物帶不來任何的物理傷害！

開天眼！那麼多思緒，也不過三、四秒的時間，在下一刻我就已經及時洞開了天眼，如果不開天眼，在這種幻境下，就算再給我一百年的時間，我也找不到要救的人，就算經過他們的身旁也不見得能發現他們。

天眼打開了，那個可怕的幻覺世界總算消失了，變成了一大片恐怖的黑色能量流，瀰漫在天地之間，模糊中村子裡熟悉的景色再次出現了，可惜每一個地方都布滿了代表鬼物的光點！

沒有一個是正常的鬼物光點，淡紅色的，深紅色的，幾乎都是厲鬼！

我根本不敢細想，這麼多的厲鬼，只怕是師祖來了也無法消滅掉它們，我的能力最多也只能讓我在裡面待上五分鐘，也許五分鐘都不可以吧！

村子裡的景色出現，那也就好辦了，我確認了一下方向，開始朝著那一邊衝去，速度極快，陶柏雖然拉著我的衣角，倒也跟得上我的速度！

只是，我們這樣一動，那些鬼物就如同大海漲潮了一般，開始朝著我們呼嘯而來！

「嘩」我身上一張辟邪符，忽然就無風自落，我的臉上浮現出了一絲苦笑，開始了……

第七十章 鬼潮（上）

辟邪符無風自落，只能說明一個問題，那就是有鬼物在強行上身，辟邪符幫我擋了一下，失去了效用自然也就無風自落了。

在鬼霧中，這些陰魂厲鬼的行動並不會受到限制，沒想到速度竟然快到我都沒有察覺！這樣的發現，讓我內心的緊張一下子提升到了一個極限，這一次只是損失了一張辟邪符，表面上看沒有什麼，但實際上，那是因為我多年的修道生涯，靈魂比普通人強大，靈魂意志也要強大的多，就算沒有辟邪符，一般的冤魂厲鬼想上我的身也是不可能的，何況在我靈魂的深處還蟄伏著一個強大的共生魂——傻虎！可剛才那種情況，如果是普通人，就算同我一樣身上貼滿了辟邪符的情況下，也說不得會被上身。

畢竟這些黃色辟邪符的作用實在有限得緊，對我來說也不過是一個示警的作用罷了！

想到這裡，我的速度依舊沒有放慢，保持著百米狂奔的速度，卻揮舞起了手中的拂塵，這拂塵諸多神奇之處，至少它能實際打到冤魂鬼物，能不能打中目標我不知道，但這至少也是一個保護的措施！

在極限的速度下，百米的衝刺也不過是十幾秒的時間，由於是開著天眼，這些陰魂鬼物對我的迷惑降到了最低的程度，亦或者是因為我口中叼著沉香串珠，那一陣陣散發出來的淡然香味，讓我的神智始終保持在一個清醒的底限，配合著天眼，加上極快的速度，讓我沒有陷入鬼物的迷惑！

百米跑過，在濃得幾乎散不開的霧氣中，在那一片沉沉的黑色能量中，我依靠天眼竟然看見了在十米左右的距離之外，有著代表人類生命的兩團淡金色氣團，有一個已經非常虛弱，有一個雖然不怎麼「精神」，卻還保持在一定的底限之上！

「在那裡！」我充滿了驚喜地回頭大喊，只是那一瞬間回頭，在天眼狀態下，代表陶柏的那團氣團所散發出來的光芒，差點晃暈了我！

實在是太過刺眼，太過強盛了，這陶柏的氣血旺盛竟然到了如此地步？那不就是說，這陶柏身上聚集的陽氣就如同一輪「小太陽」？這陶柏身上究竟有什麼祕密？不要說普通人，就算是有百年積蓄的道家之人也不可能擁有這樣的陽身，畢竟道家講究的是陰陽協調，講究養生，同樣也注重靈魂力的強大，這樣的陽身無論從哪一方面來想，都有些太過匪夷所思了！

可惜，現在不是探究陶柏祕密的時候，在短暫被晃失神了以後，我也能看見在氣團中有些模糊的陶柏身影了，讓我驚奇的是，陶柏傻呼呼跟著我跑，身上的辟邪符竟然一張都沒有掉，我×，和他身上旺盛無比的陽氣相比，我倒成了軟柿子，鬼物全部都來找我麻煩了！

這種事情實在太傷自尊了！我真想對著這些鬼物吼一聲，看清楚，老子才是道士，還是山字脈的！為什麼我滿身的辟邪符幾乎都快掉光了？

雖然心中的想法亂七八糟的，但是我們狂奔的步伐卻沒有停下，十米的距離轉瞬即過，我們終於看清了在鬼霧中的兩個身影，一個躺在地上，是一個看著眼熟的陌生中年人，這個應該就是鄭大爺口中出去聯繫外邊的人。

而另外一個則是路山，在那一刻我看見路山之時，呼吸都幾乎停滯了，那是因為強烈的驚奇！

在鬼霧中的路山盤坐在地上，手上掐著一個奇怪的手訣，雙手舉成一個奇怪的手勢，整個人幾乎已經陷入一種與外界隔絕的入定當中，連呼吸都變得悠長無比。

在他的身後立著一道模糊的虛影，可以依稀看見是一尊怒目圓睜的佛像，可是卻不是我熟悉的慧根兒那一脈的，我對佛家的瞭解有限，可是路山掐的手訣我好像在哪裡看過？

我皺眉仔細一想，感謝我那很好的記憶力，還真讓我想起那麼一個細節，那是在北京大院的某一天，師傅忽然扔給我一本冊子，讓我仔細地研究一下。

我一翻開，上面畫著一些奇怪的手訣，和道家不同的是，那些手訣還配合著身體的各種姿勢，我一看完全就摸不著頭腦！況且，這些畫畫得非常粗糙，人的手就畫得跟個豬蹄上面插著五個蘿蔔似的，一看就出自我那師傅的手筆，所以我完全看不下去。

師傅則眼睛一瞪地教育我：「給我好好看看，這是我好不容易弄到的佛門密宗的一些手訣，對我道家有太大的參考價值了，你也看看吧，或者能有什麼啟發。」

但佛門的密宗何其博大精深，不要說只給我一本只有圖形的冊子，就算配上詳細地說明，我也不見得能學到皮毛，況且還說要研究，得到對我道家有益的啟發，師傅太看得起我了。

最終，我也沒有從那本冊子上得到什麼提示，但總算對密宗的手訣有了一定的認識。

此刻，路山掐的就是密宗的手訣！而且是屬於很高級的，絕對不會外傳的手訣，難道路山是密宗的人？我忽然就覺得陶柏和路山身上隱藏有太多的祕密了！

不過，看見此情此景，我還是鬆了一口氣，原來路山不僅能在鬼霧中撐得了一時半刻，還能保護其他人，路山身後的那個虛影散發出來的淡黃色光芒，在路山和地上躺著那個人之外，形成了一個類似於護罩的東西，隔絕開了鬼霧，也隔絕開了鬼物！

此時，在路山他們身邊圍繞了不下一百隻的鬼物，可惜都不能靠近路山和那個人，不過，我們也耽誤不得了，因為那個護罩已經搖搖欲墜，路山身後的佛像虛影也已經越來越淡，路山整個人的衣服都濕漉漉地貼在身上，臉上也出現了痛苦的表情，看來他也快撐不住了！

我深吸了一口氣，拿起拂塵就準備上前，卻不想陶柏比我更加急切，在下一刻就已經衝了出去，他咆哮著，舉著自己的拳頭，那樣子看似十分著急憤怒。

我連一聲「陶柏，危險」都來不及說，就看見了神奇的一幕，陶柏竟然一拳就揮飛了一隻鬼物！

這……陶柏能打鬼嗎？這簡直超出了我認知的範圍，可是下一刻我就明白是怎麼回事兒了，我清楚的看見陶柏的兩隻拳頭上都塗滿了鮮血，那應該是他自己的鮮血，血氣陽氣之旺盛，能對鬼物造成傷害，也是必然的。

這種天生的是根本羨慕不來的，陶柏和我就如同兩個極端，一個陽身強大到了極限，一個靈魂異常的強大，如果能夠互補……

不過，這是不可能的，下一刻，我也不再多想，揮舞著拂塵衝了過去！

這是一場艱難的戰鬥，在鬼霧中，這些陰魂鬼物根本就是殺不乾淨的，何況也沒有多餘的時間對它們趕盡殺絕，只能把它們打退！

做為一個道士，在這種極限的情況下，不能準備法術是極其鬱悶的，莫名其妙地陷入與鬼物的「肉搏戰」，怕是其他的道士知道了，都會笑我罷！

一分多種以後，我們終於殺開了一條血路，靠近了路山和那個中年人，情況糟糕的是，那些鬼物也越積越多，如果可以從上空看下來，就會看見在我們四人的一米開外，密密麻麻圍滿了鬼物，就如同在廣場上聚集了大量的人潮！

路山的還沒有從入定中醒來，可是他的眉頭略微舒展，估計已經是感覺到了外界發生之事，可是在這種鬼潮，還是厲鬼之潮中，他根本不敢停止掐訣，還在勉強維持！

趁著這個空隙，我從隨身的黃布包裡掏出了兩張藍色的辟邪符，分別貼在了路山和那個躺著的中年人身上，看了一下那個中年人的情況，又從包裡拿出一個小瓷瓶，裡面裝著的是以公雞冠子血為主的一種正陽藥液，我塗抹在了那個中年人的額頭！

下一刻，我對陶柏喊道：「你帶著他們兩個，然後我們衝出去！」

說話間，我的手使勁地拂過手中的拂塵，那鋒利的鏈條邊緣瞬間就劃破了我的手掌……陶柏那羞澀的聲音在我身後響起：「陳大哥，用我的血吧，天生就是辟邪的！」

天生辟邪，聽得我真是心驚，我回頭看了一眼陶柏，他已經把那個中年人夾在了胳膊下，此刻，他正在叫路山醒來！

而鬼潮也已經朝著我們碾壓而來……

第七十一章　鬼潮（下）

陶柏的鮮血帶著一股異於常人的火熱氣息，當他的鮮血塗抹在拂塵之上時，我手持拂塵都能感覺到一股與眾不同的能量在流動！

路山此時已經睜開了雙眼，看見我，眼中莫名流露出一絲欣慰，而我卻指了指他，言下之意是你小子騙我，你說你是道家山字脈傳人，為什麼使用的卻是密宗的祕術？

路山好像察覺到了我的詢問之意，衝我虛弱地笑笑，然後望了一眼那圍繞而來的鬼潮，提醒我，有事回去再說，先解決眼前的難題吧？

我手持拂塵，盡量以平靜的心情面對這一波波鬼潮，並非我不願意使用大招，或者動用傻虎，而是在這種情況下，根本就沒有辦法動用大招，而傻虎才初初傷癒，現在這種情況還是保留一分實力吧。

陶柏終於也把路山扛上了肩膀，看他的樣子，這樣帶著兩個人彷彿沒有任何的負擔，但在那路山被扛起的一瞬間，那金色的護罩也再也撐不住破碎掉了，各種厲鬼洶湧而來……

「衝！」我狂吼了一聲，拂塵在那一刻揮舞了出去，帶著陶柏和我鮮血的拂塵只是一下就打飛了十幾個鬼物，我們開始朝著前方拚命地衝去！

為了避免陶柏迷路，我採用了在荒村翻山時的做法，用紅色的繩結綁住了我們兩個！這樣，就算陶柏最後身陷幻境，他也能跟著我走出這一片迷霧！

我無法去形容在迷霧裡，鬼物堆裡充斥的感覺，那一股一股的陰冷不顧一切撞擊在身體上，然後再爆炸開來，每一次都像血液都要凍僵了一般！何況一秒鐘有十幾次！

這都是失去了所有的辟邪符以後，鬼物要強行上身的徵兆，在這種時候我根本不敢懈怠，運起功力開始保護自身的力量，一邊咬住沉香串珠，一邊舌尖緊緊地抵住上顎，不敢讓自己的氣息有絲毫的鬆懈！

另外，還有分出一部分靈魂力去維護天眼的狀態，我們這一路衝出去，看似在鬼物的纏身中，速度都不慢，事實上五秒的時間，讓我感覺猶如過了五個小時！

功力急遽的消耗，鬼物的進攻越來越瘋狂，之前是一秒鐘有十幾個鬼物要強行上身，到了此刻，一秒鐘有幾十個鬼物要強行上身……

傻虎在我的靈魂中咆哮，開始了下意識地防禦，幾次都想衝出我的靈魂，被我強行制止了，我也說不上來為什麼要制止的原因，總是覺得現在不是放傻虎出來的時機，我要克制！

雖然此刻不可能被上身，但靈魂終究被厲鬼的陰氣所侵襲了，我感覺越來越難支撐，身體有一種真正凍僵，舉步難行的錯覺。

我喘著粗氣，望著入口之處，還有二十米，卻遙遠得像二十公里！

最後的十米左右的距離沒有鬼物，想是因為血菖蒲的作用，可是在我們身處的十米範圍之內，卻充斥了更加多的鬼物，鋪天蓋地……

靈魂傳來的虛弱，讓我沒有辦法再奔跑起來，身後的陶柏對我喊著：「陳大哥，快一些啊，他們要撐不住了！」

我回頭看了一眼，陶柏所受的影響不大，至少意識還相當的清晰，可是路山已經開始意識模糊不清地說起了胡話，而另外一個中年人情況更加糟糕，他翻起了白眼，這是已經被上身的典型徵兆！如果不是我提前用公雞血為引的祕藥封住了他的靈台，恐怕他自己的靈魂已經會被擠出身體之外！

看著這一幕，我一咬牙，強行讓自己往前衝，不要停下腳步，可在這一刻，我忽然發現我無論怎麼奔跑，入口處好像都固定在了一處，不遠離，我也接近不了它！

是鬼打牆！如此多的厲鬼，終於聯合起來用了鬼打牆的方式來對付我！就算開著天眼，我竟然也無法對付這鬼打牆，因為我的靈魂受到了太多厲鬼的侵襲，已經開始虛弱。

我不能再前行了，我看見在前方不遠的地方，有一個厲鬼衝著我陰惻惻地笑，相信這麼厲害的鬼打牆就是出自它的手筆！

「陳大哥，怎麼你不走了？」陶柏有些著急的在我身後喊道，我聽了心裡很是安慰，任你幾乎是個純陽身，但到底是個傻大個啊！還得依賴我不是？

我盡量讓自己得意，讓自己心裡是正面的能量，為的就是不被這些鬼物折磨得喪失了鬥志，變得負面情緒充斥內心，最後倒在鬼物的玩弄之中！

「暫時走不了，但是我有辦法，你盡量和路山說話，讓他保持清醒！順便掐住另外一個人的人中，讓他的意識不要徹底被消磨。」我大聲地對陶柏說道，但眼神已經對上了那個望著我陰笑的鬼物了，當小爺我沒有辦法嗎？

在凝視間，我掏出了一張藍色的辟邪符貼在了自己的胸口，下一刻，我開始踏動步罡——請神術！

這是我絕少用到的一個術法，但對於我來說，請神術本身的難度卻是不大，連下茅之術都比不過，你用鬼打牆對付我，那我就請這裡的土地，來為我指一條明路！

土地屬於「低級神」，但具體土地是什麼，連師傅也給不出確切的答案，在圈中其實流傳一個說法，真正的土地爺就是在當地（一定的方圓範圍內），有德行得到冊封的老鬼！不管它是什麼，但請神術請土地，確實算是難度最低的請神術！

不過，在群鬼之中停下來用請神術，怕是我師傅知道了我這種行為，都會目瞪口呆吧？因為不管是請神術，還是下茅之術，都是需要精神高度集中，才能靠靈覺溝通的術法，厲鬼最是影響人的心智，我竟然這樣做，怕是師傅除了目瞪口呆，已經認為我被鬼上身了。

可是，我沒有辦法考慮那麼多，步罡已踏，術法已經開始，除非不怕反噬，否則是不可能停下來了！我全心全意的心志沉靜了下來，而思維也進入了存思的世界。

「三娃兒，媽媽今天做了你最愛吃的紅燒排骨，你要不要過來嘗一下？」在我五感絕對的沉靜中，忽然一個聲音傳入了我的耳朵，是我媽媽的聲音。

我繼續踏動步罡，拳頭捏得緊緊地……

「三娃兒，過來吃飯啊，你看你大姐，二姐都洗好手了，你還在搞啥？快點過來，幫老漢倒杯酒。」我爸爸的聲音又傳入了我的耳朵裡。

我嘴中在行咒，捏緊的拳頭卻已經放開了，這種程度的幻覺在進行了兩次之後，是根本影響不到我了！

外邊安靜了下來，彷彿那些鬼物也是知道如此沒有用，沒再用這樣的幻覺來打擾我，但是下一刻我的眼前，那鋪天蓋地的鬼物就瞬間消失了，這充斥著濃霧與黑色能量的空間也消失了。

場景慢慢地變化，變成了那一個我熟悉的小村子，生我養我的故土，彷彿時光還停留在小時候，我的目光一路穿梭，穿透了村莊，穿透了我們家院子的外牆，看到了那個熟悉的堂屋……

在堂屋中，我們一家人正在吃飯，獨獨少了我，爸爸在喝酒，媽媽在給兩個姐姐夾菜，而大姐卻望著我說道：「三娃兒，你還不坐過來？」

這場景……我的心底泛起一絲異樣的感覺，但卻絲毫不留戀，轉身就走，從小經歷過盤蛇漸迷陣豎立心志，這種幻覺怎麼可能影響我？

「三娃兒，你做什麼？」在我身後傳來了我媽媽焦急的聲音，我頭也不回，心若磐石，可卻也在這時，身後響起了巨大的轟鳴聲，煙塵一下子包裹了我，是身後的房子倒塌了嗎？

在現實中，我乾脆閉上了雙眼，幻覺而已，倒塌了也就倒塌了罷！所有的一切都已經消失，可是在我的耳邊卻傳來了我的家人聲嘶力竭的呼喊聲。

「三娃兒，救命啊，我被房梁壓著了！」是媽媽的聲音！

「三娃兒，來救救你媽啊，她被房梁壓著腰了，我也動不了了。」是我爸爸的聲音。

「三娃兒，來幫我拉你二姐起來啊，你二姐不行了。」我大姐的聲音是如此虛弱，伴隨著二姐哭泣的聲音。

我的喉頭一緊，閉上的眼睛也忍不住的酸澀，明明知道是幻覺啊，可是為什麼我如此心痛？在那一瞬間，從步罡之中已經明顯開始流動的力量一滯，一口甜血就湧上了喉頭！我趕緊一步重重跺下，穩住了就要潰散，開始反噬的力量！

這才是厲鬼真正可怕的地方啊！一群厲鬼竟然把我心底最珍視的一段過往拿出來玩弄我！可是我卻沒有憤怒，因為憤怒的情緒會影響整個請神術，我強行把整個情緒下沉，然後接著快速地繼續踏動步罡！

「承一……」一個溫和卻清淡的聲音在我耳邊響起，是那麼熟悉，牽動著心底最深處的情緒！

如雪！這一次又是如雪嗎？

我的臉上泛起一絲冷笑，猛地睜開了雙眼，下一刻一個請神術的標準手訣已經被掐了出來，不用再拿如雪來迷惑我了，步罡已經完成，土地出現吧！

終於，在我的身後出現了一隻青色的手臂，略微有些顫抖地朝著斜前方的某一處指了一下，然後一個有些嘶啞的聲音在我腦海中響起：「朝那個方向前進，無論如何都一直朝著那個方向走！」

隨後，那個聲音就無聲地消失了，連同那隻青色的手臂也猛地不見！

我苦笑了一聲，能夠理解，因為在土地出現的瞬間，所有的鬼物都帶著異樣憤怒的眼神盯住了我的身後，那樣子簡直是要活吞了我身後的土地一樣！

莫非土地真的是鬼物？我胡思亂想了一下，然後大吼了一聲：「陶柏，跟我走！」就頭也不回的朝著土地所指的方向，大步的前行！

陶柏有些傻愣愣的，聽我說了一句走，如釋重負一般的，什麼也不問，站起來就跟著我一起前行了，可是我的心卻跳動得異常快速！這一次真的是僥倖！

感情一向就是我的弱點，剛才明知是幻覺，都差點被反噬，如果施術時間再長一些，這些鬼物搬出如雪，搬出我的朋友，甚至搬出我的師傅……那後果真的不可想像！

我悶頭跑路，可是陶柏驚恐的聲音卻在我身後響起：「陳大哥，你停下來啊，你不要往前了！」

我抬頭一看，在我們的前方景色已經陡然變化了，又變成了那黑水黑山，而我和陶柏此刻就站在水的岸邊，而在水中，一條不明的生物正蟄伏著，兩隻陰森的綠色眼睛死死盯著我和陶柏，而它長大了嘴，彷彿是在等待我和陶柏自投羅網！

它所在的方向，恰好就是土地給我指引的方向！

「相信我嗎？相信我就不要停！」我能感受那不明的生物帶給我的壓力，那種無法對抗的壓力讓我連思考它是什麼樣的存在都無心，可是我知道我不能停下來，身後傳來了鬼物特有的「嗚嗚」嘶吼聲，聽那聲勢，彷彿是大部隊趕到了。

「好的，陳大哥，我跟著你！」陶柏毫不猶豫地說道！

我「嗯」了一聲，下一刻，我乾脆閉上了雙眼，帶著陶柏，朝著那個不明生物加快速度衝了過去！

第七十二章　孤島

「陳大哥，我很害怕啊！」

「陳大哥，它動了，好大一隻，那是什麼啊！」

「陳大哥，我不敢跑了！」

陶柏的聲音一聲聲在我身後響起，就像一個無助的孩子把希望全部寄託在了我的身上，我閉眼也能感受到那來自未知生物的壓力，那壓力讓我前行的步伐也變得猶豫而顫抖起來！

可是如今還能有什麼辦法，只有賭！

「把眼睛閉上，跟著我衝！」我沒有回頭，只是衝著陶柏大喊了一句！同時我睜開了自己的雙眼，陶柏還是不看見的好，但也不能兩個人同時閉眼，那麼就讓我來面對吧！

我一步步走向那個位置的生物，十米，八米……我幾乎被它那龐大而陰冷無情的氣息壓得喘不過氣，五米，三米……我看見了它的牙齒和裂開的嘴角，彷彿是在衝我陰惻惻地笑著，嘲笑我已經沒有退路……

二米，一米……那個巨大的生物忽然動了起來，攪得我身下的一片黑水翻起了滔天的浪花，水是不存在的吧，為什麼我還感覺到那水流特有的觸感，冰涼的，流動的，這種影響自靈魂深處的幻覺，是有多強大！

「嗚……」一聲震耳欲聾的吼叫，來自那個巨大的生物，它一下子俯過了身軀，昂揚起它那巨大的腦袋，帶著威脅和不明意味的眼光看著我，嘴張大到了一個極限，看樣子下一刻就要將我吞噬！

陶柏緊閉著雙眼，不由自主地靠近了我兩步，身子緊緊地貼著我，全身都在顫抖，那一刻，就是生死之間的一刻，後面的鬼物大軍已經追來，我看見了它們眼中的嘲諷之意，看見了它們幸災樂禍的冷笑！

最後的距離了吧？我眼睛一閉，緊咬著牙關，對陶柏再也沒有任何的解釋，而是直接拉著陶柏朝著那個怪物衝去……

安靜，在此刻我的心已經變得絕對的安靜，只剩下高速奔跑的呼呼風聲！

「嘩」的一聲，一股強大的陰冷氣息在我和陶柏的周圍爆開，難道是賭錯了，我們將要被吞噬？

「啊！」我狂吼了一聲，既然都已經錯了，也沒有退路，那就衝下去吧，我還要賭那一點希望！

陰冷的氣息如同一陣狂風般的吹過我和陶柏的身軀，我們兩個狂奔不已，卻感覺一切都安靜了下來，陰冷的風，不停歇的鬼哭，霧氣特有的濕潤感，一切都消失了！

「蹭蹭蹭」，是我和陶柏的腳步聲迴響在這安靜的天地當中，一切都結束了嗎？還是我們四人終究被吞進了那個怪物的肚子裡？我試著睜開了雙眼，發現我們回到了熟悉的場景，這個村子的水泥路上，在遠方兩百多米的距離，門口聚集了大量的人，沖天而起的淡血色煙霧將他們的身影遮蓋的模模糊糊，他們安靜地看著我們，全部都看著我們……

「好！出來了……」

「他們做到了，他們出來了……」

「好啊……」

忽然間，震天的歡呼聲響起，人們沸騰了，我一下子沉浸在驚喜中，回頭一看，我們已經跑出了霧氣十米左右的範圍！

我想微笑來著，發現臉部的肌肉幾乎已經僵硬到了一個緊張的狀態，暫時恢復不過來了，我想舉步朝著人們走去，卻發現全身發軟，冷汗濕了全部的衣服，黏黏膩膩貼在身上！

我一屁股坐在了地上大口喘息，我拍拍陶柏的肩膀，發現這小子竟然嚶嚶哭起來了，我一頭冷汗，怎麼羞澀得哭起來都如此斯文？想到這裡，我終於笑了起來，越笑越暢快，臉上的肌肉也不再緊張了！

我經歷過很多冒險，如此英雄一般的，卻是第一次！就像小時候的願望得以實現，一股子痛快的感覺在心中爆炸開來，我是如此開心，連陶柏也傻呼呼的一邊哭一邊跟著笑了起來。

面對那種未知的巨大生物，我們有一種虎口餘生的僥倖啊！儘管，事後回想起來，那也是幻覺，可那是多厲害的鬼物才能布置下來的幻覺啊？

萬鬼之湖裡到底有著怎麼樣的鬼物？它的一切都像一個謎題！

我披著毯子坐在鄭大爺房子的屋門口，看著這被包圍的小村中的一切，人們還在忙碌，不時的有人收集一些血菖蒲燃燒過後的飛灰有規律的灑在房屋的周圍，也不時有人開始在房屋的周圍貼著各種符籙……

有人控制血菖蒲的火勢，有人控制陣法……每一個人都各司其職，臉上沉重，卻沒有絕望。

鄭大爺遞給我一碗薑湯，問我：「小娃兒，還冷嗎？」

回來之後，自然要用一些手段拔除侵蝕到身體裡的陰氣，可這種陰氣從來沒有任何手段能完全拔除乾淨，最後剩下殘餘的還是要靠自己本身的陽氣來驅除，過程的長短視個人的體質而定，但基本已無大礙。

想到這裡，我羨慕地看了一眼陶柏，那孩子早就跟沒事兒人一樣了，哪裡還有冷的模樣，活蹦亂跳地為著路山忙過來忙過去！

我喝了一口薑湯，抬頭看了一眼天空，血菖蒲的煙氣已經驅散了籠罩在這個屋子上空的一些淡淡霧氣，露出了血色的天空，到了此時，原本應該入夜的此時，那血色的殘陽依舊沒有散去，難道是預示著什麼嗎？

「是不是覺得很新奇？很美的景色，可是卻是預示著很大的危險與災難，我活了一百多年，這血色夕陽整夜不散的風景，這是我一生第二次看見。」鄭大爺同樣和我一起望著天空，幽幽感慨道。

「第二次？」我吃驚地看著鄭大爺。

「在這村子住久了，漸漸也就麻木了！這一個村子的夕陽一年中總有那麼十幾次，是這種鮮紅如血的樣子，到了晚上總會散去，沒想到這一次……」鄭大爺猶自感慨著，忽然就有些尷尬的望著我說道：「到底人老了，是有些囉嗦了。」

我笑笑，又喝了一大口薑湯，說道：「鄭大爺，你已經是我見過廢話最少的老人了。」

「哈哈哈……」鄭大爺爽朗地笑了幾聲，然後才背負著雙手說道：「我第一次看見這種血色殘陽，整夜不散，已經是很久以前的事情了，快要接近一百年了吧？那時，我還是一個小孩子，剛剛被雲遊路過我家鄉的師傅收為弟子，而他來我家鄉，就是直覺我家鄉的氣場不對，怕是有大事要發生！那一晚詳細的事情，我就不和你說了，相信你師祖應該也是知道的，有沒有說予你們聽，我不知道，但我可以告訴你，那一晚，是大規模的陰魂借道而過，我們整個村子的人都看見了那數萬的陰魂！」

陰魂借道而過？陰兵借道的傳說我倒聽過幾次，不過都比較沒有肯定的證據，沒想到今天有一位老人竟然給我說起那麼一件祕辛，還說我師祖也知道。

「那一夜是極其恐怖的，可是那些陰魂真的只是借道，並無傷人之意，那血色夕陽不散，無非也就是各種的冤氣悲苦之意志，還有陰氣聚集的表現！這一夜，咱們這個村子也一樣，可惜的是，我們遇見的是冤魂厲鬼，哪裡能輕易放過咱們？咱們也沒有當年那一次的運氣，那一次的陰魂借道，現場有數十位的道家高人一路維護次序，是半點也沒打擾到人間。」鄭大爺的神色有些沉鬱。

我忽然就想起了一茬來，有些難以置信地望著鄭大爺，說道：「您是說……？」

「是的，你救回來的人，就是我們村子的村民，已經稍微清醒了過來！他，連村子都沒有完全走出去……幾天來一直陷入鬼打牆中，要不是路山回來，恰好經過那個村口，恐怕他……也就是說，我們現在就如同在一座孤島上，除非是上面的人自己發現了，否則，沒有人會來救我們！」鄭大爺歎息了一聲，然後嚴肅地說道。

我聽著這番話，手一滑，手中的碗都差點拿不住！

第七十三章　困境與檔案

這樣被困的經歷，我曾經有過一次，那就是在荒村，我們聯繫不到外界。但那一次的經歷卻沒有這一次這麼有壓力，因為那一次如果我們放任老村長不管，其實是可以原路退回的，就是沒有交通工具而已，哪像這一次被陰魂鬼物困在了一個屋子裡。

我捏緊了手中的碗，問鄭大爺：「有辦法嗎？」

鄭大爺沒有直接回答我的問題，而是訴說了另外一個問題：「血菖蒲燃燒的煙霧，最多可以和陰魂鬼物對峙兩天，接下來那些菖蒲之灰，可以暫時阻擋陰魂鬼物進屋！血菖蒲我院子裡還有一些，但那些用來燃燒太過可惜，因為那些是受到祕法灌溉最多的菖蒲，另外……」

我不明白我問鄭大爺是否有辦法，他幹嘛給我說這些，但我也只能這樣聽著。

「……該做的防禦，我們做到了什麼程度，你也看見了，不過在這陰氣聚集的地方，陣法的效果如何，你身為一個道士也應該清楚！總之，一切的防禦也拖不過十五天！更何況，全村三百多人全部聚集在這間屋子，飲用水也還罷，院子裡有井，可是糧食是撐不過五天的。」鄭大爺說完之後，坐在門檻上，那神情就像一下子老了十歲一般，連精神狀態也有些萎靡了。

他同我一起盯著四方不遠處翻騰的鬼霧，幾乎是同時歎息了一聲。

沉默了良久，他才說道：「鬼霧中的具體情況是怎麼樣？小娃娃，你可否給我詳細地說來？我看看在那鬼霧中是否還有一線轉機？」

鬼霧中嗎？我苦笑了一聲，在那裡面尋找轉機，可能是徒勞的吧，這樣想著我把在鬼霧中詳細經歷的一切都告訴了鄭大爺。

果然，鄭大爺聽罷，良久苦笑不已，是否有轉機，從他的表情中就可以看出來了！

在沉默中，涼風已經吹冷了我手中的那碗薑湯，我放下手裡的碗，心裡雖然感到形勢的嚴峻，卻沒有什麼絕望的感覺，或許是我處在絕望中的次數太多了，心中也就自有了一股屬於自己的堅韌，不相信會絕望，也不相信這世間只要人心不絕望，就真的有困死人心的困境。

我想安慰鄭大爺兩句，卻不想鄭大爺卻忽然開口了：「就算情況再糟糕到什麼地步，我們也不會忘記這守護的責任，更不會坐以待斃！就算是要和這些陰魂一戰，也要最頑強的去戰鬥！我道家人相信天命，天命於此，落在我守湖一脈的身上，又怎麼可能會逃避！大不了一死，死得其所，自然也就含笑瞑目了。」

鄭大爺這番話說得我內心感動也熱血沸騰，我望著鄭大爺，在那一瞬間，我彷彿看見了在黑岩苗寨山谷那一戰中熱血沸騰的身影，也彷彿了看見老回頭也不回衝出去的背影，看見了洪子舉槍屹立不倒的身影……這個世間，總是有英雄的，真是英雄，又哪裡需要人們去讚頌，去肯定，去流傳他的故事，他要的不過成就自己心中的英雄！

「是的，我們也不後悔來到湖村。」我沒有太多熱血沸騰的話，只是淡淡地說了這麼一句，裹了裹自己身上的毯子，風吹來，殘陽如血的天空彷彿恒古不變般的滄桑，我是真的不後悔。

「好！」鄭大爺高呼了一聲，然後轉身進屋了，他說道：「堅守在這裡來看看罷，看看老天會給我們什麼樣的轉機！」

時間在人們的緊張忙碌中，很快就過去了一天，那血色的殘陽已經散盡了，換上的是黑沉沉的天空，不是夜色的那種黑，而是一種雨水要下未下，天空壓抑的黑沉。

這一天一夜每個人都過得不算好，在忙碌後的休息總是伴隨著陣陣的鬼哭聲，夢中驚醒陷入各種恐怖的人不計其數，任誰也是休息不好。

要知道，在這裡的都是心智較普通人堅定的道家人啊！

在有效的手段下，救回來的路山和那個中年人恢復得不錯，在又是一個傍晚時分的此刻，路山終於徹底清醒了！

最開心的自然是陶柏，他難得放下羞澀，在屋中又蹦又跳，而路山只是微笑摸著陶柏的腦袋不說話。

我站在特意給路山留出來的一個單獨小間門口，靜靜地任他們兩兄弟發洩喜悅，等待著。好一會兒，陶柏才重新安靜下來，坐在了路山的身旁，而路山望著我，鄭重地說道：「謝謝你。」

「不用謝我，你該感謝鄭大爺這座院子真夠大，還能用布簾給你隔出一個小間休息，休息好了，才能恢復得快嘛。」我滿嘴跑火車，其實是不想承路山的謝意，從始到終，我必須要承認，雖然我對路山一直抱有懷疑態度，不能放心將他當朋友，但他幫了我不少，這次被困也是為了給我取來資料，我該出手去救。

而且，路山在鬼霧中還幫助他人的行為，讓我覺得這個人的人品真的不壞。

路山是個如何精明的人？我的說法讓他笑了，他低頭沉思了一下，摸出了一枝菸點上，淡淡說道：「把我當朋友了？」

我沉默，這倒不是矯情，而是有些尷尬得不想接話而已。

沒有過多的廢話，路山讓陶柏拿過了他那個隨身的背包，從裡面拿出了一份牛皮紙袋，遞給了我，然後說道：「很不容易才弄到的！關於那張照片對應人的資料。」

我接過牛皮紙袋，也沒急著打開，問他：「是怎麼一個不容易法？難道這其中還有阻力？」

「阻力說不上，畢竟是悄悄辦事兒，沒那麼方便！讓我為難的是其中怪異的地方，這張照片中的女人，她在地方上的檔案全部都消失了，只能查到一個姓名和出生地點，傳聞是那一年，檔案室發生了一場不大不小的火災。但幸運的是，這個女人身上曾經出現過一件比較轟動的大事兒，我祕密找人打聽了一下，大概知道了一些事情，然後根據這件事一查，果然有檔案上調到了……你懂的，然後我就找人傳真了這份檔案。」路山一口氣說完了這些話，有點兒疲憊，狠狠吸了一大口菸，然後得意地望著我，頗有些在誇獎自己有本事的意思在裡面。

我捏著這份檔案，苦笑著對路山說道：「如今拿到了，希望能有幫助吧，你知道現在外面的情況糟糕到了什麼程度嗎？」

路山點頭說：「我知道，但沒到必須要死的地步，那就走一步看一步吧。」

果然，我身邊的人都是奇葩，根本就不知道害怕到底是何物，我拆著手中的檔案袋，一邊拆一邊假裝無意地對路山說道：「你曾經給我說過，你是道家人，還是山字脈的！怎麼會密宗的祕法？」

說完，我抬頭看著路山，路山一下子愣了，然後就這樣停滯了一秒，他忽然狠吸了幾口菸，然後對我說道：「這種祕密，不影響我們之間的交情和合作吧？」

他的眼神中有期盼，我看著，很認真地說道：「不影響，只要你小子不是傷天害理的人。」

路山吐出煙霧，鬆了一大口氣，倚在床頭幽幽地說道：「我和小柏身上是有一些祕密。但是，承一，我就是道家人，就是山字脈，你相信我嗎？」

「相信！」我笑著說了一句，然後很直接地說道：「好好休息，咱們現在的未來是不確定的了，總之不管怎麼樣，情況都不會很好。休息好了，才有力氣和那些冤魂厲鬼打架，我就不打擾了。」

說話間，我揚了揚手中的檔案袋，直接走了出去，是的，每一個人都有祕密，就算是朋友也沒有探究別人所有祕密的權力！

我拿著手中已經拆開的檔案袋，還是選擇坐在了屋門口，這裡點著兩盞大燈（雹早就不明原因的停了），就算天空依舊陰沉，也還是能看清楚我手中的這份檔案。

伴隨著陣陣的厲鬼咆哮，我也由此翻開了一個女人的故事！

第七十四章 她的往事（上）

這份檔案相比於普通人的檔案算是厚的了，十幾頁裝訂在了一起，我說不上是什麼心情，因為那個照片中的女人很有可能就是鬼羅剎，我竟然在閱讀一份鬼羅剎的檔案，所以這種想法，難免讓我的心情有一些古怪。

一翻開這本檔案，我首先看見的竟然就是夾在檔案中的一張照片！我沒想到路山竟然弄到了照片，在好奇之下，我拿起了這張照片。

這是一張最老的彩色照片了，應該是彩色照片才剛剛興起的年代，看顏色一點都沒有現代的彩色照片色彩那麼自然柔和，反而是有些刺眼。

照片上的人打扮也很土氣，女的都燙著爆炸頭，男的都梳著偏分，可就是如此也不能掩飾這張照片裡男女主角的光彩。

照片應該是在一場宴席上，周圍熱熱鬧鬧坐著很多人，可是照片主要是拍攝的一對情侶或者是一對夫妻，那對夫妻中的妻子眉目如畫，微微低頭羞澀幸福地笑，而她旁邊那位男子用筷子夾著一個肉圓，另外一隻手小心地接著肉圓的湯水，正遞女的嘴邊。

我仔細地看了一眼那個男子，長的濃眉大眼，五官非常端正，而且高大，是那個年代典型的帥哥，他是在餵自己的妻子吃菜吧？在照片中，我看見的是他目光並沒有看向鏡頭，而滿是寵溺地看著自己的妻子，溫柔的目光彷彿寂靜了這個熱鬧的宴席現場。

我有些呆呆地看著這張照片，如果說時光的流逝無情，那麼照片就是在殘忍的時光中唯一能夠記錄「當時」的東西，這張照片是異常美好的，它記錄的不是兩個帥哥美女，而是一片濃濃的深情，從照片上我看到的是一對恩愛夫妻。

既然如此恩愛，為什麼會化身為鬼羅剎？其實從看照片的第一眼，我就已經認出那個女子就是鬼羅剎了，雖然鬼羅剎的面目可怕，但五官總是不變的！

而那個男子卻是我很陌生的，莫非他才是真正的陳諾？

我帶著無盡的疑問，終於是翻開了那份檔案，開始仔細地讀起鬼羅剎在人間的事情。

她有一個很美好的名字，叫做郁翠子！出生在五〇年代，×小鎮（傅元所在的小鎮）。

在那個激情洋溢的，取名字不是愛紅啊，就是衛軍啊之類的年代，她的名字是那麼的特別，就如她的人一般，美麗到被左鄰右舍爭相讚美。

翠子，滿眼蒼翠中站立的女子，充滿生機而極美，不是嗎？

郁翠子的美被左鄰右舍所讚頌，而郁翠子本人的性格也是極受鄰居們待見的，由於她的父母是知識份子，所以她從小受到的教育薰陶就已養成了她的好性格，行為舉止大方，整個人知書達理，平和恬淡。

在那個年代，郁翠子在人們眼中幾乎就是沒有缺點的女孩子，集各種美好於一身，而她的前途也該是光明的，人們堅信郁翠子會是小鎮裡的第一個大學生。

可是命運總是坎坷的，歷史也總是起伏的，郁翠子沒有得到上大學的機會，她上山下鄉了！

那一天，她是隨著小鎮上其他的年輕人一起走的，在那一天氣氛是莊重熱烈而充滿了那個時代特有的激情的，只有郁翠子一個人獨自在大篷車的角落哀傷。

之前，她的父母因為一些問題，已經被調查了，從小溫馨的家頃刻之間就變得風雨飄搖，而她自己，一旦踏上這條路，從小就在心間的大學夢也就意味著被葬送了，一切的一切都沒有高興起來的理由，而這天氣也不是豔陽高照，而是下著綿綿的細雨，是老天也在同自己一起哀傷嗎？

在一片鑼鼓喧騰的聲音中，大篷解放車終於緩緩地啟動了，一群年輕人就要告別熟悉的家鄉，去到一個陌生的天地開始自己上山下鄉的插隊生涯了。

郁翠子獨自在角落有些昏昏沉沉，搪瓷的大杯子隨著車子的晃動，「哐當，哐當」敲著車子的地面，更讓人添上一份煩躁。

「郁翠子，妳還記得我嗎？」一個好聽的男中音在郁翠子的耳邊響起，溫和的語氣，帶著些許的溫暖讓郁翠子稍許回過神來。

她有些詫異地轉頭，首先映入眼簾的就是一張帶著燦爛笑容的臉蛋兒，洋溢著青春的飛揚，眉眼周正！這是郁翠子和他重逢以後，第一個深入靈魂的他的樣子！

應該是沒有忘記的吧？依稀有些熟悉的濃眉大眼，笑容中一口好看的白牙，濃密的黑髮，小學時候最多男孩子討論的是自己，而最多女孩子討論的就是他。

他的名字是……郁翠子微微皺了皺眉頭，看著眼前的這個大男孩，不確定地說道：「你，你是陳……」

「我是陳諾，這麼好記的名字，妳難道就把我忘記了嗎？」他做出了一個略微委屈的表情，然後又飛快地扮了一個鬼臉，把郁翠子一下子就逗笑了。

陰霾的天空也神奇地在此時有了一些放晴的意思，陳諾就這樣帶著笑容，伴隨著快要放晴的天空，再一次走進了郁翠子的生命。

而在之前，他們只是小學的同學，也不過幾句話的交集。

在那個時候，郁翠子是一個一心讀書的乖女孩兒，她不曾關心過這個年紀的風雲小男孩，只是偶爾會聽說他，卻不在意。

這一切就是故事開始之前的之前。

下鄉的日子是非常清苦的，儘管他們這一批年輕人去到的並不是條件最差的農村，可是陡然從城市裡來到農村，還要適應以前從沒有做過的田間勞作，吃著比城市裡差了一些的伙食，這些年輕人怎麼會不認為清苦？

況且，所有的勞作都不是能隨意隨性的，在那個時代是有著特殊的「計工分」這一說法的。

郁翠子在這其中，也覺得辛苦，在這裡的日子，她已經不敢奢望自己的大學夢，隨身帶來的一些課本，再沒有時間拿起，原本十指青蔥的雙手也變得漸漸粗糙起來。

更要命的是，由於她父母的關係，她在鄉下的日子並不是太好過，負擔總是比別人多一些，而受到的欺負也總是多一些。

唯一能讓她內心得到寬慰的，就是她的那個小學同學，陳諾的存在！

他總是保護她，他總是鼓勵她，他還是總是想著各種辦法幫她完成一些活計，儘管他身上的負擔也不輕。

他們漸漸就因為這些苦難越走越近，青春萌動的情愫也在這片略微苦澀的土地上抽出了動人的嫩芽。

可是在那個年代，一切的感情都是壓抑的，他們之間非常純潔，感情也從來不曾說破。

「翠子，今天吃完晚飯以後，我們老地方見吧。」這一天，陳諾悄悄地找到郁翠子，對她說道。

老地方見面已經進行了很多次，其實也就是一個比較偏僻的地方，他們一起散散步，說的最多的，也是陳諾對她的鼓勵。

這種見面的時間很緊迫，一般也就半個小時左右，出去久了，難免也就會有閒話了。

只是一個普通的見面吧，郁翠子沒有多想，非常愉快而乾脆地答應了，畢竟她對陳諾已經有了非常多的好感，一般情況她是不會拒絕陳諾的。

晚飯過後，一個慵懶的夏日傍晚，他們再次在老地方見面了。

鄉村的生活固然比城市清苦，但也有城市沒有的好處，那就是處處美好的田園風光，陳諾和郁翠子約見的地方雖然偏僻，卻也是一個風光不錯的地方。

側邊是一個小樹林，走出小樹林就是一條清澈的小溪，他們就常常沿著溪邊散步。

這一天，也同往常一樣，他們照例沿著溪邊散步，可是不同以往的卻是，這一天的陳諾有些悶悶的，總是欲言又止的樣子，弄得郁翠子也有些悶悶的。

「陳諾，你是有什麼心事嗎？」郁翠子這樣問道。

而陳諾在此時停下了腳步，忽然就抓住了郁翠子的雙手，而他們所有的糾葛也就從這一刻開始了。

第七十五章　她的往事（下）

陳諾就是在那一天，那抓住郁翠子雙手的一瞬間給郁翠子表白的，那一場表白是一個動人的故事，講述的是一個小男孩如何在小學的時候，就把某個小女孩的身影刻進心裡的往事。

「我以為我這輩子是不可能接近妳的，中學妳知道我就轉學到了另外一個地方去讀書，再之後由於父母的調動又回來了，卻沒有了妳的消息，很多小同學也陌生了。我沒有想到，能在上山下鄉的車上再一次看見，妳知道嗎？我一眼就認出妳了，我，我……」陳諾越說越急，到最後臉已經脹得通紅！

而郁翠子的臉也紅得如同滴出血一般，可她的手顫抖著，終究沒有掙開陳諾握住她的雙手，愛情一旦來了，這世界上又有多少人可以狠心抗拒。

「我覺得，我覺得我們可以組織一個家庭的，我，我會對妳好的。」陳諾最終說出了他最想要說的話，沒有任何的甜言蜜語，簡單、質樸，而落地有聲！

郁翠子不語，心跳在這一刻快得就如同要蹦出了喉嚨……陳諾著急了，他大聲地說道：「我的名字就叫陳諾，也是承諾的意思，說出來了，就是一輩子不變的事情，舉頭三尺有神明，承諾不是能夠隨便改變的。翠子，我……」

「你是真的……承諾了就是一輩子嗎？」郁翠子伸手捂住了陳諾的嘴，她的父母就是她對愛情的最高嚮往，兩個知識份子一路夫唱婦隨，因為母親身體的原因，她是那個年代少有的獨生子女，可是父親卻從來沒有嫌棄過母親半分，反而是照顧得越加周到。

要知道，父親也是一個風度翩翩，長相文質彬彬的學者啊，在當年不知道吸引了多少女性的目光，可是他用最瑣碎的行為證明了一個男人這輩子最深沉的愛，父母的愛情就是郁翠子對愛情的所有理解。

相依為命，相濡以沫，一旦牽手就是一輩子不放開的事。

面對郁翠子的詢問，陳諾鄭重點頭：「我是陳諾，也是承諾，承諾這一輩子心裡就只有妳。」

月亮悄悄地掛在天空，愛情在這一夜再沒有任何的阻擋，在兩個人之間開始流淌！

歲月最是無情，從最初的最初，那懵懂的小學時候，陳諾初初的動心，到了一眨眼十年以後。

在那個時候，郁翠子早已經成為了陳諾的妻子，他們一起走過了很長的歲月，面對過很多苦澀。

就比如，郁翠子的父親因為某些原因去世了，母親也服毒跟隨。

再比如，他們的孩子因為郁翠子的傷心過度而流產了，郁翠子的身體醫生說再沒調理好之前，不適合再要孩子！

可生活也有很多美好。

就比如，陳諾奮發努力，在郁翠子的支持下，考進了大學。

又比如，陳諾讀完大學以後，他們又可以一起回到熟悉的小鎮，再開始新的生活。

最美好的是，不管發生了什麼，陳諾對郁翠子始終不離不棄，他們很恩愛！

回到小鎮之後，他們住在一個家屬大院裡，那個大院裡鄰里關係和睦，其樂融融，在那個大院裡，有一棵很大的樹，郁翠子總愛在那樹下和一些家屬大院的朋友們聊天，生活開始變得安謐而寧靜。

這樣的日子不知不覺又過了一年，大家對很喜歡這對小夫妻，男的帥氣，女的美麗，男的有知識有文化，有著最好的前途！女的溫柔嫻淑，是大院裡出了名的好妻子。

那個年代的大家都不會忘記那樣的郁翠子，那麼深愛著自己的丈夫，出門之前，總要為他細心整理衣領好幾遍，永遠有溫熱的牛奶準備在丈夫的搪瓷杯子裡，那個年代每天喝牛奶還是普通家庭覺得很奢侈的事情，郁翠子就給陳諾喝，自己卻不喝。

她永遠那麼安靜，和家屬大院的大家聊天時，手上總在織著毛衣，全是打給陳諾的，不然就是在橘子豐收的季節，一個一個地為陳諾剝著橘子。

陳諾愛吃橘子，也愛吃一種叫陳皮的小零食，郁翠子每一天總是為他剝好幾個橘子，至於橘子皮，她特意去學了做陳皮的手藝，每一年都為陳諾做。

有妻若此，夫復何求？大家都覺得陳諾的人生簡直美滿到了一個極限，妻子如此美麗，賢慧得簡直像神話裡的田螺姑娘，外加這個妻子還是很有文化的人，陳諾如果再不滿足，那簡直就是天理不容了。

可惜的是，愛情這種東西往往是最沒道理的東西，它有時可以穿越任何苦難，卻抵擋不住平凡的相守歲月，陳諾的承諾到底還是在這一年褪色了。

事情的傳言是一開始流傳在陳諾所在的單位，然後再慢慢地流傳到了家屬大院，人們看郁翠子的眼光漸漸地就變得同情起來了，可還是沒有一個人有勇氣去告訴郁翠子。

因為所有人都知道，這個女人太愛自己的丈夫，簡直就把自己的丈夫當做了性命一般，去告訴她了，萬一有個三長兩短，該是誰負責？況且，這還是捕風捉影的事情，並沒有誰有個實質性的證據。

可是郁翠子雖然深愛陳諾，卻並不是一個傻瓜，相反，她是一個從小就極優秀的聰慧女子，怎麼可能不會從人們的眼光和丈夫的態度中感覺出一點兒不對？

人們看她的眼光太多同情，說話太過躲閃。

而陳諾，回家的時間變得晚了，常常還會出差，他總是很疲憊的樣子，在家也沒有多餘的語言和她說了，只有一次，他看了她很久，忽然對她說了那麼一句話：「翠子，妳是不是該要求自己上進一下呢？妳以前不是很想讀大學的嗎？現在不能讀了，也該多看看書，一天到晚和院裡那些大娘婆姨們混在一起，早晚也要變得庸俗。」

面對丈夫的抱怨，郁翠子沒有多說什麼，一如既往平靜的給陳諾打來了洗腳水，細心為他洗腳按摩，她怕他疲憊。

可是上進嗎？呵，當年他們的情況如此困難，只能一個人支持另外一個人全心全意的複習，郁翠子自然是把機會讓給了自己的丈夫，那是自己從小的夢啊！

但如今，他嫌棄自己庸俗了，他讀了大學，就和自己沒有共同語言了嗎？

郁翠子心裡很痛，可是再痛也抵不過她對丈夫那最深沉的愛，他如今就快進入三十而立的年紀了，日漸成熟的他看起來是那麼完美，就像自己甘願犧牲，打造的一件最精美的藝術品一般，她怎麼可能不愛他？

所以，她感覺到了不對，她依舊逃避，她真的不是傻，而是他是她最愛的人，她怎麼捨得去懷疑他？

可是，命運可以任你逃避一時，卻不會讓你逃避一世。

終於有一天，院裡和郁翠子關係最好的一個大嬸忍不住小聲勸了郁翠子一句：「你們陳諾啊，我看優秀是夠優秀的，不過太過優秀的男人招女孩子啊，翠子啊，妳是不是要看緊陳諾一點兒？」

郁翠子依舊安靜織著毛衣，頭都未曾抬一下，只是莫名其妙地打錯了一針，她慌著拆開重新打這一針，她輕聲地說道：「不妨事的，陳諾他不會。」

郁翠子的固執讓大嬸無言，結果她終究是忍不住了，說道：「翠子啊，我們只是聽說，聽說啊，一個學校的老師和你們陳諾走得很近，雖說可能是朋友，但已婚男女走近了一些，難免風言風語啊。」

郁翠子收了手裡的毛衣，定定地看著大嬸，看得那大嬸心裡直嘀咕，也就在這時郁翠子輕輕笑了一聲，說話了：「唔，那是應該注意的，我會提醒陳諾的。另外，陳諾他挺好的，是個好人，他說他的名字是陳諾，所說的話也是承諾，不會變的，我信他的。」

說完這番話，郁翠子就回家了，留下了所有人在樹下，同時悠悠歎息了一聲。

第七十六章　慘烈的結局

可是愛情，並不由於你的堅信，它就永遠不會變的。

在你拿起愛情欣喜的同時，你也必須要在心裡學會一件事情，那就是學會放下它，在它離開的時候。

緣來緣散如流水，這一句簡單的話裡包含的無奈，你必須去看透它。

太過執著，無非就是傷人傷己。

郁翠子終究是一個太過執著的女人，她在父母身上體會到了愛情的溫暖，在陳諾身上學會了怎麼樣去愛一個人，可她卻忘記了，一個女人該怎麼樣去疼愛自己。

她可以不在乎鄰居的話，不在乎陳諾的冷淡，可是她終究逃避不了陳諾給她攤牌的那一刻：「我愛上別人了，我也想要一個孩子，妳看我們要不要分開了？所有的一切我都不要，淨戶出身！另外，我會一輩子和妳做朋友，也會一輩子繼續照顧妳的。」

他已經被她寵壞了，在那個相對保守的年代，說分手都說得那麼理直氣壯！

是誰照顧誰？還需要是朋友嗎？要孩子，她願意生的啊，哪怕是冒著生命危險！

可是，郁翠子執著的沉默，和愈加對陳諾好，也喚不回這個男人的心，他越來越過分了，甚至連續幾天都不回家，回來了也只是冷冷淡淡，吃過飯，蒙頭就睡，不和郁翠子交流什麼。

子。

終於，有一天，一直把自己放低到塵土中去，沉默到已經有些可憐的郁翠子叫住了陳諾。此時的陳諾，半夜才回來，又準備匆忙的出去，他情願睡在辦公室，也不想再面對郁翠子。

愛情一旦沒了，所有的一切都要顯得那麼猙獰嗎？

陳諾不耐煩地回頭皺眉，眼光也是那麼冰冷！

郁翠子的心生疼，她有些恍惚，老是想起下鄉的第一天，那個笑容燦爛，問她還記得他嗎的大男孩，為什麼此刻是如此陌生。

「你愛她嗎？」她問。

「愛！」他簡單地回答。

「為什麼愛？」她的淚水無聲的落下。

「她，也許沒有妳漂亮，可是她的思想是那麼奇特，總是充滿了光輝，她可以和我一起探討文學，探討軍事，甚至探討很多問題。她不是那個只會在樹下和一群女人家裡長家裡短的妳。懂了嗎？放過我吧。」

「當初你很愛我。是你說的，從小學就開始心動。」郁翠子哭得無聲，眼淚流下，但是她問得很安靜。

如果是以前，他看到這樣的她，會心疼，會為她擦乾淚水，會抱著她，哄著她，如今從他的眼裡，她看到了厭煩。

「那只是以前，是妳自己不求上進，而且我說了，我想要個孩子。」陳諾的話硬邦邦的。

「我會上進好嗎？從明天開始就看書，孩子我也為你生，我不是不能生的。」在那一刻，她又低到了塵土中去。

「對不起，我已經愛上了別人，這一切都晚了！我也不會要妳生孩子，出了事，誰負責？」

「陳諾……」

「不要說了，當初我有多愛妳，現在我就有多愛她。放過我吧！」他說。

這是他第二次說放過我了，曾經閃爍著光輝的愛情，在如今或許還不如路邊的一堆垃圾，他連她對他好，都那麼的抗拒，誰都知道，這個男人的心真的回不來了。

即便她不吵不鬧，即便她每一夜流著淚水，還在為他做最愛吃的陳皮，為他準備一杯溫熱的牛奶……

「好吧，我放過你！」郁翠子擦乾了眼淚，然後心痛地看著陳諾的眉頭舒展開來了，她說：「我明天就可以和你簽離婚手續，我只有一個要求，你再吃一頓我做的飯，算是散夥飯吧。」郁翠子說得更加平靜了，彷彿那一刻她真的放下了。

陳諾沒有拒絕的理由，也或者他太急著脫身，他答應了郁翠子，留下來在深夜和郁翠子吃一頓散夥飯。

郁翠子似乎是早有準備，竟然從櫥櫃裡端出了一些早就做好，已經涼掉的飯菜，開始準備這一頓散夥飯。

陳諾從吃了那頓飯以後，就再也沒有邁出過那個屋子，因為郁翠子在倒給陳諾的酒裡下了安眠藥，劑量不致命，可是酒配上安眠藥，足以讓陳諾沉沉睡去了。

接下來的郁翠子還是無比冷靜，她殺死了陳諾，具體是怎麼殺的，她自己在審問的時候沒有說，也沒有人能還原那個過程。

總之，陳諾死在了自己的家裡，死在了一個最愛自己的女人手底下，他的承諾沒實現，終究得到了報應！

那時候，是一個臨近春節的冬天，郁翠子一點都不慌忙，她在那個夜裡，極為冷靜地肢解了陳諾，大塊大塊的肉被她分解了下來，骨頭就洗乾淨，備在那裡，至於內臟，也被她收好在了一起，是煮熟的！

一個夜裡她就在忙碌這些血腥的事情，可是在她的審問卷宗裡，她是這樣說的：「不比殺一頭豬更難，在下鄉的時候，我也看過殺豬，幫忙處理過豬下水。」

看到這裡，我簡直是從心底感覺到發寒，這是怎樣的愛？愛到這種程度，應該已經不叫愛了，叫偏執了吧？陳諾固然可惡，但郁翠子又何嘗不可悲？偏執的愛轉化成了偏執的恨。

關於她的筆錄裡，她說做這一切的時候，她很充實，沒有眼淚，因為不會再心慌陳諾會離開。

可這不還是結束，在第二天，郁翠子買來了大量的醬料與豬肉，她開始按照傳統做起了香腸、臘肉，她說她要搬家了，為了感謝大家的照顧，這一年多做一些來分給大家。

為什麼搬家，大家沒問，因為她和陳諾的事，幾乎整個院子的人都知道！估計是準備離婚，離開這裡了吧？至於陳諾不在，大家也不在乎，他從那件事情開始以後，不就常常不回家了嗎？

於是陳諾的肉就混合著豬肉，做成了所謂的香腸，臘肉……分給了所有的鄰居。

內臟呢？郁翠子說，該扔掉的她都煮熟了扔掉了，唯獨一顆心，她炒著吃掉了！至於骨頭，在寒冷的天氣裡，洗乾淨了也不會有什麼異味，她天天砍碎了燉湯，然後再倒掉……

我看得心底發寒，簡直無法去想像，一個女人在深恨一個男人的時候，竟然能做出這樣的事情！

「這只是為了報復，而不是為了逃避法律。」郁翠子是這樣說的，把他的肉分給大家，不過是為了最深刻地報復這個男人，讓他被萬人吞噬，靈魂就回在等待輪迴的時候，連依託也沒有，就會變成飄蕩的孤魂野鬼！

這是郁翠子無稽的解釋，他的父親曾經沉迷於研究一些民間流傳的故事還有一些小法門，郁翠子也多少接觸了一些，她還記得這個。

可是我卻一身冷汗，這樣的說法其實不是沒有依據，不然為何會出現趕屍人死也要把身體帶回故土？我做為一個道士，當然知道這些忌諱！

而最終的結局，是郁翠子被抓住了，畢竟陳諾已經失蹤了太久，在她家裡，員警發現一個洗得乾乾淨淨的頭骨！

郁翠子招供得很坦然，這種手段如此殘忍，最後的結局當然是死刑！

在臨刑之前，她沒有任何的要求，唯獨要求要穿上一身紅衣，而在執行之前，還有一個祕密沒有宣揚，那就是她在執行之前，忽然咬破了自己的舌頭，把鮮血塗抹了自己滿臉，這種瘋狂，把行刑的員警都嚇住了。

有一個在臨行前照顧過她的犯人說，郁翠子說還有沒報復完的人，她死後要化作厲鬼！

鬼羅剎生前的故事，到這裡就結束了，而我拿著那份檔案，竟然久久的發呆，風吹過，吹落了那一張照片！

我輕輕撿起來，上面依舊是那恩愛的定格，我無意識地翻動著照片，發現後面竟然有幾排字。

「大家起鬨說，平日裡我照顧他太多，要他體貼一次。他酒喝多了，一定要餵我吃菜，傻瓜！——郁翠子於×年×月×日。」

第七十七章　推算出的變故

我沒想到鬼羅剎背後竟然有這麼一個愛情故事，久久不能回神！把照片重新放回那份檔案裡，我的內心忽然對師傅說過的放下有了更深的領悟。

郁翠子她應該是一個只會拿起，而沒有學會放下的女人吧，而這不放下裡就包含了太多對他人生命的依賴，她失去了父母，失去了可能存在的孩子，失去了自己的夢想，她就把自己的世界構築在了陳諾的世界裡，沒有了自己本身的支柱，在別人的世界裡，那麼那裡一旦有個風吹草動，她的世界就會崩潰！

尊重自己的生命，也是一種對道的尊重，自己已經存在於世間，有什麼道理不去珍重並尊重自己？只有這份對自己的尊重，才會賦予人放下的勇氣，顯然郁翠子沒有。

她把自己的生命甚至於愛情都依附在了陳諾的身上，可是她不懂自己的生命，沒有誰有責任為她負責！她也不懂，感情不是借出去的，有借有還，你來我往，感情是你一旦付出，就心甘情願，怨不得誰，也不要要求回報的事！那是一條偏執的不能回頭的路，你豈能要求世人和你的內心一致？

她是可憐的，可憐在把對於愛情的追求夢想執著地放在了別人的身上，可憐在，他是她的命，可她的命她卻不再看重！

至於陳諾，我沒有什麼好評價的，郁翠子固然偏執，沒有陳諾去點燃她那根偏執的神經，悲劇也不會發生！

陳諾是一個不懂愛的男人，他要的不過是一份完美，小學時候的完美女神，在不那麼完美以後，他自然要去追尋心中的缺憾。

倘若一個男人真的愛了，那個女人為了自己粗糙的雙手，為了自己略有蒼老的容顏，引發的也絕對不是他的厭惡，而是他內心的憐惜！

所以，我有什麼好評價他的呢？一切不過都是藉口，一因一果，自己拿生命承諾的愛情，那自己就拿生命來還吧！他恰好遇見了一個依賴較真的女人，他就要還上這果……

我在發呆，此時路山已經被陶柏扶著出來了，挨著我坐下，遞給我了一枝菸。

「在想什麼呢？這個叫郁翠子的女人？鬼羅剎是她嗎？」路山同我一起看著遠處，其實哪裡還有什麼遠處，舉目四望之處全是那冰冷的鬼霧。

我點上香菸，深深地吸了一口，說道：「她就是鬼羅剎，已經可以肯定了。」

「這個女人可憐亦偏執，而且懂得行刑前穿上紅衣，在臉上塗抹鮮血，封住怨氣，化身厲鬼是有可能的，沒想到竟然是鬼羅剎，要知道這萬鬼之湖存在了那麼多年……」路山給自己也點上了一枝香菸，他的疑問其實也正是我內心想不通的地方，如果鬼羅剎短短那麼一些年就能成形，那萬鬼之湖不是全是鬼羅剎？

我沉默了許久，才說道：「它也許和其他的厲鬼還有些許不同，畢竟它行刑前穿上了紅衣，還在臉上塗抹了鮮血，這個是其中一個契機吧。其餘的，怕是要去了萬鬼之湖才能知道！但話說，誰自作主張讓它穿紅衣的啊？它……」我說到最後，其實已經有些抱怨，人們以為穿上紅衣在某一刻時刻死去，化身厲鬼是民間扯淡的說法，其實不盡然，雖說不一定能化身厲鬼，但其中是真的有講究的。

不要以為顏色對事物有影響簡直是荒謬，就如你夏天穿上一件白色的衣服，和穿上一件黑色的衣服，哪一個會更熱一些？

「其實死刑犯臨刑前，都會人性化的關懷一下，加上當年這個案子太出名，同情郁翠子的人其實不少，是那個獄警小小的方便了一下郁翠子，他也是同情她的人之一！至於臉上塗抹鮮血，倒是別人沒料到的，她把口中的血吐在了肩膀上，然後就在槍響之前，就糊了自己一臉，到死都還在想著報復……算了，我們男人也不見得就一定能理解女人，長久以來社會的分工決定了女人一向把感情看得比男人重。」路山吸了一口菸，估計他也不知道如何去評價了。

不在其中，看得再理智，也不能體會郁翠子完全的心路歷程！而這份檔案，是可以說一份犯罪卷宗，裡面包含了很多鄰居的說法，也包含了郁翠子自己的口述，就算再詳細，她的心又豈是我們能完全解讀的？

我放下這份檔案，已經不想再去想這個問題，唯一要去考慮的是，知道了鬼羅剎的遭遇，是要怎麼去化解？

怕是有些難啊？我叼著菸，望著黑沉沉的天空，心中很沉重！人一旦化為厲鬼，就不能用審視人的眼光去審視它了，就算它還保留有一切記憶，可說到底它是受怨氣指使的！

就如李鳳仙生前不善良嗎？可是它幾乎屠村！老村長生前不是一個好人嗎？它不僅殺光了所有人，還要它們的靈魂受無止盡的恐怖輪迴！相比較而言，這鬼羅剎還算沒有大出手，到如今為止只背負了十六條人命！

或者我這個說法有些無情，但一隻鬼羅剎在典籍的記載中只背上上百條人命簡直都算是仁慈。

「在想什麼？」路山忽然問我。

「沒，如你所說，走一步看一步吧，情況還能怎麼糟糕呢？」我掐滅了香菸，也不知道是不是我的錯覺，血菖蒲的煙氣彷彿已經減弱了，鬼霧又朝著屋子靠近了一些！

從這一天入夜起，我們就已經不能待在門口觀察情況了，因為在這一天夜裡，鬼霧忽然開始大面積的逼近，再待在門口已經是非常危險了！

大門關上了，門上貼著的門神是鄭大爺的珍藏，上面畫著神祕的符紋，也就是說門口的兩張門神畫，是加持的請神術，是有真正的門神意志在大門上。

可是這樣又如何？這一夜根本沒有人能安然入睡，敲門聲不斷響起，幾乎在屋子裡擁擠著的三百多人每一個人的名字都被喊了一遍。

已經有鬼物從鬼霧中走了出來，開始正式的「騷擾」我們了。

我和鄭大爺坐在樓頂，鄭大爺說請我喝珍藏已久的米酒，這種說法倒是有一些奇怪，在萬鬼圍村，又是深夜鬼物力量很強的時分，竟然要我和他一起到樓頂去喝米酒，這算是苦中作樂嗎？

鄭大爺的米酒與其說是酒，不如說因為年代久遠，已經成了糖漿一樣粘稠的東西，但是從那透明的琥珀色來看，這酒釀得真是很好！

我和鄭大爺一人一個淺口碗，坐在樓頂上，就這麼一小口一小口的抿著碗裡的米酒，面前放著一小堆花生，被圍困的如今能有幾顆花生下酒，已經可以稱得上是滿足了。

「承一。」抿了一小口米酒，鄭大爺忽然鄭重其事地叫我。

我一愣，從來在他口中稱呼我的，都是小娃娃，忽然這麼叫承一，倒是讓我有些不適應了！

「你看這霧氣，能看出什麼端倪來嗎？」鄭大爺認真地說道。

我端起碗來又抿了一小口米酒，這種酒其實相當醉人，是不敢大口喝的，待到口中的甘甜滑下喉嚨，在胃裡爆開一股火辣之後，我才說道：「看出來了一些問題，但是沒有想通。」是的，在過去的兩天當中，我是沒有發現什麼問題的，而今天一上樓頂，卻真的一眼就看出了一點兒不一樣的地方，可是鄭大爺一心招呼我喝米酒，說些不著緊的奇聞異事，我也忍著一直沒問。

我知道鄭大爺總會說到正題上來的，果然……

「沒想通很正常，但是我們村子裡也有擅長推算之人，早在鬼霧圍村的第一天，就已經進行過了一場推算，卻不想……」鄭大爺忽然很驚奇的樣子。

「卻不想什麼？」我問鄭大爺。

「卻不想你們老李一脈的人更加厲害，我們村子的人推算不出來結果的事情，不僅被那小子推算出了會發生的變故，甚至前因後果也推算出來了。」鄭大爺的口中的讚歎是那麼的真誠。

「你是說承清哥？」我詫異地問道。

「對，就是那個穆承清，非常厲害！所以，今夜我邀你一起上樓頂，就是為了讓你和我一起看這個推算的結果，然後還要拜託你們一件事情。」鄭大爺鄭重對我說道。

會是什麼事情呢？我放下酒碗，不知不覺就已經喝完了一小碗米酒，我竟然有些微醺，從樓頂開著遠方翻騰的霧氣，其中從萬鬼之湖那個方向而來的霧氣竟然淡了許多……

第七十八章 將入「小地獄」

「可惜我都沒問問承清哥。」心中有著疑問，我就忍不住感慨了一句，這兩天因為身體還有些不適的原因，老是坐在門口發呆，他們都在忙碌，我竟然不知道承清哥不知不覺間，就已經推算出了那麼大的事情。

「我給你說不是一樣？」鄭大爺抿了一口米酒，然後開始對我娓娓道來：「那個承清小娃推算出的結果是，變故出現在萬鬼之湖這一路上，就是說這一路的霧氣會在三天時間內漸漸退去，原因是因為萬鬼之湖裡的變故，這個變故是天然的。」

「天然的？」我原本正在倒第二碗米酒，聽見鄭大爺這麼一說，不由得停下了手中的動作，顯然沒有理解這話是什麼意思。

「你知道萬鬼之湖幾乎吸引著方圓幾百里的鬼物，原因不明！分析的只是這裡的環境適合鬼物，但何以觸角伸出了那麼遠？這其中的玄機怕是我們不能理解的！你只要理解，這一次鬼潮爆發，萬鬼之湖這天然的作用又在發揮了，正對著萬鬼之湖的那一路，會淡去，破開咱們這個小村完全的被包圍。」鄭大爺一邊對我說著，一邊抿了一口酒，看他的神情似是有些興奮，畢竟老天爺終於給了一條路。

我對承清哥推算出的結果自然不會懷疑，但這是破開了小村的包圍嗎？不過是才逃狼爪，又入虎口了，畢竟那個出口對著的是萬鬼之湖，在鬼潮爆發以後，那裡怕是比這個小村更加恐怖吧？

彷彿是看出了我的想法，鄭大爺說道：「這也就是承清那個小娃娃推算出來的唯一機會，也就是說唯一的機會在萬鬼之湖內，只有去一趟萬鬼之湖，才能徹底化解這個小村的危機。」

「您的意思是？」我此刻已經倒好了第二碗米酒，喝了一口，酒壯慫人膽嗎？至少我聽著要去萬鬼之湖，不震驚也不害怕！

在我骨子裡的想法是，與其在這裡圍困，如果有機會，哪怕是刀山火海也得去闖一闖，而原本我們就是要去萬鬼之湖尋找一些東西的。

「我的意思很簡單，待到那一路的鬼霧散盡以後，我會派人和你們一起去萬鬼之湖，當然，沿途由我們掩護你們！我的人會抓緊時間修補大陣，畢竟我們這裡藏有詳細的陣圖，而你們就去找尋一下你們師祖留下的契機！承清那個小娃娃推算出來的結果是化解的關鍵在於那個契機。但在這之後，因為牽涉到你們和他自己，他就推算不明了！說來慚愧，我們這個小村的命卜二脈，那本事比起承清那個小娃娃差遠了，更加推算不出什麼。」鄭大爺說話一如既往的直接。

在他口中這種事關生死的大事，他一口氣就說出了三件，我們去萬鬼之湖冒險也好，他們的人修補大陣也好，還是掩護也好，都是冒著生命危險啊！

但同時我心中也有淡淡的自豪感，承清哥，我老李一脈到底是了不起的。

看著我不說話，鄭大爺以為我是在猶豫，他歎息了一聲說道：「讓你們去為這個村子冒險，是我自私了一些。但是，承一啊，你要知道，我也並不是為了這個村子，而是這個村子的意義是守在萬鬼之湖的第一線，我們倒下了，不知道接著要發生什麼樣的悲劇，想想是很可怕的！修補大陣是為了以後的百年安寧，讓你們去找尋契機，也是為了以後的百年安寧！我的命算什麼？代表村子裡的人說一句話，他們的命也從成為守湖一脈開始，就交付出來了。我……」

「鄭大爺，我沒有什麼好猶豫的，我原本也就要去那萬鬼之湖。我剛才只是在為我的師兄自豪而已。」我認真地對鄭大爺說道。

「你……哈哈，好小子！」鄭大爺使勁地拍著我的肩膀，然後說道：「我就知道我這米酒給你喝了，不會浪費！這世間的道義與守護總是要人來擔著，我們道家之人有時比普通人知道的多些，看得遠一些，也就責任大一些！守湖十年，會得到什麼樣的報答，其實早已不是關鍵，在這裡每一個待滿了十年離去的人，都已經認同，在這十年中，早已把守湖當成了一種生命中的責任。」

守湖十年，原來這裡的村民是這樣存在的啊？可是鄭大爺他……？

「至於我和你二爺、雲婆婆是老了以後，自願來這裡守護的！人到老了，反而更想追尋一種生命的意義！」鄭大爺說得非常平靜。

而我卻不平靜，端起米酒，對鄭大爺說道：「乾了！」

「你要乾？」鄭大爺的眼中流露出一絲驚奇。

「是啊，要乾！」我很肯定。

結果，鄭大爺真的和我乾了，我卻在乾下這碗米酒以後二分鐘不到就醉倒在了樓頂，迴盪在夜空的是鄭大爺那不停的爽朗大笑：「我的酒烈呵……」

第二天的下午，我酒醒，睜眼就看見承願端了一盆洗臉水進來，擰乾了帕子，遞給了我，順道遞給我的，還有一碗已經涼的水。

這丫頭，照顧起人來，就是賢慧得很。我一口喝乾了碗中的水，然後擦了一把臉，因為宿醉帶來的昏沉立刻好了很多。

「怎麼知道我現在會醒？」我問承願。

承願掩嘴笑，然後跟我說道：「鄭大爺估計著你差不多這時候就該醒了，他說他的酒他知道。」

我有些不好意思，卻見如月走了過來，倚著牆對我說道：「三哥哥，快些收拾吧。一個小時以後，我們差不多就該出去了！我們都收拾得差不多了。」

一個小時以後，就該出去了？出哪兒去？我稍微有些晃神，然後才一下子就記起了，鄭大爺昨晚給我說的事情，然後問如月：「你們都知道了？」

「知道了，雲婆婆已經告訴我們了。你都已經答應了鄭大爺的事情，我們自然是沒有意見的，快收拾吧。」如月說完這句，就和承願一起離開了，畢竟這一間大屋裡橫七豎八地睡了好些輪班的男人，她們兩個女人是不好多待的。

我站起來伸了一個懶腰，心中流動的是淡淡的感動，他們全部人給我的信任，我真的拿生命來承擔也不會皺一下眉頭。

我快速地收拾著我需要帶去萬鬼之湖的一切，在那裡估計會有一場驚天動地的大戰吧，鬼羅剎我就不說了，我老是會想起我在鬼霧中遇見的那個不明生物，厲鬼的幻覺之所以厲害，是在於它的一切幻覺都有現實的依託，否則它弄出一個外星人來，又有誰會怕？誰會中招？

在我們要衝出鬼霧的時候，鄭重其事地出現那麼一個怪物，難道萬鬼之湖裡有……？

我的手略微顫抖了一下，握著的三清鈴也差點掉在了地上，我趕緊不去想那麼多，而是乾脆俐落地收拾了起來。

「承一，還沒好嗎？鄭大爺說叫咱們去吃一頓飯，他說吃飽了，才好做事兒！」我的身後傳來了路山的聲音，在他身後跟著的自然是怯生生的陶柏。

「你們也去？」我很詫異，他們畢竟只是來「監控」行動的，並不是非去冒險不可，沒有那個理由啊！

「當然得去，如果一心想要探索什麼，還是在第一線的好。再說了，你不是說了，把我當朋友嗎？鬼霧中那麼危險，你不也一樣來了嗎？」路山認真地說了一句，和陶柏兩人就離去了。

我微微一笑，這樣的一群人，即將要開始的未知冒險，去到那個號稱小地獄，只有高人可去的地方，竟然都如此輕鬆，像是去郊遊考察一般。

我該慶幸到底是我給了他們勇氣，還是他們最終給了我勇氣？小地獄嗎？

第七十九章　衝出小村

一頓午飯，吃得熱熱鬧鬧，在這種環境下，能夠苦中作樂的機會不多，每個人在吃這頓飯的時候，都表現出了充滿希望的樣子，彷彿萬鬼圍村的危機只要我們出門就能解決，可是這份希望下的沉重和悲涼我不是看不出來。

「這一頓踐行飯是簡單了一些，只有臘肉和雞蛋，等你們順利歸來，我一定親自下廚，我們好好吃上一頓。」鄭大爺如是對我們說道。

在那邊已經有人在布置陣法，而這陣法將由鄭大爺、鄭二爺、雲婆婆親自主持，是為了保障我們順利出村，接下來要面對的，就是我們自己的事情了。

在這被圍困的情況下，臘肉和雞蛋已經是不簡單，雲婆婆不忘告訴我：「小娃娃，你有口福了，鄭老大這一輩子，除了道術，最是精通的就是廚藝，他曾經說過，他如果不是一個道士，就一定是一個廚子。等你回來，好好嘗嘗他的手藝吧。」

我此時已經是水足飯飽，就要出發，畢竟是要去冒險，我是不能再喝酒了。

只是雲婆婆的話讓我有些恍惚，曾幾何時，也有一個人這麼對我說過，我如果不是一個道士，我一定是一個賽車手，但這個人已經去了，只有老回這個名字還銘刻在我的心間。

這樣的犧牲讓我痛心疾首，幾乎是生命中不能承受的痛楚，也不知道這一次的行動會不會再出現這樣的犧牲？

所有人都準備完畢，和我們同行的有村子裡的十個精英，他們不會深入自然大陣其中，只是修補陣法，但面對的危險一樣不會少。

「船停泊在老地方，季風，你負責領路罷。」鄭大爺沒有多餘的廢話，在送我們出門的時候直接了當，而季風則是村裡人的領頭人。

季風沉穩地點頭，然後由我推開了大門。

在大門推開的那一瞬間，就有濃濃的霧氣瞬間湧入了屋子，屋子裡各個角落貼著的符籙無風自動，然後霧氣散去，是陣法發揮了作用。

鄭大爺有些憂慮地看著這些霧氣，大聲地說道：「有我鄭老大在一天，就一定會死守住這裡！你們，出發吧！老二，小雲，隨我一同去主持陣法。」

第一個邁出屋子的是季風，接著便是我，屋外的濃霧混雜著血菖蒲的灰塵，暫時在這五十米的範圍內形成了一個「膠著」的狀態，在這五十米內，只是讓人感覺陰風陣陣，但因為不是夜間，並沒有鬼物的存在。

在這裡的能見度很差，血菖蒲混合著霧氣形成了一種特殊的氣味瀰漫在天地間，有些嗆人。

我辨別了一下方向，能夠明顯地看見霧氣已經消散的那一方，然後引著大家朝著那個方向走去。

霧氣散盡不代表沒有危險，在那霧氣散去的遺留之地，有許多陰魂鬼物在遊蕩，只是那一個方向比較特殊，是單獨的一個方向，那些鬼物想遊蕩在這邊的霧氣當中來，必須穿越過人們駐守的屋子，也許有的鬼物在夜間成功了，但大部分還遺留在了那條路上。

「承一，我們這裡離萬鬼之湖有兩里路，出了村的路雖然不好走，但在平日裡，也不過是個把小時的功夫！這一次，一路上都是冤魂鬼物，也不知道要走多久，但必須趕在晚上上船，否則……」季風在我身邊，小聲地對我說道，欲言又止的話裡包含的意思，我又怎麼可能不懂。

我把手裡鮮紅的血菖蒲塞進了背包裡，說道：「這件事情我心裡是有數的，放心好了。不到萬不得已，千萬不要動用這血菖蒲，你們也知道這有多珍貴，村裡幾乎所有這樣的血菖蒲都交給我們了。」

季風點點頭，卻也不再言語，和我同樣把手裡的血菖蒲塞到了身後的背包裡，此時，五十米的安全距離我們已經走過了，一個遊蕩的鬼物帶著詭異的笑容，撲向了我們，或者它早就注意到我們了。

「滾！」肖承乾手裡一件詭異的刀型法器揮出，刀把上的鈴鐺詭異地一響，那個鬼物竟然就在這一刀之下，帶著怪異的吼聲被收入了刀把的鈴鐺當中。

肖承乾面有得色，望著我，比劃著手裡拿把造型怪異的刀型法器，問我：「可知道是什麼？」

我無奈地看著肖承乾，手裡拿著三清鈴，說道：「養鬼頭的法器，以法刀傷鬼物，鈴鐺裡應該是有一個相當厲害的鬼頭。」

肖承乾笑了，說道：「不是特殊的情況，我可捨不得拿它出來，這鈴鐺裡就是我要培養的合魂。」

「啊？」我望著肖承乾不知道說什麼，其實合魂應該不是鬼頭這種東西，只是現在不是該解釋這些的時候，只是短暫的對話間已經有了一大群鬼物朝著我們遊蕩過來，失去了鬼霧的庇護，它們詭異得就像失去了自主意識，彷彿只剩下朝著人類進攻的本能，同時失去的還有鬼物的靈動。

這種情況真的是太怪異了，真是讓我百思不得其解，如若不是近距離的觀察，根本不知道原來這些鬼物根本不是完整意義上的鬼物，這讓我對萬鬼之湖裡的一切又多了幾分好奇。

不過，疑惑雖然是疑惑，可是我手上的動作卻沒有停下來，開始手持三清鈴晃動了起來，這是一種特殊的晃動三清鈴的手法，為的只是把鬼物驅趕到一起。

「叮鈴，叮鈴……」三清鈴的響聲在路上迴盪，所有的人站在我的身旁，開始自動保護起我。

三清鈴雖然能驅趕鬼物，但像這種大規模的驅趕絕對是最耗費靈魂力的一件事情，且不說自己隨時要注意力集中，那複雜的晃動方法不能一絲出錯。

而三清鈴的控制力是有限的，不能保證完美的驅趕每一隻鬼物，所以大家必須在我的身邊保護著我。

隨著三清鈴的晃動，我感覺自己的靈魂力如同流水一般傾瀉而出，我沒想到一個小小的法器，竟然能耗費我如此多的靈魂力，可我絲毫不能有一絲懈怠，我還記得鄭大爺對我吩咐的話。

「承一，如果你撐不住了，這三清鈴接下來就由我來接收吧。」肖承乾在我身邊，有些急躁地說道，或許是我額頭上冒出的細密汗珠刺激了肖承乾。

我搖搖頭，我感覺自己還能撐住，我怕三清鈴交由肖承乾的一瞬間，鬼物就散去了，如果是那樣就麻煩了！

漸漸地，我們一行人的身邊聚集了越來越多的鬼物，我已經懶得去看到底是有幾百隻了！也就這時候，狂風開始吹起，厚厚的雲層開始快速聚集，來了！鄭大爺他們的陣法終於快施法完畢了。

「轟」一聲響雷劃破了陰沉平靜的天空，由鄭大爺三人主持的雷陣終於落下了第一道雷電！

我伸手一把抹去了頭上的汗珠，一下子停止了晃動三清鈴，然後對大家喊道：「跑！」

對的，鄭大爺的計畫就是如此，開動雷陣守護我們出村的路，這樣的雷陣在鬼物有鬼霧的保護下，是起不了多大作用的，鄭大爺他們曾經在鬼物圍村之處就已經試驗過，但是面對這種在鬼霧之外遊蕩的鬼物還是有極大的克制作用的。

雷陣的範圍有限，如此規模的陣法，也只能覆蓋五百米左右的距離，恰好就是我們跑出村口的距離，再多也就是無能為力了！

「轟隆隆」，雷聲接連響起，無數的鬼物在雷電的威力下化為了陣陣的青煙，也顧不得它們是否魂飛魄散了，既已是厲鬼，根本也無超渡的可能！況且，這些鬼物還詭異得不正常，可惜的是我無法傳達這種不正常給鄭大爺了，只能走一步看一步！

伴隨著雷聲，大雨開始傾盆而落，我們一行十幾個人就這樣在雨中狂奔，雷電畢竟覆蓋的範圍有限，並不能準確殺死每一隻冤魂厲鬼，我們只能依靠速度衝出去。

我和肖承乾，還有另外幾個山字脈的人跑在週邊，只要有「漏網之魚」撲向我們，就由我們手持法器，暫時將它們逼開。

慧根兒這一次拿起的不是戒刀，而是他手中那一串造型詭異的念珠，每一次念珠揚起，落下，總是會打得那些鬼物「重傷」，甚至直接消失，伴隨的是慧根兒每一聲充滿憐憫的「阿彌陀佛」。

慧根兒這小子怕還有祕密，我目睹了這一切，他手中的念珠讓我震驚！

跑出村口的幾百米路，就這樣有驚無險地讓我們度過，在跑過了那一棵開著大朵白花的樹以後，我們跑下小山坡時，就已經徹底跑出了村子的範圍。

按照季風的說法，只要我們再翻過那個小山頭，就能見到萬鬼之湖了！

我以為在這裡會有鬼物成群的聚集，已經準備一番苦戰殺出重圍，衝到萬鬼之湖，卻不想這裡卻安靜得可怕，連鬼霧都不存在！

這又是什麼道理？我的眉頭緊緊地皺了起來，此時，風雨已停，可是天空卻沒有一絲該有的晴朗！

第八十章　入湖

我原本以為這一里多的路會走得很艱難，但事實上這一路上莫說是陰魂鬼物，就算是鬼霧都沒有見到一點兒，除了天空低矮陰沉，有一種壓抑的雨來之勢，讓人內心壓抑，這一路上我們根本沒有遇見任何危險。

翻過那個小山坡，萬鬼之湖就已經在我們眼前，帶著淡青色的清澈湖水輕輕地拍打著岸邊，整個湖面上籠罩著薄薄的青煙，遠處的景色有些看不清楚，但傳聞中的萬鬼之湖竟然頗有一些煙波浩渺的美麗，讓人不會把這裡與出名了的凶地連繫在一起。

「承清哥，你要不要開一卦，來算算我們這一路為什麼如此安靜，原因是什麼？」看著萬鬼之湖的美景，我的內心卻並不安寧，反倒是有一種說不出的危機感淡淡瀰漫在心間，我皺眉思考，卻怎麼也想不出答案，只能求助於承清哥。

承清哥很是淡定，斜了我一眼說道：「命卜豈是萬能？能攪亂天機，在未來的長流中，得到一些明確的提示已是不易，怎麼可能是用來解答你疑惑的玩意兒？」

我尷尬地咳嗽了一聲，雖然不介意承清哥的話，但臉色卻愈發難看，承心哥對我說道：「一路無事本就是幸運的事情，按照你所說，反倒巴望不得發生點兒什麼，沒有發生你倒不安了，這是什麼怪道理？」

「鬼羅剎始終也沒有出現，萬鬼之湖估計還有了不得的存在，特別是這些鬼物，我現在回想起來，無論是在鬼霧當中的，還是鬼霧之外的，都像是沒有了自己的思想，它們……」我有些沉重地說道，卻被肖承乾打斷了我的話。

「我說承一啊，不管是吉是凶，總是要進萬鬼之湖的，你就算搞清楚了前因後果，危險也不會因此減少半分，走吧。」肖大少爺倒是一向瀟灑。

我沒有再多言，我想我們這行人一時半會兒也不會有答案，又何必在行動前給自己人洩氣？雖然我自己認為，能弄清楚前因後果，對我們的行動肯定有利！

「陳哥兒，走吧，船在那邊。」季風好心對我說道，他所指的方向，不正是有兩艘怪異的船停在那裡嗎？

在我的印象中，一般的木船就是一個船底，加一個船篷所構成，然後一頭一尾是站人划船的地方，但是這兩艘船卻是一個橢圓型，遠遠看去，就像體育比賽中的橄欖球。

走進了，我才發現，原來這船的船篷是活動的，可以拉扯下來，瞬間就封閉整個船艙，封閉後的船艙和船底連在一起，所以遠遠看去，就像一個橄欖球。

在船篷上刻畫著複雜的陣紋，季風在一旁對我解釋道：「這船上的陣紋是幾百年前的好多位高人聯合起來一起研究出來的一個陣法，目的就是為了保護船裡的人，後來這船終於造了出來，自然也就刻畫上了這種陣法。說起來，這陣法曾經被完善過一次，還和你們的師祖有關係，因為這陣法就是你們師祖完善的。」

又和我師祖扯上了關係？我簡直對我這個從來沒有見過，但卻無處不在的師祖無奈了！

說話間，季風又掏出了一小包東西給我，打開一看，裡面是十張玉符，就像上次我出入鬼霧的時候，鄭大爺給我的東西一般。

這十張玉符上刻畫的符紋比鄭大爺給我的玉符刻畫的符紋要複雜得多，我一時半會兒也認不出這是什麼東西，只能疑惑地望著季風。

「再簡單的陣法，都需要一個陣眼的鎮陣之物才能啟動，這些玉符就是船篷陣法的啟動之物！我們也沒辦法再仿製，每一次用都需要長期間的祭煉，這些玉符可以支撐整個船的陣法三刻鐘，三刻鐘以後……所以，你們要掌握好用的時間啊。」季風認真地對我們說道。

「你說只能三刻鐘？」承願顯然對於那麼複雜的陣法只能支撐三刻鐘有些難以置信。

「以前的話，也只能支撐兩刻鐘多一些，還是你們師祖完善了陣法，才能支撐這麼久啊！別小看這三刻鐘，在陣法啟動的三刻鐘內，就算是最厲害的陰魂鬼物來了，也絲毫不能影響和攻擊你們！這船本身就具有防範陰魂鬼物的作用，不要忘記了它所用的木料，加上道家的祭煉，那可是……」季風急急的給承願解釋道，顯然他是很為這船所驕傲的。

此時，萬鬼之湖微微有些起風，吹動湖面上的青煙開始飄散流動，我不知道為什麼有些心慌，總覺得要快些離開這裡才好，我打斷了季風的話，說道：「給我們說說這玉符怎麼用吧？我覺得我們還是快些出發，快去快回的好。」

季風被我打斷，有些尷尬地抓了抓頭，衝著我不好意思地笑了一下，然後才拉開船篷，跳上了船，開始詳細給我講解玉符需要安裝的位置。

我注意到船裡儲備有一些乾糧和清水，又不解地望著季風，在這裡湖面上還需要儲備這些？

季風倒是很快就看出了我的疑惑，對我解釋道：「這是前些天你們要出發，我們特別準備的，誰知道……，你們是要進到自然大陣裡面的，具體的情況我不知道，但一直有個傳說，就是那裡面的水不能喝，那裡面能逮住的魚也不能吃，而且裡面是很容易迷路的，雖有引路燈，但不到萬不得已的時候最好不要用，總之準備一些吃食，總是有備無患的。」

我的心一點一點沉了下去，從季風的說法來看，那自然大陣裡面的危險怕是比我預想的還要多，甚至我們有很大的機率被困在裡面。

怕我疑惑，季風忽然走到接近船頭的位置，扯開了一塊一直蓋著某樣物體的花布，在花布之下，竟然是一輛小小的銅馬車，車上立著一個伸著手臂的小人兒，看起來倒像是一件兒精巧的藝術品。

「這是……？」我疑惑不解。

「這就是引路燈，據說靈感是來自上古洪荒傳說中的指南車，是仿照著傳說中指南車的樣子做的。」季風舔了舔為我解說得有些乾涸的嘴唇，說起這個的時候又免不了有些自豪的樣子。

仿照傳說中的指南車做一個引路燈？這其中有什麼寓意嗎？我一時半會兒覺得自己抓住了什麼線索，卻又想不清楚具體的原因，只是皺著眉頭沉吟了一陣兒，也就作罷了。

季風好心的把引路燈給我們搬到了船頭，然後才說道：「讓你們不到萬不得已的時候，不要用這引路燈，一是因為裝在這車裡的引路香不多，給你們備的量也算充足，但最多也只能堅持一個小時，通常的做法是實在找不到出路，才點燃那麼一會兒，然後再根據所指引的方向前進。這第二個原因，則是因為，這引路燈一旦點燃，船上就如同裝了幾十個探照燈似的，鬼物都會察覺到你們，這個我不用多說了吧？」

竟然還有這樣的效果？我暗自咂舌，如果說號稱小地獄的地方，鬼物都看見了我們，那後果堅持沒辦法想像，看來如非必要，真的不要用這個引路燈了。

「這船很輕，很是好划，你們當中有划船經驗的人嗎？」解說完了一切，季風好心地問道我們。

我們面面相覷，說實在的，我們當中還真沒有人會划船！季風架起船槳，拿出撐杆，對我們說道：「倒也不難，這樣！就由我送你們一程吧，拿幾個人來，我教你們划船！等我們到了週邊，再由你們自己划吧。」

季風剛說完這話，湖面上已經起了陣陣的大風，風勢來得很猛，瞬間就吹皺了一池的湖水，連同湖面上籠罩的青煙，也吹散了很多，遠方湖面上的一些山影，也能模糊看個大概了，我也就在此刻，內心忽然湧上強烈的不安。

我覺得我們一定要快速離開，沒時間再囉嗦了，我幾乎是用催促的語氣對大家說道：「快上船離開吧，這風起的不正常！季風，你就暫時在我們船上吧。」

這兩艘船一大一小，大船自然是給我們備著的，聽我催促，大家有些奇怪，但我們本身就要入湖，倒也沒有什麼好爭辯的，在我的催促之下，大家紛紛都跳上了船。

「開咯！」季風拿起撐杆，用力之下，船兒終於晃悠悠地離開了水面，蕩開了層層的水波。

我就站在季風的身後，有些出神的盯著那層層的水波，只是一出神之下，我總覺得水波之下隱藏著什麼，好像有些無數的身影在水面之下，其中有一張臉，忽然就抬頭望著，衝著我陰沉的一笑……

我一下子寒毛炸立，卻又在此時，有一雙手搭上了我的肩膀……

第八十一章　湖底下的暗湧

我猛地回頭一看，是承心哥，他此刻懶洋洋地叼著一枝菸望著我，對我說道：「承一，你覺不覺得你有些太過緊張，用力過猛的樣子了？」

「這話怎麼說？」說這話的時候，我又瞥了一眼水下，此刻水下哪裡還有什麼人影的存在？只因為船的出發，翻起了一些泥沙。

「沒什麼，就真的是覺得你太緊張了，你沒看見剛才你的表情，跟大白天見了鬼似的，我們不都在船上了嗎？」承心哥把菸塞到了我的嘴裡，然後拍了拍我的肩膀，對我說道：「放鬆點兒，是福不是禍，是禍躲不過。你都這樣了，我們一定會跟著神經緊張的。」

我勉強地笑笑，其實在船上我莫名地感覺到了一些安心，到底還是沒有把我剛才看見那似幻非幻的一幕說出來！

承心哥回了船艙，捲起了船艙上的小窗簾，悠閒地開始欣賞起湖面的景色，所有人都是這樣，很新奇地坐在船艙裡，彷彿是來旅遊的，一點都沒有置身於危險之中的覺悟。

只有我，扶著船篷，站在船尾，心中總是覺得會有什麼事情發生。

此刻，船兒已經順利進入了湖中，季風放下了撐杆，從隨身的背包裡掏出了一柄信號槍，裝填了信號彈，朝著天空發射了一顆綠色的信號彈。

「總是要通知一下村子裡的人，我們順利入湖了。」季風衝我憨厚地笑笑。

我也笑著點了點頭，隨意吐出了一口菸霧，卻不知道怎麼的，這煙霧在我眼前彷彿就是散不去似的！

這是怎麼回事兒？我有些煩躁地伸手揮了揮，這才發現，哪裡是我眼前的煙霧散不去，分明是在離我們不到十米遠的地方快速地起了大團大團的濃霧，這濃霧起得太過詭異太快，才以至於讓我以為是我眼前的煙霧沒有散去！

「季風，恐怕我們有麻煩了，快點划船離開這個範圍。」我緊緊地盯著這詭異的濃霧，沉聲說道！

下一刻，我就看見這濃霧開始快速地瀰漫開來，方向竟然是朝著我們剛才離開的方向。

「怎麼？」季風剛剛放下撐杆，掏出酒壺正準備喝上一口，聽我這樣說，一下子沒有反應過來！

「那邊。」我語速極快地說道，順便指了一下起霧的方向，因為這霧是在我們後方忽然起來的，所以在船艙裡的人根本就看不見這一幕，只有站在船尾的我和季風才能清楚的看見這一幕。

「咳……噗……」季風已經灌了一口酒，看見這一幕後，一嘴的酒全部噴了出來，經過的圍村的痛楚，誰對這種詭異的霧氣都沒有太好的猜測。

什麼也沒說，季風扔下酒壺，就跳下了船尾，「咚咚咚」的跑上船頭，開始奮力划動已經架好的船槳，船兒飛速地掉頭，朝著避開霧氣的方向前進！

「快點兒，跟著我調頭！」另外一艘船兒距離我們也不是很遠，季風幾乎是扯著嗓子大喊道！

與此同時，我也「咚咚咚」的跑向了船頭，站在了季風的身旁，看見另外一艘船兒伴隨著季風的吼聲，也在飛速掉頭，從他們的反應來看，也是發現了這詭異的濃霧。

我和季風沒頭沒腦的行動，終於引起了大家的注意，一時間一疊聲的聲音在問我們：「怎麼回事兒？」

「別到船頭來，等一下船兒頭重腳輕的影響速度！」季風吼了一聲，額頭上滲出細密的汗珠，船兒此時的速度很快，看得出來季風是用了全力。

「你們朝船後看，就能知道是咋回事兒了！」我也補充了一句，順便問了季風一句：「要不要幫忙？」

「不了，你不太會划船，兩個人用力不平均，反而划不快。」季風擦了一把額頭的汗，對我說道。

我點點頭，也不再爭執，船兒的行進速度極快，也用不著那麼操心了，我轉身看向船後，此時反倒有時間從容觀察一下這詭異的濃霧！

這時，我才發現，那一大團一大團詭異的濃霧，竟然是從湖中升起的，蔓延的速度極快，此刻已經蔓延到了我們一開始上船的地方，還在向著遠處蔓延。

看到這裡，我的心中就升起了一股僥倖的感覺，要不是此刻我們的小船和濃霧蔓延的方向不一致，說不定已經被追上了。

「濃霧散去再起，村子會再遭更大的劫難，沒想到那麼快就應在了今天，我的推算之術，到底沒到達師傅那種高度，算得出這劫難，卻批不準這時間。」承清哥有些懊惱的聲音在船艙中響起，顯然大家已經看到了那濃霧蔓延的場景。

但我的心裡卻是一驚，村子還會遭受更大的劫難？這個鄭大爺怎麼沒告訴我？這樣想著，我剛想發問，卻感覺船兒的速度一下子慢了下來，然後季風有些顫抖的聲音在我旁邊響起：「穆小哥兒，你是說咱們村，還有更大的劫難？」

承清哥有些奇怪的看著季風，然後說道：「那日我起卦推算，就早已說明了一轉（轉機）一難一契機，莫非鄭大爺沒有告訴你們？我只是算不準這一難會具體在什麼時間，這一轉機到底是什麼，因為事關自身……莫非……」

季風的臉色變得非常難看，我的臉色也好看不到哪裡去，我低聲說道：「鄭大爺只是告訴了我，事情的轉機在萬鬼之湖，他沒有說村子的事情。」

「他在得知結果後，說過這件事情為了穩定人心要暫時保密，讓我不要聲張，由他來告訴要行動的人。」承清哥微微皺眉解釋道。

「鄭大爺是怕我們不肯離開，要留下來守住村子，才故意不說的吧。」季風的聲音變得有些沙啞，同時望向承清哥，他一定是想問什麼，可看樣子又有些不太敢問。

「村子裡再遭一難，會是比萬鬼圍村還大的劫難，唯一的轉機是在萬鬼之湖！」承清哥說到這裡就閉口不言了，沒有再多的解釋，更沒有說明那劫難是不是避不過的死劫。

「噗通」一聲，季風一屁股坐在了船頭，有些絕望地看著那濃霧，我忽然間也就理解了鄭大爺，船兒就只有兩艘，根本不可能帶走村子裡所有的人，他只能讓少數人奔赴這充滿危機的轉機，相比於村子，有轉機的地方，總是好過死劫之地！而他自己和鄭二爺、雲婆婆做為知情人，竟然放棄了這轉機之地，和大家一起留在了險地……

師傅說過人總是需要一點兒底線的，我是不是可以理解成這就是道家人正道人的一點兒情懷，比普通人看得遠一些，得到的多一些，也就承擔得更重一些……

鄭大爺的話猶在耳邊，我的手拍了拍季風的肩膀，一時間只能無聲！

鬼霧已經朝著村子蔓延而去，更恐怖的事情發生了，在岸邊的霧氣瀰漫之處，一個個的身影從湖裡出現了，先是詭異地在湖面冒起一個個的人頭，接著就慢慢地朝著岸邊飄去，身影浮現，然後一個個身影出現在岸邊，排著隊進入霧氣之中，朝著村裡走去……

「就是這樣來的嗎？」季風哭喪著一張臉，眼眶發紅，聲音已經有些發顫！

這時，另外一艘船已經划到了我們的旁邊，船上的人喊道：「怎麼停下來了？」季風的嘴唇嘟囔了幾下，到底沒有說出什麼來，有些難過不必大家都知道，他站起來說了一句：「歐會兒！」

那邊船上傳來了大笑的聲音，笑著季風不中用，季風跟著苦笑，笑著笑著眼眶就紅了，他小聲跟我說：「鄭大爺待我是恩重如山的，我一直當他是我……」

這時，肖承乾走了過來，衝著季風說道：「有時間難過，還不如快點去到大陣之處，轉機在我們這裡，我們動作快一點兒，解決了事情，村子的事情不也就跟著解決了？」

肖大公子在很多時候總是樂觀的！季風聽了肖承乾的話，眼前一亮！可是我的臉色卻變得難看了起來，我一直在注意那霧氣裡陰魂厲鬼的情況，在這其中我看見了一個熟悉的身影，也夾雜在這些陰魂厲鬼當中！

鬼羅剎——郁翠子！

彷彿是感覺到了我的目光，它忽然轉頭了，我連逃避都來不及！這一刻，我終於清楚，在船划動的瞬間，我看見的湖底身影是真的存在的，只是當時霧氣未起，這些詭異的陰魂鬼物也就沒動，意思是我們的船是停泊在萬千的陰魂鬼物之上……

這個想法讓我冷汗連連，更別提那邊鬼羅剎已經回頭，死死盯住了我……

第八十二章 絕境般的遭遇

由於剛才季風爆發似的划船，所以我們離那岸邊已經有了接近五里多的距離，所以鬼羅剎和我的距離不是很近，我不知道為什麼逃離不了它的目光，就這樣遙遙隔著湖面相望！

因為距離的關係，我看不清鬼羅剎的臉，可是它的目光卻像有穿透力一般，透過那麼遙遠的距離，也像一把刀子一樣落在了我的身上，所過之處，我竟然能感覺到實質性的冰冷，背上不知不覺就起了一層又一層的冷汗，背上的衣服竟然緊緊地貼在了背上。

就這樣僵持了大概兩秒，我才猛地清醒了過來，突然大吼道：「全部的人躲在船艙裡，關艙！那邊的船也一樣，季風，趕快通知！」

說完這話，我轉身就跑進了船艙，其他人也不敢怠慢，季風已經在喊話通知那邊的人，然後順便開始拉下船篷，另外一邊，是慧根兒急忙拉下了船篷。

我在船艙內愣了一秒鐘，眼睜睜看著船篷拉下的瞬間，鬼羅剎已經忽然朝我們這邊衝了過來……

它的身影就如飄蕩在水上，一步一步看似很慢，其實每一步落下就是一大段的距離，它好像不受那鬼霧的限制，活動自如！

我感覺自己的心臟開始劇烈跳動，我不敢再發愣，下一刻我幾乎是大吼著說：「那些玉符呢？」汗水從我的額頭流到我的眼睛，可見我有多著急！

那邊承願有些小心地給我遞來一個包裹，真是裝玉符的包裹，我哪兒敢怠慢，鬼羅剎的速度如此之快，我怕得是它已經來了，我們的防禦陣法還沒有啟動！

我快速地拿起一張玉符，就開始朝著指定的位置安放玉符，那邊季風著急地說道：「陳小哥兒，這玉符只能支撐三刻，用一點少……」

我有些粗暴地打斷了季風的話，吼道：「快來幫忙！」

季風嚇了一跳，那邊承願和慧根兒已經默默地在幫我安放玉符，我忽然想起了一件事情，一下子轉頭盯著季風，幾乎是紅著眼睛吼道：「你沒有讓那邊用玉符，對不對？」

季風呆呆的看著我，說道：「這船篷拉下來，就算是厲鬼也是避忌的，沒……」

「鬼羅剎來了！」這句話幾乎是從我的牙縫裡蹦出來的，同時我的汗水也大顆大顆的落下，幾次與鬼羅剎短兵相接，它的存在給我的心理壓力太大了，我無法想像那邊沒有安玉符，會遭遇到怎麼樣的後果！

按照鬼羅剎嗜殺的本性，他們一個都活不下來！

「你說什麼？」季風也愣住了，做為一個道家人，做為守湖一脈，他不可能不知道這隻鬼羅剎，即使它還沒有大開殺戒！

「快喊話，能救下幾個是幾個！」我大吼道，我沒辦法冷靜！

在船艙內，大家一聽說鬼羅剎來了，紛紛幫忙安裝起玉符，就連一向囂張的肖大少爺，臉色也沉了下來，快速幫著大家安裝玉符。

季風的聲音透過船篷從船艙內傳了出去，迴盪在湖面上：「是鬼羅剎來了，你們快安裝玉符！」

也不知道還有沒有效果，我親自安裝上了最後一塊玉符，一屁股坐在了還算寬敞的船艙內，一時間才發現自己心跳得快要難以承受了！而如月給我遞過了一塊手帕……

可是我還沒來得及接過手帕，在船艙之外，忽然就響起了一陣飄忽的笑聲，路山陰沉著臉說道：「它來了吧。」

陶柏一向是一個反應慢半拍，他幾乎是下意識地問道：「誰來了？」

「郁翠子。」路山的嘴裡蹦出了這一個恐怖的名字，然後補充說明道：「郁翠子就是鬼羅剎！」

空氣彷彿都變得凝滯，郁翠子這個名字就如同一個不能說的祕密，在路山說出來以後，整個船艙陷入了安靜，接著，整艘船開始劇烈搖晃起來！

「澎澎澎」，像是有什麼物體在瘋狂撞擊船艙，站著的幾個人一下子都站立不穩，只能貼著船壁坐下！

「開門，開門啊……」一個飄忽的冰冷女聲在船艙外響起，透過船篷傳入了我們每一個人的腦海，在那一瞬間，季風一下子站了起來，就朝著船頭走去。

「你做什麼？」拉住他的是慧根兒，季風有些迷茫地看了慧根兒一眼，作勢就要掙脫慧根兒，卻不想這時，船篷外感覺忽然亮了一些，季風一下子清醒了過來，有些迷茫有些驚恐地盯著我們所有人，問道：「我在做什麼？」

我不想嚇季風，剛才船篷亮了一下，估計是陣法已經開始發揮作用了，他才一下子清醒了過來，我輕描淡寫地說道：「沒事兒，你就是太緊張了！」

季風驚魂未定地坐下，忽然之間，我們的船兒又劇烈震動了一下，傳來了「澎」的一聲，肖承乾一下子就怒了，剛想說點兒什麼，外面卻傳來了一聲刺耳的尖叫，是鬼羅剎的聲音！

陣法已經開始發揮作用了，鬼羅剎自然不能輕易地攻擊船體了！它被船篷外的陣法反攻了！

「呵呵呵呵……好，很好，很好……」到如今只過了不到短短的半分鐘，其中就經歷了如此凶險，我沒想到鬼羅剎還能說出如此威脅性的話來。

我有些緊張地盯著季風，問道：「那邊，來得及嗎？」

季風有些頹廢地搖搖頭，表示他並不知道，肖承乾怒火沖天地吼道：「太他媽憋屈了，我們是一群道士外加大和尚啊，怎麼躲在這裡跟個龜孫子似的？」

我捏緊了拳頭，行動才開始，如果不必冒險，那就不必做無謂的犧牲，身上背負的責任太重，才讓我這樣束手束腳，難道我心中不憋屈嗎？

「你先冷靜，有必要我們會行動的。」說話的是承心哥，此刻我分明發現承心哥的眼神已經有些不對勁兒，散發出驚人的光彩！

可我根本沒法去思考承心哥的眼神為什麼會變成這樣，只因為我擔心著那一艘船的情況，鬼羅剎是先攻擊我們的，而我們還是提前完成了安裝玉符，也都過了半分鐘左右，陣法才徹底發揮作用！

那麼，那一邊呢？我的拳頭越捏越緊，他們是修復陣法的人，如果陣法不能得到及時的修復，情況會更加糟糕，一時間我坐不住了，一下子站了起來，內心有些焦躁！

在船艙內看不到外面，由於氣氛太過緊張壓抑，我們也忘了在船艙內點亮油燈，只聽見彼此的呼吸聲，和外面潺潺的水流聲，偏偏就是這種安靜讓人的心思簡直沉重到了一種崩潰的邊緣！

「澎」「澎」，又是兩聲撞擊的聲音響起，而我們的船體卻並沒有搖動，是開始攻擊那邊了嗎？那一刻，我聽見所有人的呼吸都變得急促了起來，包括我的！

如果那邊順利的話，能擋住這種攻擊的吧？船體可以堅持一會兒，只要一小會兒，陣法就可以發揮作用了！但如果鬼羅剎一直不走呢？又要怎麼辦？

我發現我自己的心太亂了，我同時也開始痛恨自己，為什麼看過了鬼羅剎的前生之事，這種畏懼更甚從前，莫非是太過不能接受她還活著的時候就能冷靜吃掉自己的丈夫，還讓自己無辜的鄰居一起吃？我不敢想像，一想身上就是一串雞皮疙瘩！

「澎澎澎」連續的撞擊聲響起，因為陣法的作用，我們根本聽不見鬼羅剎在外面會不會又開始引誘人，可是光是這撞擊的聲音，就已經讓我們頭皮發麻了！

「承一哥，做個決定吧？」承願有些怯生生的聲音在我耳邊響起，我回頭在黑暗中想看看大家，想找尋一些勇氣，卻看見了承心哥發亮的眼睛！

肖承乾再也按捺不住了，罵道：「真的像孫子！」說話間，他竟然焦躁得拉起了船篷上的捲簾！

外面的光亮一下子透了進來，在那一瞬間，我看見鬼羅剎的身影就盤踞在那一艘船的船篷之上，此刻它斷斷續續的聲音傳來，竟然也是在喊那些人打開船艙，同時，它的手按在船篷上，似是在抓撓著船篷，「澎澎」的聲音竟然是那樣響起來的！

那其實是能量的直接碰撞！還撐得住嗎？我一下子緊張到了極限！

但更糟糕的情況是，那邊的船篷竟然被緩緩拉開了！

鬼羅剎好像注意到了我們這邊窗簾打開了，它忽然回頭，只是一瞬間，一下子就飄到了我們的船前，整張臉一下子就杵在了正在透過窗戶張望的肖承乾面前，相隔不到一釐米！

「我×！」肖承乾猛地落下了窗簾！

我知道，不能再等待了，那邊的陣法沒有發揮作用，我們必須要戰鬥了！

我一下子朝著船頭走去，忽然被一雙手拉住，我回頭看見了一雙發亮的眼睛，然後耳中傳來了一個魅惑無比的男聲：「我來！」

第八十三章 妖異的鬥法

承心哥他來？我這時才想起去思考承心哥不對勁兒的地方，為何一個大男人聲音中有一種柔柔的魅惑在其中？莫非是嫩狐狸？

他們擁有合魂的時間尚短，按說……或者，我不應該用看待傻虎的眼光去看待他們的合魂？

我腦中的念頭還在亂七八糟，承心哥已經興奮地用舌頭舔了舔嘴角，隨手把眼鏡扔在了船艙裡，眼波流轉，一張臉上充滿了一種無分性別的魅惑力，他只是看了我一眼，就不容拒絕地朝著船頭走去，一下子拉開了船艙！

而我待到從外面照進來的光亮有些晃到了我的眼睛，才徹底反應過來！

原諒我反應會那麼慢，只因為承心哥在別人眼裡來看，明明是一舉一動都充滿了魅惑的一切，卻生生讓我起了一身雞皮疙瘩，如果我沒記錯，嫩狐狸是母的？也不知道承心哥清醒之後會作何感想？

可是我卻不能不擔心承心哥的安危，趕緊跟著承心哥的腳步，一起躍上了船頭，而季風也緊緊跟在我們身後，邊走邊脫衣服，他說他要游過去救他們。

情況的確是很危急的，那邊的船艙已經完全打開了，那些人一個一個正毫無意識排隊般的走上船頭，船明顯地開始往前傾，看那些人的樣子要跳水一般！

兩艘船相距不過十米，但這種情況下，季風一個人也救不來，沒想到這一次是肖大少爺「熱情」的站出來，順道還攔住了其他人，說道：「我是山字脈的，過去有什麼情況也好處理！」

說話間，他也扔了外套，毫不猶豫地和季風一起準備下水！我以為肖大少爺只關心自己，還有自己在意的人來著，沒想到和我們廝混在一起一段時間以後，他忽然就有了「雷鋒精神」！

而與此同時，那艘船上的人忽然就立在船頭不動了，原因只是因為承心哥一出船艙，一句淡定溫和的「可敢一戰」就已經吸引了鬼羅剎的全部注意力。

湖面的空氣在那一瞬間都彷彿靜止，鬼羅剎轉身過來的一剎，我分明看見承心哥的腦門上就滲出了細密的汗珠，可是他雙手插袋，笑得很是迷人，輕聲對鬼羅剎說道：「還不夠呢。」

此刻，我再傻，也知道承心哥和鬼羅剎在對視上的一瞬間就已經開始了戰鬥，只是我和傻虎都是「莽漢型」，完全不能理解這種層次的戰鬥！

面對承心哥的挑釁，鬼羅剎也只是笑，那飄忽笑聲中飽含的魅惑之意並不比承心哥的少，承心哥一把把我拉在他的身後，用一種完全陌生的語調對我說道：「白哥哥，這種事情你不擅長的，還在站在我身後好了，免得讓那囂張不可言的女鬼煩了你的耳朵，汙了你的眼睛。」

我瞬間連臉上都起了一片雞皮疙瘩，承心哥開口叫我白哥哥，白哥哥是誰？反正不是我！還那麼溫柔地提醒我，不要煩了我的耳朵，汙了我的眼睛！

好吧，我承認站在承心哥的身後，確實那鬼羅剎的笑聲已經沒有任何的魅惑之意了，倒像是一陣陣的乾笑！而這時，隨著「噗通」「噗通」兩聲，季風與肖承乾也跳下了水！

「你若覺得這樣不夠，那這樣呢？」彷彿就是在等待著這麼一個時機，隨著季風和肖承乾的入水，鬼羅剎忽然對承心哥開口說道。

那一刻，它那一頭披散的黑髮竟然無風自動，湖面忽然開始清波蕩漾，接著，一陣陣吼聲從湖面下傳來，一雙雙手伸出了湖面，朝著肖承乾和季風兩人抓去……

「這是什麼東西啊？」季風一下子就被五、六雙手逮住，他有些著急的聲音從湖面上傳來，此刻他才不過剛下水，忽然就被那麼多雙手抓住，一下子連怎麼游泳都忘記了，眼看著就已經往下沉，連續喝了好幾口水。

一隻手扶住了季風的胳膊，是肖承乾在不停地鳧水，然後對季風吼道：「幻覺，不要受影響！」

畢竟比起靈魂意志來，從小也受過盤蛇漸迷陣洗禮的肖承乾，比季風強了太多，他此刻不僅被很多雙手抓著，還有一個水鬼模樣的浮屍從背後抱住了他，可是他還沒有完全受到這種事情的影響，可是我分明也看見肖承乾的眼中有了一絲迷茫之意。

面對鬼羅剎如此挑釁，承心哥的臉上並沒有慌亂之意，而是朝前邁進了一步，眼睛更加明亮了，於此同時，我們全船所有的人都看見承心哥的身後浮現了一條尾巴的虛影，那是一條蓬鬆的白色狐狸尾巴在不停地搖擺，我一眼就認出是嫩狐狸出品，說是虛影，卻能讓所有人看見，那麼已經像是實質性的存在了，連清風拂動，尾巴上的白毛微微搖動，都讓人看得一清二楚！

這固然和船上的人都不是普通人有關係，但實際上我的心中卻震撼無比，這分明就是合魂，這合魂的形式和我和傻虎合魂的形式完全不同，他們真的契合得太快了！

隨著承心哥朝前邁動了一步，原本只是吹拂著那條白尾的清風忽然變成了大風，接著一下子盤旋著吹過了湖面，一陣接著一陣，湖面上那些骯髒的事物竟然就全部消失了，又變成了微微蕩漾著碧波的平靜湖面！

肖承乾的眼中一下子恢復了清明，連季風也不再掙扎，神色慢慢恢復了正常，只是有些迷茫！

肖承乾當然知道發生了什麼事兒，連聲催促道：「快，我們游過去！那邊已經開始鬥法了！而且再這麼下去，船該翻了，這船本來就輕！」

顯然季風被肖承乾的話嚇住了，當下二話不說就跟著肖承乾朝著那邊猛游而去，所幸的是距離也不長，就十米左右，轉眼間，他們兩人就爬上了那艘船的船尾……

肖承乾和季風是暫時平安了，想必也是鬼羅剎沒工夫玩弄他們了，它已經徹底陷入了和承心哥的纏鬥中！

我們不知道他們在鬥些什麼，只是看見鬼羅剎的一頭黑髮全部瘋狂地朝後飄蕩，臉上的表情越來越猙獰，稍許有了一些吃力的感覺！

而承心哥這邊的情況要糟糕一些，只是一分鐘不到的時間，他的汗水已經濕透了全身，額前的劉海也貼在了額頭上，只是他的口中念念有詞，雙眼也愈加明亮，已經隱隱有些發出了碧光，但也僅限於此，還沒有達到碧眼狐狸的程度！

這種鬥法我根本幫不上忙，畢竟相比於道術的比鬥，這種純粹精神力的比鬥更加危險，不要說旁人插手，就是此時我們大聲說一句話，都說不定會讓承心哥陷入一個危險的境地！

所以，我們也只能在承心哥的背後乾著急！

這樣僵持了一分鐘，承心哥又朝前走了一小步，這一次，再多出了一根尾巴，在承心哥的身後搖動，三尾的碧眼狐狸，終於現出了第三根尾巴！

鬼羅剎發出了一聲冷哼，朝後飄去了一米，這時，在他們兩個之間中心位置的那一塊兒湖面才猛然爆出了驚人的水波，「嘩啦」一聲，就如同有一個大力士在水中投擲了一塊巨大的石頭，蕩起的水波！

我們的船，還有那邊的船開始劇烈晃動起來，那劈頭蓋臉的水波濺了我一頭一臉，也濺了承心哥一身，反倒為他洗去了一身的汗水！原來在不知不覺之間，他們的鬥法已經凶險到了如此程度！

鬼羅剎被逼退了一小步，這顯然是一個了不起的勝利，承心哥臉上的笑容愈加迷人，以前春風般的和煦笑容，在此刻就如一杯醉人的蜜酒，混雜著顯得妖異的雙眸，直直醉入了人的心裡！

他的姿勢不變，依舊是雙手插袋，脊樑挺直，顯得異常瀟灑，甚至有一種輕佻的得意神情在其中，揚著下巴盯著鬼羅剎！

鬼羅剎倒也沒有氣急敗壞，它忽然開口說道：「這般小兒科算得了什麼，和妖狐的比鬥，自然是有意思，也勞煩不了那位大人出手！」

那位大人，是哪位大人，莫非這個鬼羅剎已經看出來了承心哥的合魂嫩狐狸？

面對鬼羅剎的話，承心哥忽然「撲哧」一聲笑出了聲，那種神態自然也有一種妖異的風格，不分性別的魅力，但也顯得不娘不違和，他說道：「那我不才，便接著你的大打大鬧吧，若是論鬥一鬥迷人心智的把戲，我還怕過誰來著？」

「那就來吧！」鬼羅剎忽然全身的紅衣都在飛舞，那一頭黑髮幾乎沖天而起！

下一刻的湖面忽然狂風大浪，像是有什麼了不起的存在一下子就要破浪而出……

第八十四章 魅？魍魎？退去

而事實上我們的判斷是對的，因為在下一刻真的就像有一個巨大的身影破浪而出，濺起了無數的水花浪頭，劈頭蓋臉的朝著我們打來！

可是那樣的水花浪頭卻沒有實質性地打濕我們的身體，不像剛才是兩股精神力量的碰撞，實質性的濺起了巨大的浪花，這種再惟妙惟肖也只是幻覺罷了！

但就算如此，那種真實的感覺也足以讓人驚心動魄，不要以為幻覺不能殺人，在若干年以後那個著名的死囚試驗就已經說明了一切，蒙上犯人的眼睛，佯裝在犯人手上劃上一刀，然後讓水滴落一夜，生生嚇死了犯人。

這就是心理幻覺的威力！

我現在還能保持清明，感覺不到水的實質，不過是因為我站在承心哥的身後罷了！

「大家都不要出來！」我沉聲說道，那邊的船上，肖承乾和季風已經把眾人拉進了船艙，封閉了船艙，看樣子也擺好了玉符，發動了保護陣，相對來說，我們這邊直面的精神幻覺鬥法是更加危險。

所有人都依言待在船艙，臉色都很沉重，因為一股要命的威壓已經撲面而來，他們看不見發生了什麼，可是我已經清楚看見水面泛起了一片鮮紅的顏色，就像鮮血完全氤氳在水中化開，妖異卻危險的顏色。

我看見那片紅色慢慢浮現在整個水面，然後從水面升起，原來從水中出現了一個巨大的紅色身影，全身紅袍，雪白的長髮一直垂落到小腿，可是這副裝備之下竟然是一張「骷髏臉」，不同的只是這骷髏有一雙靈動的眼睛，眼圈周圍是深重的黑色。

這張臉按說是異常恐怖的，可是又有一種邪異的魅惑，那裹緊在身上的紅袍被風吹動，陡然展開，就如鋪天蓋地一般，紅袍之上竟然有大片大片的粉紅色運氣。

「紅粉骷髏嗎？到了這種程度！好一個魅！陣中是有魍魎嗎？那就是白哥哥的事情了。」承心哥的聲音懶洋洋地傳來，面對如此巨大邪魅的形象，他就如同沒有壓力一般。

但我分明看見，他的眼珠已經變成了碧色，第三條狐尾也終於顯形，隨著前兩條狐尾在風中輕輕擺動，一頭黑髮也跟隨變成了白色，瞬間就是及腰的長度！

當然這也只是影響人的幻覺，承心哥本身的形象如果一開天眼就知道沒有任何的改變。

「還不能合魂，那也就只能鬥鬥看了！」又是一聲懶洋洋的聲音傳來，還是立在船頭的承心哥在說話，恍然一看，承心哥在此刻已經俊美得簡直非人類了，狐狸果然都是一種愛美的動物。

也難怪有傳說狐狸這種生物雌雄同體，因為無論男狐狸或女狐狸，一旦成精都是顛倒眾生的存在啊！

我望著天空中的所謂紅粉骷髏，心中暗自歎道，只不過我也得到了一個資訊，那就是還不能合魂，承心哥現在的狀態也只能等他清醒了之後，再問他了！

不過，魅、魍魎？我大概能瞭解這萬鬼之湖內的一些事情了，果然，很不簡單！鬼羅剎的成形或許是必然的吧！

前路比我想像的還危險，但心中有底了，我反而沒有一開始那種不安了，相反，心中有了一股奇異的安寧感，人的恐懼源於未知，只要知道了，還有什麼好怕？

承願不知道什麼時候走出了船艙，站在了我的身旁，同我一起看著天空中那個已經完全現形的紅粉骷髏，此刻的它開始以一種怪異而輕靈的姿態舞動身體，就像在跳動一曲原始而充滿了誘惑的舞蹈，大片大片的粉紅霧氣從它的身體飄出，一下子瀰漫了整個天空。

「粉色的天空，其實看起來很漂亮呢。」承願忽然在我耳邊說了那麼一句，這個時候我才注意到承願已經出來了，立刻責備地望向她。

承願對我吐了吐舌頭，然後小聲對我說道：「不行就讓我來幫忙吧。我好像可以合魂了，雖說只是入門！」

「妳可以合魂了？」我的眉毛一揚，顯得難以置信，合魂這條路我可以說是走了三十年，雖說有傻虎的魂魄殘缺的最厲害的原因，幾乎可以說是快消失了，但承願這……

「蛟魂我們元家供奉了好幾代人了，這個可以理解嘛，我……」承願小聲對我解釋道，但這時，一股強大的精神力爆發開來，瞬間讓我和承願退了兩步，也打斷了我們的對話。

承心哥身上的幻象徹底消失了，他又變回了正常狀態的承心哥，忽然的閉眼盤坐在船頭，而在他身後，我再一次看見了久違的嫩狐狸！不是那個迷你得可以坐在人肩頭的嫩狐狸，而是一隻優雅慵懶的巨大嫩狐狸，搖動著三隻尾巴出現在了承心哥的身後！

隨著它的尾巴輕輕搖動，湖面的上空竟然吹起了帶著淺碧色的旋風，那粉色的霧氣就這樣被席捲一空！

「呵呵呵，三尾狐狸……我就猜到……」天空中那巨大的紅色身影忽然開口說話，聲音說不出的嬌媚。

而那邊嫩狐狸並未開口，而是半睜著它的一雙碧眼，默默地看著紅粉骷髏！

倒是盤坐在船頭的承心哥莫名其妙地說了一句：「原來一隻鬼羅剎的本體是這個，可憐化作紅粉骷髏，想迷惑眾生！事實上卻是一個可憐的情傷女子，真的是越缺什麼，越想有什麼嗎？」

嫩狐狸原本就是承心哥的共生魂，承心哥此時的說法肯定是代表了嫩狐狸的說法，或者嫩狐狸的靈魂還沒有恢復到可以清楚傳達意志的程度，只能藉承心哥的口來傳達自己的意思。

我忽然有一種冷汗滿頭的感覺，嫩狐狸是怎麼知道鬼羅剎的前世今生的？直指人心的精神力還真是可怕，但我也暗自下定決心不要和狐狸吵架，人家可以不帶一個髒字兒，甚至語帶憐憫的戳你內心最疼痛的地方，這還真是……

「吼……」顯然鬼羅剎被嫩狐狸刺激得不輕，一下子到了暴怒的邊緣，長長的白髮也開始瘋狂搖擺起來！

嫩狐狸也不再慵懶，一下子站起了身子，弓起了後背，三條尾巴直直立著，一場大戰眼看著就一觸即發！

可是在此刻，從那貌似很遙遠很遙遠的湖心深處忽然傳來一個充滿了滄桑邪惡的吼聲，悠遠卻清晰，震得連我都感覺內心一陣翻騰！

在那一刻，我感覺到了傻虎瞬間清醒過來，在我靈魂深處咆哮了一聲！彷彿是在不滿什麼，也充滿了一種強烈的戰意！

魍魎嗎？那有沒有魑？如果有！我明白我們為什麼一定要到萬鬼之湖來了！

我的眼光也飄向了聲音傳來的遠方，傻虎不屈，我這個與他共生的人又怎麼可能屈服，儘管我感覺內心翻騰不止，有一種想掩耳躲避這吼聲的衝動！可是我依然站直了身體！

這吼聲只持續了不到十秒就停止了，而天空中巨大的鬼羅剎忽然也消失了，又變回了那個正常狀態的鬼羅剎！

面對鬼羅剎的忽然退卻，嫩狐狸充滿了疑惑，也變回了一隻正常的狐狸大小，站到了承心哥的肩膀上，甩動著尾巴！

在那一刻，我彷彿一下子能洞悉到鬼羅剎的猶豫，彷彿也把握住了什麼，然後一步朝前的走到了承心哥的前面，立在船頭對鬼羅剎說道：「郁翠子，不要在這裡和我們纏鬥了，你怕也是受制於人，還是趕緊去辦你的正事吧！總有一天，我們會交手的，而那一刻不會太遠了。」

我說這些話的時候，有一些緊張，因為在此刻我收到了一個模糊不清的意念，大意是白哥哥，我只是勉強支撐嚇嚇那隻魅，要真的動手，我恐怕還不是它的對手，特別是現在，我已經受傷了。

這話我不知道是不是在對我說，可下一刻，我靈魂深處的傻虎就低吼了幾聲，似乎是在安慰！

白哥哥是這傢伙吧？這樣一想，我和承心哥還真是無奈，一個變狐狸男，一個變白哥哥什麼的！

心思雖然複雜，但我面對著鬼羅剎卻一副有恃無恐的坦然模樣，對它說道：「莫非你現在還想大戰一場，來吧，我們都會動手！」

嫩狐狸配合地又再次站了出來，飄上了天空，我的傻虎也忽然開始咆哮，甚至我拿出了那串沉香串珠……

鬼羅剎忽然呵呵呵輕笑了幾聲，然後一抖身上的紅袍，低聲說了一句：「每一個男人都是陳諾，而每一個陳諾到底都是該死的！你們會死的！」

說完，它竟然真的就退去了，剩下我在船頭長吁了一口氣，心中默默祈禱，鄭大爺，你們可要撐住！

第八十五章 大陣邊緣

船兒在湖面輕輕蕩漾，在那邊，季風在划著另外一條船，努力讓兩條船靠近，大戰過後，輕風微拂，遠處霧氣濛濛，反倒是一片平靜的幽美湖光。

「鄭大爺他們能撐住嗎？」站在我身邊說話的是路山，到現在傻子都知道鬼羅剎的目標是湖村，我們和它只是「偶遇」，所以湖村的情況更讓人擔心。

「轟」的一聲輕響，是兩條船兒靠在了一起，季風和肖承乾從那邊的船上跳了過來，而那邊船上的人也已經徹底清醒了，只是看他們的神色，估計想起剛才的事情，還有些後怕。

我看了一眼他們，眉頭緊皺著，對路山說道：「我也不知道鄭大爺他們是否能撐住，唯一能做的就是我們抓緊時間。」

季風聽見了我的話，由於剛才船艙封閉，他自然是沒看見剛才的大戰，他並不知道鬼羅剎的去向，所以我這麼一說，季風臉色一變，一下子就注意上了。

我也沒有隱瞞季風的意思，很直接的告訴季風：「鬼羅剎的目標其實是湖村，剛才我們只是暫時逼退了它，它現在應該朝著湖村去了。」

「你說什麼？」季風的臉色一下子變得慘白。

我緊抿著嘴角，有些沉默，倒是肖承乾走過來拍了拍季風的肩膀說道：「我不是說了嗎？

有時間在這裡悲悲戚戚，還不如抓緊時間朝著中心地帶划，抓緊時間辦事兒吧！按照鄭大爺的本事，就算滅不了鬼羅剎，撐個一時半會兒難道真沒辦法嗎？」

不得不說，肖承乾的話很大程度上鼓勵了季風，他一聽，不再言語了，而是直接走上船頭，就開始拚命地划船……

兩條船兒又開始以一種接近最大的速度前進，在那邊，和季風學習划船的是慧根兒，他說他一身力氣，正好適合做這個，我們也就由慧根兒去了。

船艙中，承心哥陷入了昏迷，承願畢竟跟著承心哥學習了一些醫字脈的知識，看了看承心哥的狀態，她告訴我們不礙事，承心哥按照現在醫學的說法，就是有些疲勞過度。

從道家醫脈來說，承心哥是精神力消耗過度！

湖面重新變得安靜起來，剩下的只是偶爾吹過的風聲，和船槳蕩開水面的水波聲，船艙裡的氣氛一時間有些沉默，先開口的是如月，她到底還是忍不住擔心。

「三哥哥，聽你和鬼羅剎的對話，好像這湖中還有更厲害的存在，你心裡有數了嗎？」她是這樣問我的。

我倚著船篷，點上了一枝菸，平靜地說道：「雖然只是猜測，但心中大概也是清楚了。雖然那大陣之中號稱小地獄，但我想裡面的鬼物，至少完整的鬼物比我們想像的要少得多。」

「為什麼？」如月有些驚奇，船艙裡的所有人也都好奇地看著我。

「只因為湖中有魍魎這種怪物，而魍魎是靠吞噬鬼物而生！這就是原因。」說話間，我吐了一口菸霧。

魑魅魍魎是人們常常聽說的怪物，但要因為常常聽說，就以為它們不厲害，那就是非常錯誤的說法！事實上，魑魅魍魎具體是什麼怪物，這個界限劃分的不是太嚴格，但能夠夠上資格被稱為魑魅魍魎的，無一不是厲害之極的傢伙！

我華夏遺失的鎮國九鼎，上面刻畫的神仙邪物不知凡幾，但其中魑魅魍魎就是邪物代表中的代表！

應該是魍魎了吧，能生陰霧，甚至魅我猜測也是它培養而成，它到底是什麼東西化形而成？到底是有多厲害？想到這裡，我不禁有些入神……

「承一哥，承一哥……」是承真一聲聲地叫我，把我從這種沉思中喚醒，我陡然回過神來，有些疑惑地看著承真。

「什麼事兒？」我問道。

「在想什麼呢？剛才如月姐問你幾次了，要多久才會真正進入大陣之中？」承真略微有些抱怨的對我說道。

我有些不好意思地笑了笑，這時回神才發現我一入神，連香菸都快燒到我的手指了，一邊掐滅了香菸，我一邊對承真和如月說道：「這個我在之前問過季風，從咱們出發的地方到那個大陣中，如果一刻都不停歇，大概是要五個小時左右。」

「那麼久？」承真有些無奈地托著下巴，顯得有些無聊的樣子，承清哥望了承真一眼，有些寵溺地揉了揉承真的頭髮，又繼續擦拭他手中的東西了。

他手中的東西是一盞有些像酒杯的精巧銅燈盞，非常小，就半個巴掌大的樣子，這次承清哥出發的時候背了一個大包袱，包袱裡裝的就是這種銅燈盞，很多個，所以才裝了那麼一大包！當他從行李箱裡拿出這些的時候，還嚇了我一大跳。

當時我還問他：「承清哥，你這是做什麼？進了大陣中為我們點燈照路嗎？」

他含糊地回答我：「差不多吧。」

結果上了船，他就一直在擦著這些銅燈盞，除了剛才承心哥大戰之外的時間，他就沒有消停過！

面對承清哥揉自己的腦袋，承真臉上露出了一個不滿的神情，嘟囔了一句：「又不是小孩子了。」然後就懶洋洋地靠在了承清哥的身上，承清哥又是不計較的一笑。

這種場景看得我心頭很溫暖，就是這種隨意的細節，師兄妹之間的互相依靠，才能在需要的時候填滿我們心中，師傅們不辭而別的冰冷。

「五個小時不算久了，這湖有多大，你也不是不知道！況且這是人力船，也不像大江那樣，還可以隨波而下！至於大陣中更大，因為傳說中那裡的空間不是太穩定，或者是有別的祕密吧。」我的心中充滿了暖意，對承真的解釋也就更加耐心了一些。

這些是鄭大爺在告訴陣中是小地獄後，又給我說起的一些傳聞，其實對於空間這件事情，我已經不會太吃驚了，因為我入過鬼市，進過龍墓，對於這個世界有的地方發生的關於空間的奇異事情，已經屬於能接受的範圍了。

船兒繼續在前行，慧根兒已經換下了季風，開始划船，出乎我們意料的是，這小子竟然划得非常平穩，速度比季風還快了那麼幾分，如果不是為了等後面那條船，我相信還能再快一些！

季風有些疲憊地入了船艙休息，他不放心，老是在我們面前念叨，讓我們進入大陣以後，一定要注意一些細節，別因此送了命。

他又強調了一次，裡面的水不能喝，裡面的魚不能吃，無論多麼誘人！

我心中暗想，對於不是太愛吃魚的我來說，這魚到底會有多誘人？瞧這小子說得鄭重其事的！船上不也備著乾糧嗎？難道我們會被困很久？

時間很快過去，一眨眼船兒在湖面上已經前進了三個小時，偶爾會有湖面上的青山經過，偶爾會有幾處怪岩，風景已經大不相同，雖然籠罩在層層薄霧中，但我不得不感慨，如果這裡不是潛藏著萬鬼之湖，自然大陣的祕密，或者早就開發成了什麼風景旅遊區了吧？就如那個常常有人失蹤的竹林一般，在解決了事情以後，不也就開放了嗎？

應該快近了吧？我站在船頭看著遠處，是一大片平靜的湖面，湖面上飄蕩著輕煙，在如此陰霾的天氣之下，在這傍晚時分，竟然還掛著一道紅紅的斜陽，真是一片人間仙境般的奇景。

我之所以覺得應該快了，是因為季風在我旁邊對我解釋道：「這就是幻象，其實在那邊的背後就掩藏著自然大陣了，如果普通人闖到這裡，看見的就是這樣一片平靜的湖面，划著划著也就划回原路了！那自然大陣外，有我們人工大陣的保護！但如果機緣巧合，一不小心闖了進去，那麼……」

季風沒有再說了，可我心中還不明白嗎？那麼就十死無生了！水上人家在湖裡失蹤，每年都有發生，說起來可以算大事兒，但真正在人潮中，也算不得什麼稀奇的大事兒，山有山的傳說，湖有湖的傳說，哪一個地方沒有一點點神祕？

第八十六章　迥邊大陣

在最後一段接近自然大陣的湖面，就是由季風親自來全程操縱小船的，看季風的神色就知道這絕對不是一件輕鬆的事情，他不僅拿出了一個陣盤，還小心翼翼地操縱著船兒，一會兒退，一會兒前進，一會兒在湖面上打著圈圈，不知道的人看著這詭異的一幕，多半都會以為這船上的人中邪了，得罪了湖裡的湖神，划個船就跟捉迷藏似的！

可是我們懂行的人看在眼裡卻感覺是震撼加驚心動魄，震撼的是是什麼樣的高人才能在湖裡布下如此大陣，畢竟在水中布陣和在陸地布陣，那難度完全就是兩個概念！而且還是如此大規模的陣法！那一定是要水下和水面就形成一定配合，總之難度無法想像！

驚心動魄的地方在於，季風竟然操縱著船兒踏起了道家破陣的步伐！要知道，在陸地上破迷陣時，踏動的步伐都要萬分小心，何況是操縱著一條船？一旦失敗，看季風的樣子，後果比普通人在這裡來打個醬油，然後原路返回要嚴重得多！

但我也佩服湖村的人，小船被季風操縱得一絲不苟，真的是一路平順，更別說他還在一路和慧根兒講解這出陣入陣怎麼操縱船兒。

而我們身後的那條小船同樣也是如此！因為不需要分心講解，他們的船兒看起來比季風操縱的這條船兒還要靈活的樣子。

畢竟是守湖一脈，真是不可輕視！

船兒就這樣詭異地前行著，承真對於這個大感興趣，所以也到船頭去觀察。

我是不懂，就和大家一樣，有些懶洋洋地靠在船艙裡，這般的顛簸前行，我發現我有些不適應，甚至有些暈船的意思！

就在我有些暈暈乎乎的時候，那邊的承心哥發出了一聲呻吟，這傢伙終於是要醒來了！

承願趕緊端了一碗清水，扶起承心哥，餵他喝了一點兒水，不得不說，承願這丫頭越來越招人疼愛了。

「怎麼這麼晃，都快把我晃暈過去了。」承心哥還沒有完全清醒，開口的第一句竟然是說這個，然後就是四處找眼鏡。

承願早就細心幫承心哥收好了眼鏡，看見承心哥在找，趕緊拿出來給承心哥戴上了，而我看著好笑，說道：「哪裡是把你晃暈了？你原本就暈過去了，這分明是把你晃醒了，好不好？」

「我暈過去了？」承心哥戴上了眼鏡，感覺要清醒了一些，我這麼一說，他皺著眉頭，揉著額角，開始仔細地思考起來，過了不到一分鐘，承心哥的表情忽然變得有些驚恐。

他一下子無助看著我，對我說道：「承一，我覺得我做了一個很恐怖的夢！」

「啊？」我揚眉不解，什麼很恐怖的夢？

「我夢見我一個大老爺們變得嬌滴滴的，我他媽還叫你白哥哥！還和鬼羅剎打了一架！」

承心哥臉上驚魂未定的樣子，看起來非常可憐。

「哈哈……」首先憋不住笑的就是承真，接著承願和如月都笑了起來。

承清哥仍舊專心擦拭著燈盞，臉上也泛起了一絲微笑，路山是想笑不好意思笑，乾脆轉頭假裝認真地看慧根兒和季風划船，至於陶柏就躲在路山的身後有些羞澀地笑。

我一頭冷汗，根本不知道怎麼開口給承心哥解釋，別看承心哥表面溫和，對女人來說是溫柔的男人，其實他骨子裡是相當爺們的，如果告訴他一切都是真的，他會不會把嫩狐狸騙出來掐死啊？

想起那幾句白哥哥，我也直起雞皮疙瘩，乾脆沉默！但是承心哥到底是一個心思敏捷的人，從大家的表情已經看出來了事情不對！於是他青筋直冒地問承願：「承願丫頭，妳最乖了，給妳承心哥說說，這到底咋回事兒？」

他說話的時候，我看見他嘴角都有些抽搐了，顯然難以接受自己那副模樣。

「這個……承心哥，其實我實話跟你說吧，你變身狐狸男的時候，很帥很帥的，那眼神兒真真兒是神擋殺神，佛擋殺佛，秒殺萬千少女，勾搭萬千少婦的。」承願沒說話，倒是承真很直爽地把事情說了出來。

承心哥一下子傻了，然後有些木然地站了起來，開始在船艙裡走動起來，我緊張地看著承心哥，他該不會想不通去跳湖嗎？

但承心哥一下子瘋了似的，首先一把逮住了承清哥：「哥，你是不是該關照弟弟？和我換一個妖魂！」

「承真，妳該孝敬哥哥的，不然和我換一個妖魂？」

「承願……」

「好吧，你們都不理我！嫩狐狸，你給老子滾出來！」承心哥在船艙中大吼，可惜人家嫩狐狸估計在沉睡，壓根不甩他，我們現在都還沒本事對合魂非常自由地操控，就算是我，在傻虎沉睡的時候，也不能這麼喚醒它！除非是用術法，強行喚醒！

承心哥的脖子上青筋亂跳，眼看著就要用術法強行喚醒了，我自然不能任由他鬧騰了，一把抓住承心哥，對他說道：「承心哥，你剛才那個純粹是意外，是嫩狐狸不滿鬼羅剎的挑釁，要和它比一比魅惑的本事，算不得是你們合魂！那只是嫩狐狸的意志表現，又不是你的意志表現！」

說到這裡，我頓了頓，強忍住笑意，嚴肅地說道：「人本來就是母狐狸，你能讓人家表現得像個爺們狐狸？再說了，人家也沒把你咋樣，除了帥一點兒，溫柔一點兒，還是很爺們的嘛！如果真的是合魂了，就是以你的意志為主了，到時候就不會再出現這樣的情況了。」

「你說真的？」承心哥總算稍微能接受一點兒了。

「當然是真的，雖然不知道你們具體合魂是什麼樣的狀況，但我發誓，我和傻虎的合魂，是以我的意志為主！合魂術，原本就以人的意志為主，我都已經傳給了你們，你難道不知道？」這句話我倒是真的說得非常認真，只不過在心裡補充了一句，大不了你變成男狐狸，說到底也是一隻爺們狐狸啊！

「呼……」承心哥長吁了一口氣。

只是肖承乾在旁邊，忽然很認真地比了一個道家禮，一副禮拜三清的模樣，嘴上開始念叨：「保佑我的鬼頭是公的，公的……」

承心哥一下子揚起眉毛，又要發作了，但肖承乾根本不給他機會，一把上前逮住我的衣領，對我狂吼道：「陳承一，合魂術！嫩狐狸！你最好老老實實給我交代這是怎麼一回事兒！」

我真的無語了，這肖大少爺發脾氣是不看任何情況的，我把他的手從我的衣領上扯下來，對他說道：「原本就打算告訴你的，只是一直沒機會，我就趁現在給你說了吧。」

船兒繼續在水面晃蕩著，我開始對肖承乾說起合魂的一些事，其實嚴格說起來，這不僅是我老李一脈壓箱底的祕術，也是肖承乾那一脈的祕術，對肖承乾如今這種狀況，我根本沒必要隱瞞！

時間就在我的訴說中一分一秒流走，在我感覺船轉了一個大彎之後，忽然就聽見季風在船頭說道：「陳小哥兒，到了。」

到了？我一下子站了起來！此時，我也和肖承乾說得差不多了，再也顧不得什麼，幾步跑上了船頭，這時才發現，船在轉了一個大彎以後，竟然像是到了另外一個所在！

原本平靜無波的寬闊湖面消失了，取而代之的是有好些小島和小山存在的湖面，這些山島籠罩在霧中，看得不是很分明，大的看不清全貌，小的直接就是只能供一兩個人待在上面的礁石！

這樣的景色很美！但中間也充滿了神祕的色彩，我看見在這些小山和小島分布的周圍，插著許多柱子，有的粗，有的細，有的上面懸掛著道家的法器，有的上面雕刻著複雜的陣紋。

而我再回頭一看，這才發現，這哪裡是什麼我們剛才看見的寬廣湖面，在我們來時的路上，也稀稀拉拉漂浮著一些看不清楚的東西，看樣子像是道家的蒲團一般，漂浮在水面上，隨著水波蕩漾，位置並不固定！

另外，來時的路上，就已經有一些礁石聳立其中了……這才是真相嗎？

第八十七章 突如其來的犧牲

如果眼見都不能為實，這個世界上的有些東西，還怎麼能讓我徹底去相信自己的判斷？看著眼前的這一幕，我苦笑著，不過也得承認這個現實！

這應該不是一種所謂「迷信」的唯心認知吧，就連科學也承認，人的視覺有盲點，眼睛的構造雖然精巧，卻也是有限的，並不能無限看清這個世界，很多幻境和巧合甚至物體就可以跟人類玩視覺遊戲。

所以，我有時也在想，道家看似是「落後的、古老的」，但事實上它是不是已經走到了很前面的位置，因為人類的認知和能力有限，只能把關於它的謎題解釋成了唯心主義，解釋了封建迷信，解釋成了傳說，甚至神話？

曾經有那麼一個轟轟烈烈的大時代，洪荒的大戰，還有後來的封神之戰，它是否存在？人類進化史上十幾萬年的空白到底又說明了什麼？牽強的解釋是否就是真的合理？

我承認我是想太多了！

船兒晃蕩了一下，原來是季風跳到了那邊的船上，我發呆的那一會兒，那邊的船已經趕上來了。

「慧根兒，地圖給你了，按照地圖上的標示，就能順利進入自然大陣內，我相信你們一定可以活著出來！保重！」季風站在那邊的船頭對我們大聲地說道，那邊的船兒已經開始划動了，他們要開始逐一檢查和修復大陣了！

好在之前也有人來探查過，大致也知道哪些地方陣法損壞了，希望大陣的修復對於湖村的困境能有一定的緩解，畢竟大陣一旦發揮作用，那些鬼物會如鄭大爺所說自然地被吸引回去吧？

「你們也保重！」我站在船頭對著季風大喊了一聲，此時，季風他們的船兒已經遠遠划開了去，季風衝我搖了搖手，我的內心稍許有些不安，總感覺季風他們這一次也不會那麼順利！

望著他們遠去，我沉默了一會兒，這才轉身攬著慧根兒的肩膀，說道：「小子，這次怎麼這麼沉默寡言？」

「哥，額也不知道，總是覺得有些緊張的感覺。」慧根兒開始划動我們的小船，然後再次用熟悉的陝西腔和我說話，估計也只有在這種沒有外人的時候，他才會像小時候那樣說說陝西腔，感覺很親切，但也感覺很遙遠了。

「別緊張，有哥在。」我不知道怎麼安慰慧根兒，更不知道他的緊張從何而來，畢竟他也不是小孩子了，能說清楚的問題，他自然會給我說清楚，他也說不清楚原因的，我問也沒用。

甚至於我不能像他小時候那樣抱他，捏捏他的臉蛋兒，說沒事兒，這事兒解決了哥給你買蛋糕吃。

一時之間，我們有些沉默，慧根兒低頭划船，忽然就對我說道：「哥，就是因為有你在，額才不那麼緊張，額就是覺得……額也說不好！」

「沒事的！」我的手緊緊捏住慧根兒的肩膀，彷彿唯有這樣才能傳達給他力量，他長大了，這就是男人的方式。

對比著地圖，船兒在水中順利前行著，慧根兒告訴我，前面那個看起來很大的島就是自然大陣的入口，繞過那個島，就是真正的萬鬼之湖了。

「哥，那個島看起來黑沉沉的。」慧根兒小聲嘀咕了一句。

我微微皺眉，事實上就如慧根兒所說，那個島雖然籠罩在雲霧中，但遠遠看去就是黑沉沉的，那島上也不是沒有植被，也不知道是不是那麼植被太茂密了，所以才形成了這樣的景象？

亦或者有別的原因？

我不想想那麼多，乾脆坐在了床頭，這裡的湖面很少有人類進入，湖水很清澈，仔細看去，能發現游魚的身影在水面下竄來竄去，只是這裡的魚就已經不能吃了嗎？我努力地轉移著自己的注意力，看久了，就發現這些魚也有不對勁兒的地方，其中一條魚躍出水面，我發現這魚的魚鱗有一種慘白的顏色！

這讓我想起了荒村的事情，那周圍的幾個村子，被陰氣怨氣所影響的蟲子，這些魚該不會？當然，有大陣的保護，這些魚兒也只能待在這片水域，而且離開了這片水域，這魚也活不了，就如習慣了淡水的淡水魚，又怎麼可能在海水裡生活？牠們自己也不會離開這片水域的。

而這種污染，估計也只能等著以後再慢慢化解了。

船槳划動水面的水波聲，微微蕩漾的小船，安靜的環境，我想這魚的事情想得非常入神，不想這時卻傳來了一聲刺耳的槍聲，我抬頭一看，一道紅色的信號彈劃破了天空，就如一朵盛放的煙花，是那麼的顯眼！

我一下子從沉思中回過神來，映入眼中的只有那一朵鮮紅的煙花，接著我的脊背不由自主的緊繃起來，我知道這意味著什麼，我努力鎮定的對慧根兒說道：「朝那邊划！」

不用我的吩咐，慧根兒已經努力朝那邊划動著我們的小船了，這種信號彈我們都很熟悉，湖村特有的傳信方式，從顏色和方向來看，只有一個可能，季風他們那邊出事兒了。

小船兒努力朝著信號彈升起的方向划去，所幸的是我們分開也不是太久，大概也就十五分鐘，他們因為是探查，走走停停，也不算太遠。

可就是如此，我放在褲兜裡的手心也滲出了汗水，季風這人憨厚正直，我是絕對不希望他出一點點事情的，他們出了事，我對鄭大爺也不好交代啊……

慧根兒划船划得分外賣力，此刻的小船在慧根兒那怪異的大力之下，就如同離弦之箭一般朝著那個方向竄去，所有人都知道了出事兒了，路山站在我的身旁說道：「讓陶柏來吧，如果這裡划船沒有什麼顧忌，他的力氣更大，速度能更快！」

慧根兒不服氣地哼了一聲，我卻搖頭對路山說道：「不用了，他不熟悉，也不見得能比慧根兒快。」

說話間，在那邊已經能看見一個模糊的船影，我一眼就認出那不就是季風他們那一條船嗎？看樣子，聽聞到了水聲，也開始朝著我們這邊划來，能這樣划船，應該沒事兒吧？

我盯著那一條船，心中稍微鬆了一口氣，但下一刻心又提了起來，難道是他們身後有什麼怪物在追他們？

任何的猜測都沒有用，只能見到季風才能知道到底出了什麼問題，這樣想著，我努力讓自己平靜了下來，由於是兩方都在努力靠近，不到五分鐘，兩條船終於聚在了一起，相隔不到一米！

這樣的距離終於讓我看清楚了一些事情，我看見不論是划船那個漢子，還是站在船頭的季風都是淚眼朦朧，臉上還掛著未乾的眼淚……

至於原因，我下一刻就已經清清楚楚了，船頭上整齊擺著兩具屍體，面色慘白，只是身上不知道怎麼來了許多細碎的傷口，往外冒的鮮血已經稍許有些凝固了。

「他們十幾分鐘前還活著。」季風有些木然地開口對我說道，然後大顆大顆的眼淚就從眼眶裡滾落，他指著其中一具屍體對我說道：「這是許良永，才到村中來三年，三年前他是不滿意宗門這樣安排的，可是三年來，他做事兒卻比誰都積極，這湖上屬他來的最多，是個勇敢的好小夥子。」

我沉默地聽著，看著那慘白的年輕臉龐，心中同樣是開始心酸。

季風又指著另外一具屍體說道：「這是魏小娃，是咱們村最小的一個孩子，都叫他小娃，把他當弟弟！這小子有天分，學道術比我們都強，沒想到他竟然死在了這裡。」

說著說著，季風就蹲下來，哭著說不下去了，對應著季風悲傷的臉，是那兩具已經沉默著，再也不會說話的屍體了。

肖承乾跳了過去，扶起了季風，神情也很低落，這才進入大陣，而且是週邊大陣，十幾分鐘就已經死去了兩個年輕的生命，任誰心裡也不好受，任誰都會為這兩個年輕的生命惋惜。

因為十幾分鐘前，他們都還是鮮活地活著啊！

「逝者已矣，活著的人不能再出事兒了，還是先說說是怎麼回事兒吧？」肖承乾開口對季風說道。

季風哭得有些喘不過氣，畢竟是一個村子的守護者，彼此之間感情很深，過了好一會兒，季風才對我們斷斷續續地說道：「是水下，問題出在水下！」

第八十八章　湖中之魚

問題出在水下？我低頭看著那清澈卻幽深的湖面之下，除了偶爾的游魚身影，沒發現任何異常，但越是這樣安靜，便越是讓人覺得詭異……我的目光停留在水面，全身不自覺的就有些發冷，彷彿那幽深的水面之下隨時會竄起來一隻怪物，在我猝不及防的時候將我拖入水中，接著……

這樣想著，我趕緊收回了自己的目光，不敢再看水面之下，進入這個地方之後，由於大家的生命都背負在我的身上，我自己反倒越發有些膽小和步步小心了！

兩條船綁在一起，悠悠在水面晃動，此時季風的難過好歹減輕了一些，已經能夠正常說話了，斷斷續續我們從他口中也知道了，在我們離開後短短十幾分鐘內發生了什麼。

陣法哪裡出了問題，湖村的人前前後後就派人來巡查了不下上百次，不說每一處地方都清楚，但也知曉了大半。

「我心裡著急，畢竟鬼羅剎去了村裡，我就和大家商量著先去問題最嚴重的一個地方，先修補那裡，或許對村子的幫助大一些，所以，我們就去了那裡。可是，真是太錯了，如果不是……」說到這裡的時候，季風又激動了，雙手抱著頭，死命扯著自己的頭髮，承願勸慰了好一會兒，才讓他徹底冷靜下來。

從大局的角度來看，季風沒有錯，就如要緊急生產什麼東西，面對一部問題頗多的機器，也是要先修補它最嚴重的問題，讓它能勉強運轉，再慢慢修理細節一般，誰又能料到會出事故呢？

問題最嚴重的一個地方，是三個相連的陣樁，從水面上來看，這陣樁是看不出什麼問題的，而整個大陣在水下也有著精妙的布置，所以要找出具體的問題，就只能下水。

「這下水就是他倆搶著要去，誰會知道不出一分鐘就出問題了。」季風這時已經冷靜了許多，但說這話的時候，拿著酒壺的手還是在忍不住顫抖，他給自己狠狠灌了一口大口酒。

「是出了什麼問題？你有看見是什麼東西做的嗎？」我心裡有些沉重，不到一分鐘就出事！犧牲的兩個人怎麼說也是道士，我難以想像……

季風搖搖頭，說道：「具體是什麼，我也沒有看見。因為一開始下去是平靜的，可是忽然他們倆就一下子竄出了水面，望著我們，那樣子似乎是在拚命掙扎，可是連話都沒來得及說一句，就……就……」

「就被拉扯下去了？」我試著推測，這種方法和河裡的水鬼找替死鬼倒有些相似，但身為道士對付這種問題的方法又哪只一兩個？

「是的，就是被拉扯下去了！一下子就被扯下去的！」季風的神情有些驚恐，然後說道：「陳小哥，是不是很像水鬼？但不是的，他們手裡都捏著血菖蒲，莫說是一個水鬼，就算是十個八個也會被打散啊！然後，我們當時都沒反應過來，畢竟他們什麼都沒說，就是忽然那麼上浮了一下，等到我們反應過來，想要跳下去救他們的時候……」

季風說不下去了，只是接連灌了自己好幾口酒，是另外一個漢子補充說明：「等咱們就要跳下去救他們的時候，哪想到他們又自己浮了上來？這浮上來的時候，我們先是看見血花蔓延在湖面，接著就是他們的屍體一浮一沉地上來了，很多這片水裡的魚圍著他們，圍著他們啃肉吃！」

那個漢子重重歎息了一聲，也說不下去了！眼眶通紅，這種場景我沒親眼看見，但光是想想，就是一件很沉痛很慘的事情！

這裡的魚有牙齒？我想起了那兩具屍體上滿是破洞的衣服，小小的血洞，凝固的血液……這一切恐怕是真的。

「接著，我們把他們拉上來，是真的已經死掉了，不到半分鐘啊……拉的時候，他們全身冰冷，不是死人那種冰冷，是一種更冷的感覺！就如同在拉冰塊一般，還要冷一些，冷到人心裡去了！我們根本不知道在那下面到底發生了什麼事情。」季風放下了酒壺，眼神有些木然，迷惘地說道。

我的第二枝菸也抽到了盡頭，聽完了這個有些沉痛的變故，然後狠狠把菸一掐，說道：「走，帶我們去一趟那個地方，我開天眼看看。」

我隱隱覺得這件事和一些事是有連繫的，必須要去探查一番，因為我從六歲就開始開天眼了，所以天眼的洞悉力，也可以說是等級是比較高的，或許我在那裡開一個天眼能發現什麼。

「還去？」在季風旁邊的一個漢子臉上流露出了一絲畏懼的神色，但這怪不得他，畢竟經歷過那麼恐怖且不知道原因的一幕，任誰都會對事發的地方有一絲畏懼的心理的。

季風看了我一眼，看著我相對平靜的表情，一下子就下定了決心，手重重拍在身下的長凳上，說道：「去，陳小哥兒說去，咱們就要去，只要不下水，應該就沒事兒。」

我去到了季風他們那一條船，肖承乾愛看熱鬧，也吵嚷著來了這條船，而我們的船則由慧根兒划著跟上就行了！

跳上船才站定，我的臉色就變得很不好看，由於小船是晃蕩的，也許在搖搖晃晃中，其中一具屍體的手就從船頭上晃了出去，搭在了船舷邊，在那裡晃晃悠悠，結果不少湖裡的那種慘白魚就從水裡不停地躍上來，看樣子又是想吞肉的感覺。

那隻手已經被啃噬了十幾個血洞，那些魚還不消停，見人回來了，還在不停地往水面上跳躍著，看看那邊船舷的湖水裡，也聚集了一小群！

我的臉色一下子就陰沉了下來，一股怒火從胸腔爆開，這兩個年輕人犧牲得如此可憐，屍體也要受到這種待遇嗎？

可是我還沒來得及發火，就看見同樣目睹這一幕的季風，忽然就扭曲著憤怒的一張臉，拿起船槳，就開始拚命打那些不停要躍上水面的魚，發瘋似的把船槳不停砸向水面，驅趕著那些魚。

我把屍體的手臂拖回了原位，卻看見季風搖搖擺擺地站在船邊，眼看著就要跌落下去，我一把扯住了他。

「哐啷」一聲，是船槳落在了船頭木板上的聲音，季風一屁股坐在船頭，神色難看地對我說道：「謝謝。」

我理解地拍了拍他的肩膀，什麼也沒說，目光卻落在了船頭，剛才季風發瘋似的亂搞，卻在船頭躍上了一條那種慘白色的魚來上！

我對這種魚沒有什麼好感，拿起船槳，「啪」的一聲就把這魚拍了一個稀爛，也就這時，我簡直發現了一件兒世界上最神奇的事情，就是那魚竟然怪叫了一聲！魚會叫？這真的讓人不敢相信，但那種叫聲來得太過飄忽，就像直接響在人的腦子裡似的，莫非……

我皺著眉頭，下一刻就洞開了天眼，果然不出我所料，一股黑色的氣團從魚的身上飄忽而起，我走上前去手一握，本身的陽氣就直接沖散了它。

我收回了天眼狀態，有些發呆地看著自己的手，然後轉頭對所有人都說了一句：「這湖裡的魚也是鬼魂！」

大家都震驚地看著我，其中肖承乾不敢肯定地問我：「你是說……？」

「有些殘魂附在了湖魚身上，你們知道鬼魂也是可以附身於動物身上的，畢竟附身動物的話，牠們身上的靈魂抵抗力和人比起來，幾乎可以忽略不計！但上天造物，總是留有一線仁慈，動物雖然靈魂不濟，可是氣血卻比我們人類還要旺盛，陽身比我們強大，加上牠們大腦的限制，鬼魂一般是不會附身於動物的。但是……」我沒有說了，心裡卻泛起一種恐怖之極的感覺，想想吧，這片水域裡，一湖的鬼魚！

「但是殘魂就不好說了，附身於某種活著的生物上，總比殘魂徹底消散來要得好！這些魚被陰氣污染，對於殘魂來說，附身是再合適不過了……而鬼物對血肉都是渴望的，因為血肉能帶來溫暖，它們卻生活在無盡的陰冷中，一旦有了可以驅使的身軀，自然是想啃兩口人肉，來驅散這魚身也陰冷無比的痛苦。」肖承乾說起了一個典籍中的傳說與推測，說的是地獄裡陰鬼的感受，但不能當做真實的證據來看，這只是推測。

不過，也恰好解釋了這湖裡的魚為何這麼嗜血！我撿起了那條被拍得稀爛的魚，捏開了牠的嘴，發現這種魚嘴裡布滿了碎米一般細碎的牙齒，陰氣的侵襲，讓這裡的魚徹底產生了異變。

那麼自然大陣中的呢？

第八十九章　陰氣之河中的通道

我不敢去妄自揣測，更不想去想接下來我們要面對的是何種恐怖，那也只會給自己徒增心理壓力罷了！

我隨手扔掉了手中的魚，只是拿在手裡那麼一會兒，我就感覺整條手臂都起了雞皮疙瘩，那是魚身體裡陰氣太重，有一點兒影響到我的表現。

隨著魚屍呈拋物線在空中揚起，空氣中也蕩起一股帶著異樣腥臊味兒的輕風，這魚好腥，還帶著一股子腐味兒。

「噗通」一聲，隨著魚屍落入水中，那群本已散開的魚又開始爭搶起水中的魚屍，窮凶極惡！

我懶得再看，隨手用湖水洗了洗手，對季風說道：「走吧，去看看那個出事兒的地方。」季風沉默著，開始划動小船，慧根兒在後緊緊跟上，兩條船開始朝著出事兒的地方趕去。距離原本就不遠，不到十分鐘以後，兩條船已經並排停在了三根巨大的石柱面前！

「就是這裡，這三根石柱應該是陣法中幾個相當重要的中樞位置，我真沒想到會發生那樣的事情。」季風雙手緊緊握著船槳，由於緊張，指關節都有些泛白，他給我解釋道。

這三根石柱很大，估計要一個壯漢才能合抱，整個石柱呈現著一種玉石特有的光澤，但卻不是我所熟悉的那種建築材料漢白玉，而是一種帶著隱隱血色的材質。

我認不出來這是什麼，但經過道家古時的高人用特殊手段祭煉過的材料又豈是我能揣測的？

石柱上雕刻著一些圖騰，看樣子是人們熟悉的鎮水獸的一種，只不過每一個湖泊，每一條江河的鎮水獸各有不同，所以它也有自己的特徵！總之被雕刻得活靈活現，但細看去，卻少了一種真正有靈之物的氣場，也就是不夠靈動。

那麼說這裡出了問題，也應該是對的，至少從這些雕刻就可以看出問題。

可我畢竟不是來研究陣法的，只是感慨於這個工程的浩大，光是這三根柱子我就無法想像，憑藉古時的條件是怎麼運輸到這裡，並且修建於湖裡的！

看這三根石柱並排冒出水面有七、八米高的樣子，柱頂的法器籠罩在薄霧之下，朦朧不清，竟然讓我有一種恍惚的，我不是在這世間，而是在另外一個空間的錯覺。

船下的水潺潺流動著，顯得比別處急促一些，莫非是因為這柱子的後面恰好就是一個類似於峽谷的地形？

我眯著眼睛觀察著，這三根柱子的後面，是兩座挨得很近的，矗立在湖中的小山，兩座小山中間的地方就是一個類似於峽谷的地形，只不過目光望去，我發現在薄霧輕煙之間，我竟然看不穿那峽谷背後是什麼！

見我在觀察那裡，季風在我旁邊解釋道：「在那兩座山的背後，也就進入了那個自然大陣的範圍了，但是船不能從這裡通過的，會迷失的，唯一進陣的路只有我給慧根兒那幅地圖。這是前人用生命得出的經驗。」

會迷失？這個我是相信的，畢竟空間的事情多神奇，豈是我這等凡夫俗子可以揣測的？

「這裡的水流以前就是那麼急嗎？」我忽然開口問季風。

「我來守村八年了，記得才來的時候，被前輩帶著來過一次這裡，印象中這裡的水流並不是那麼急的啊？可我不敢肯定，平時就沒有注意到這些事情！」季風皺著眉頭努力回憶，可惜他根本就不能肯定什麼。

我點點頭，心裡大概有了一點兒猜測，當下就站在了船頭的最前方，怕我出事兒，季風用繩子緊緊地綁在了我的腰間，他生怕我掉下水去。

而肖承乾則好奇又老神在在地在我身後看熱鬧！

望著船下的水流，我深吸了一口氣，然後在此地開了天眼，在天眼洞開的一瞬間，我就差點被沖天而起的陰氣迷了眼睛，原本優美的湖景不見了，那急促的水流也不見了，朝著湖裡看去，竟然只是無窮無盡的代表陰氣的黑色氣流在緩緩流動！

這一股陰氣是如此壯大，以至於它都快要掙脫三根勉強束縛它的柱子，破水而出！就算如此，也有少數的陰氣逸散而出，形成了這湖面上一團一團的輕煙霧氣！

哪裡是什麼美景，在天眼之下，那分明就是一團一團流動的陰氣。

看到這裡，我心裡大概對犧牲的兩人怎麼死去的，有了一點兒判斷……

這三根柱子說到底，不知道被怎麼破壞了，效果還在，但已經十分微弱，不說能封閉自然大陣裡流出的陰氣，就算連阻擋它流出也做不到了，它只能勉強地把這陰氣束縛在水面之下，不讓它四處逸散，說到底，在這湖面下已經形成了一條七、八米寬的陰氣之河！

普通人只要一跳下去，就會被陰氣侵擾，出現冰冷、抽搐，甚至全身不能動彈，甚至因為陽身虛弱而產生幻覺！

道家人如果進入，旺盛的血氣應該能夠支撐一段時間，待久了，後果和普通人絕對是一樣的！那兩人的犧牲就這條陰氣之河的原因，但……應該不是全部的原因。

天眼這種程度還不夠！我努力地調動著自己靈魂力，想讓自己看得更清楚，在我的努力之下，我看見了那陰氣的河流中，有很多殘魂在遊蕩，本體就是那慘白色的魚……

在那些魚之下，似乎還有著什麼東西，不夠，還不夠，我握緊了自己的拳頭，乾脆封閉了自己的五感，光憑天眼去「看」，而在這一次，我終於看見了一些東西，我好像看見了在陰氣的河流中藏著一條通道……

但那通道被陰氣所包裹……我心下著急，生平是第一次幾乎是拚盡了全力去使用天眼，努力地看去，終於我的靈覺（天眼是靈覺的一種具體形式）穿越了那層層的阻礙，終於看到了那條呈黑黃色的通道，在那條通道中，我看見了好多人，好多人，低著頭，一個搭著一個的肩膀，在緩慢，不，是非常緩慢而吃力地蠕動……

嗯，只是蠕動，因為他們的行動更像是原地踏步！但這……我的心一下子就被抓緊了！

可也就在這時，彷彿是有什麼東西發覺了我的窺探一般，忽然下面的人群就開始「騷動」起來，它們停止了那原地踏步般的行動，其中有一個抬頭朝我望來，接著幾乎我視線內的所有人都抬頭朝我望來……

在那麼多冰冷麻木仇恨的眼神注視下，我陡然開始心跳加快，那種被人群注視的緊張感，讓我差點從船頭摔下去，幸好季風由於太過小心，在腰間為我綁了一條繩子，才沒有讓我從船頭摔落，但是卻不小心把船頭放著的一個季風喝水的壺給碰了下去……

「噗通」，那壺掉入了水中，我的心中充斥著巨大的驚恐，卻還捨不得解開天眼的狀態，努力朝下看去，我看見天眼之下朦朧的壺衝破了層層的陰氣，朝著那個通道下落，通道內的「人們」開始行動了，它們吼叫著朝著那個壺衝去，很多雙手伸出來，想要抓住那個壺……

我的太陽穴突突跳動，我彷彿是看見了犧牲的那兩個人也是這樣驚擾到了通道內的「人們」，然後它們伸手抓住了它，它們！它們根本就是大量的鬼物啊！

是啊，一隻鬼物沒有辦法實質抓住人的身體，可是鬼物的精神力由於沒有了陽身的束縛，一向強大，無數隻鬼物呢？它們想要抓住你的那種精神力就能束縛你……

先是數十隻，兩人勉強擺脫了，但是接下來數百隻呢？陡然就被拉了下去！如此多的鬼物包圍了你，瞬間死亡也不再是什麼詭異的事情了……

我的冷汗順著臉頰大顆大顆的往下流，我忽然想到了什麼，我忽然就像是在體會那兩人犧牲時的巨大恐懼！

在那一瞬間，被那壺所驚擾的鬼物忽然間衝到了水面之下，只是一瞬間，我看見水面之下，無數張的人臉在衝著我吼叫，還有無數人想拚命擠上來！

「不……」我終於知道，終於明白了，我在驚恐之中狂吼了一聲，一下子解除了天眼狀態，一口鮮血一下子噴了出來！

第九十章 鬼湖的大門

我的大腦有些昏昏沉沉，迷濛中，哪裡還有水下的人臉？哪裡還有那一團團的陰氣所化之霧氣？

只不過，那一口噴出的鮮血讓所有人都擔心之極，在我昏沉虛弱之際，被眾人七手八腳地架入了船艙。

「水……」我低聲喊了一句，立刻就有人端來一碗清水，我接過「咕咚咕咚」喝下，一股清涼之意衝上大腦，總算讓我昏沉脹痛的大腦稍微清醒了一些。

我伸手抹掉嘴角的鮮血，明白這一切的反應不過是使用天眼過度所造成的後遺症，休息一下也就沒事兒了，但是我所看見的……我的內心又是一陣沉重！

「承一，你看見了什麼？這到底是怎麼一回事兒？」看見我稍微好一些了，季風忍不住開口問道，畢竟在這裡死了兩個守湖一脈的人，季風太想知道原因。

「除非前輩高人，否則任何人，包括我在內，下水都是必死之局。在這裡，發生了極大的變故。」我努力地組織措詞，盡量用季風能夠接受的語氣來訴說這一件事，我怕他衝動，更怕他知道真相後崩潰。

即使我看見這一切，內心也有一些崩潰。

聽聞我這樣說，季風的臉色稍許好看了一些，而肖承乾格外「三八」地給我揉著太陽穴和眉心，然後說道：「別磨磨唧唧的，要說就說具體一點兒，你到底發現了什麼？」

到底發現了什麼？我的臉上泛起一絲苦笑，向季風要酒喝了一口，又點上了一枝菸，才有勇氣訴說這一切：「老肖，你還記得我們第一次見到鬼羅剎那個縣城嗎？承真說在那裡發現了一條自萬鬼之湖流動而來的陰脈，這是第一點。接著，還記得我們剛入湖時，忽然而來的霧氣，那些鬼物是怎麼上來的嗎？」

肖承乾皺著眉頭說道：「怎麼不記得？霧氣從水下而來，鬼物也是從水下而來。你是說……」

「是的，其實事情說起來很簡單，就是困在萬鬼之湖的鬼物已經破壞大陣，打通了一條通往外界的通到，陰脈所向之地，應該就是通道所及之地！」我簡單地說道，說完這句話已經疲憊之極。

這樣的後果不用我說，都已經很可怕，這條陰脈在蔓延，湖裡的鬼物就通過這條陰脈慢慢地湧出來，如今我們所知道這條陰脈的盡頭在那個縣城，還不知道是否會繼續延伸，就算這條陰脈不繼續延伸，但如果有一天，那些鬼物通過這條陰脈到達了那個縣城，所過之地……

想到這一層，我的臉色又蒼白了幾分，在場的所有人都明白我這句簡單的說明意味著什麼，連一向灑脫的肖大少此刻也有些慌了，原本他是在幫我揉著腦袋的，一聽我這樣說，一下子失了神，手都揉到我眼睛上來了。

我甩開肖承乾的手，苦笑了一聲，還沒來得及說什麼，季風已經聲音有些顫抖地開口問道：「這下面，下面鬼物多嗎？」

「我所看到的有限，已經是密密麻麻，這裡就相當於是一個門，一個萬鬼之湖通往外界的門，你此時應該知道他們為什麼會死了吧？掉進了鬼窩啊。」我搖頭對季風說道。

季風有些失神地靠在了船壁上，臉色比我還難看，他喃喃地說道：「完了，完了……這圍困我們村的鬼物不是殺之不絕了嗎？如果上層再不出手，我們村就是第一個要被毀滅的地方，要變為死村！不，不行的，就算是死村，我們也要死守！我們是守湖一脈，對，修補陣法，修補陣法就是最好的辦法。」

說完，季風就朝著船艙外衝去，我卻一把拉住了季風，這件事情的真相一揭開，幾乎把季風刺激得有些神智不清了！

因為這件事情的背後就是絕望，自然大陣存在了多久？有據可考的也是幾百年了，它一直吸引著方圓百里（只是一個大概範圍）的鬼物，那在這裡面累積了多少的鬼物？如果全部出來，是一個什麼樣的後果？

自然大陣中間一定還有祕密，但這不是我現在能思考的關鍵，關鍵在於這其中不是完全沒有好消息，好消息就是據我所知這些鬼物，都是被莫名被控制了的，還沒有多強烈的自主意識，如果說找到那個控制它們的關鍵，那麼事情就還有轉機！

這個關鍵應該就是魍魎，那種以吞噬鬼物為生的存在，而且陣中還有我師祖留下的契機，如今之計，只有一條路可以走，那就是入陣。

想明白了這一層，我對季風說道：「大陣自然是要修補的，事情也並非沒有轉機。如果你相信我，你們就在這自然大陣的週邊等待，找一個安全的地方等待，千萬不要靠近這三根柱子了。三天，你們等我們三天，這裡面的範圍不算太大，三天時間應該完全夠了，如果我們三天不出來，你們就離開，從別的方向離開，去尋找救援！如果三天後，我們出來了，你們也可以安全地修補大陣了。」

「嗯！」季風重重點點頭。

我原本是想讓他去找江一救援的，畢竟江一背後應該是這個圈子明面上最大的一股勢力了，但想想到底沒說，因為守湖一脈背後的勢力原本就是錯綜複雜的，他們也自有一股力量，說不定最後會牽扯到江一，但是我夾雜在其中，最好還是別多事，就因為我不能完全的信任江一。

事情只能暫時這樣處理了，兩條船離開了這個充滿了危險的「大門」，划到了另外一個相對安全的地方，我回到了我們的船上，季風他們就將在這裡等待三天。

也只是三天罷了，他們的食物什麼的，都應該能撐得住！

交代好了一切，我們終於朝著自然大陣出發了，慧根兒在前面沉默地划著船，脫掉了上衣，糾結的肌肉隨著船的划動，鼓脹出好看的線條，充滿了力量。

就如我們每一個人，說到底都不算弱者，但自身的力量是否真的就可以依靠？保證我們在陣中不會出事兒？沒人有答案，有的只是知道了萬鬼之湖大門已開，更加沉重的心情。

我蹲在船艙之中，狠狠地撕咬著手中的肉乾，吞咽著有些硬的乾餅，船外，一彎彎月也已爬上了天空，行程加上一些事情的耽誤，我們終究還是在快要入夜的時分才能進入這自然大陣了，可真不是個好時間！

我的吃相並不好看，有些狼吞虎嚥，毫無形象的樣子，但大家的吃相都是如此，包括幾個女孩子，老李一脈從來都信奉吃飽了飯才好辦事兒的理論，在場的人除了路山和陶柏，幾乎都和老李一脈能扯上關係，自然也受到了這個理論的理想。

而路山和陶柏受我們的影響，自然也變成了這副吃相，我們不願意說的是，怕這是最後的晚餐，那麼當個飽死鬼也總比當個餓死鬼好得多！

「哥，額要划進去了。」慧根兒的聲音忽然從前方傳來，我正在費力吞咽著一塊乾餅，忽然聽見這個，心情一沉重，竟然連聲咳嗽起來！

然後我站起來，朝著船外看了看，就是那座黑山，已經划到了這裡嗎？我當然知道，只要划過這座黑山，我們也就正式進入了自然大陣的中心地帶，也就是傳說中的小地獄，鬼物所在的中心地帶。

灌了一大口水，我的感覺卻像是灌了一大口酒，頗有些風蕭蕭兮易水寒，英雄一去不復返的壯烈。

「進來，把東西吃飽了，再進去！咱們吃飽了，就好進去打架！」我扯著嗓子對慧根兒喊道。

「來咧。」慧根兒應了一聲，扔下了船槳，進來抓起乾餅就吃。

我還是習慣把手放在慧根兒的光頭上，有些寵愛地看著這小子狼吞虎嚥，他包著一嘴的乾餅對我說道：「哥，額忽然想吃蛋糕。」

「不是從那以後就不吃了嗎？」我的心裡忽然有些難過。

「人生沒有過不去的坎，師傅在我心中，額又何必老和蛋糕過不去？剛才要划進去了，額忽然就想，這一去說不定額就死咧，不如和蛋糕和好算了。」慧根兒有些傻氣的對我說道。

「呵呵！」我摸著慧根兒的光頭笑了，然後說道：「和好吧，就算不死也和好！本來就不能吃肉了，再不吃蛋糕多虧啊。」

人，可以在心中永遠放著另外一個人，但當時的情緒也就放手吧，真正的感情永遠是寄託在那個人身上，而不是當時的情緒。

就如，慧根兒的感情所在是慧大爺，而蛋糕不過只是當時的情緒。

船外，彎月幽幽，船下，水波蕩漾，前路……那就是我要走過的路！

第九十一章 小地獄之內

船槳破開水面的聲音，迴盪在這湖面有些寂寞的味道，慧根兒的身旁站著我，而在船艙中所有人都是站著的，那一座黑山，就如同人間和地獄的分界線，山裡山外是兩個世界。

我說過和慧根兒一同面對進入自然大陣的第一刻，所以此刻我就站在他身邊，甚至還要靠前一步，我看著黑山的身影逐漸在我眼中放大，接著我看見了山上的植物，深綠接近黑色的葉子，在風中微微顫抖！

轉過那個彎以後，就是自然大陣之內，那一個彎就像一個明顯的分界線，在彎外的水映射著月光，還有些許明亮之意，彎內的水在沉沉夜色之下，就像一潭沉寂的黑水。

小船在快速地前進，很快就到了分界線之處，慧根兒忽然停下，眼中有些怯意的看著我，不論怎麼樣，我們還是人，要進入一個鬼物的世界，如何又能完全沒有怯意？

這個時候，慧根兒才又流露出他還孩子氣的一面。

「繼續划，沒事兒的。」我盡量平靜地說道，只有我自己的心跳告訴我，我這一刻是多麼的不平靜。

「嗯。」慧根兒應了一聲，身子往前一俯，船槳動了，小船藉助船槳之力，再次開始划動，這一次，終於是毫不回頭的進入了分界線之內！

鬼物的世界，我們終於還是闖進了這裡。

那一刻是一種來自於心理壓抑的寂靜，我們所有人幾乎都是下意識地屏住了呼吸……

一切很安靜，並沒有進入另外一個世界的感覺。

「呼」，是慧根兒吐氣的聲音，可是周圍好黑，這是我的第一個念頭，慧根兒那聲呼吸的聲音，就好像是這裡唯一的聲音。

「啦啦啦……」悠遠之處，彷彿是有一個飄渺的女聲在哼著一首古老的歌謠，歌謠的曲調很好聽，可是那女聲卻哼唱得像是在哀哀哭泣，讓人心裡不自覺地就升騰起一股毛骨悚然的感覺。

「這是第一個嗎？」肖承乾緊皺著眉頭，彷彿是在厭惡這種裝神弄鬼的事情。

可不想他的話剛落音，一陣狂風沒由來的就從四方八方吹起，每一處地方的風目標都是我們這一艘小船，伴隨著水下忽然翻起的浪頭，一下子我們就從平靜的環境轉變到了風浪之中！

「我×，怎麼回事兒？」肖承乾叫罵的聲音從船艙中傳來，接著就是接二連三大家跌倒的聲音！

一時間風浪太大，這艘小船徹底變成了風雨之中的小舟，我們都站立不穩！

我站在船頭，在一片黑暗中什麼都看不清楚，只感覺一個浪頭打來，濺濕了我的身體，然後我忍不住滑倒，是慧根兒抓著船槳，死死拉住了我。

「哥，別掉下去，額聽見了這風裡好多冤魂的聲音！額覺得有好多雙手要伸上來抓人！」狂風把慧根兒的聲音都扯得斷斷續續。

我感覺一個又一個浪頭打上船頭，打在我的身體，那一刻是如此混亂，但是我還是聽見了慧根兒的話，他有一個晶瑩剔透之心，在陡然環境的切換，感覺這些比我的靈覺還要好用！

他一說，我在恍惚中也感覺到了，在狂風的呼號中，有著許多或哭或笑的聲音，在翻湧的浪頭中，有無數雙伸出的手！

我趕緊翻身爬起來，卻不敢站直了身子，我拉著慧根兒，幾乎是連滾帶爬的和他一起滾入了船艙之中！

「關艙！」我大喊道，說話的同時，我忍受著這顛簸，幾乎是爬到船頭之前，勉強拉住船篷的邊緣，一下子扯下了船篷！

「澎」的一聲，是一股巨浪打來，狠狠地打在了我剛拉下的船篷之上，傳來了一聲巨響，我感覺到從船篷上傳來的一股巨力，一下子把我打退了幾步，狠狠地跌落在了船艙之中！

而在那邊，路山也拉下了船尾的船篷，同樣也引來了一股大浪，讓路山也被擊倒，幾乎是和我躺在了同一處。

在這狂風之中，兩股大浪的打擊，幾乎讓這艘小船從水面上飛騰了起來，又重重落入水中，在那一刻，船身幾乎呈六十度傾斜，我們所有人都不受控制的偏移到了一方，撞得船艙「嘭嘭」直響！

我的一顆心在那一刻提到了嗓子眼兒，我深怕小船經不起這風浪的打擊，瞬間就傾覆了，好在搖擺不定了好一會兒，它終於還是勉強穩住了。

狂風被船篷隔絕在了船艙之外，在黑暗中，在這勉強還能忍耐的顛簸中，我們開始摸索著尋找玉符，我想用打火機來照亮一下，卻不想被水打濕的打火機根本不能再發揮作用。

這時，還是肖大少爺的高級打火機堅強地亮起了一朵明火……可是，下一刻，舉著打火機的肖承乾就開始忍不住要嘔吐，這種風浪中的行船，不是常年待在水上的人，根本就經受不住。

「別吐！吐船艙中我們還能待嗎？」我動作很快，脫掉上衣就捂住了肖承乾的嘴，結果這傢伙就將就我的衣服吐了一大包。

情況還能再糟糕一些嗎？我咬著牙，忍著噁心，拉開了窗子，一把就把手裡散發著酸臭的衣服扔了出去，可是在開窗的一瞬間，我看見了無數張擠過來的慘白的臉，在狂風中被撕扯得破碎又聚集，一雙雙枯槁的手，拚命地逮住窗子的邊緣。

「媽的，滾！」我咬破手指，快速地在掌心畫符，然後用掌心挨個拍去，也來不及去聽聞那冤魂慘嚎的聲音，在拍落了那些拉住窗子邊緣的手以後，一把拉下了窗簾！

承願拿著肖承乾的打火機，終於點亮了油燈，藉著油燈的燈光，大家七手八腳地安裝好了玉符，就等著小船的防護大陣慢慢發揮作用。

小船還在劇烈顛簸，我們一個個沉默地坐在船艙內，任由油燈的燈光把我們的臉映得慘白，我們不敢說話，怕一說話，會引來更大的災難，只能忍受那顛簸，忍受著那類似於不停在拍門一般的狂風打在船篷上的聲音。

時間緩緩流逝，每過一秒都像是過一個小時一般，這種顛簸讓我的胃裡也開始翻江倒海，我咬牙強忍著，但時間無論如何，也是在流逝的，隨著時間慢慢地過去，風好像小了一些，來自水下的浪頭也漸漸消停了一些……

接著，一切開始變得安靜了一些，再接著，外面的狂風好像停了，小船也變得溫柔起來，只是輕微的搖動，就像小時候在母親的搖籃內一般。

我們竟然開始有了一種昏昏欲睡的感覺……不，不能睡，千萬不能睡，我的心中有一個聲音不停提醒我，我怎麼能在這麼詭異的地方睡著？

我狠狠地搧了自己幾巴掌，強行讓自己清醒過來，又挨個去叫大家，我發現在這種幻境之下，比我精神的就只有陶柏一個人！

好不容易在陶柏的幫助下，我才讓大家徹底清醒過來，如月迷迷糊糊地說了一句：「風停了？我們沒危險了？」

路山狠狠捏了幾下自己的額頭，用一種有些迷糊的聲音說道：「從開始到現在，十分鐘！不能再浪費玉符了，只有三刻鐘的時間……不能……」說話間，他又要睡去，陶柏沒辦法，只有狠狠地掐了他幾把。

「是陰氣瞬間的劇烈流動造成的吧，不對勁，承一，這種讓人想睡的感覺不對勁，連船上的陣法都防不住，我們要出去看看。」是肖承乾在說話。

這個時候，承心哥勉強支撐中，從他的背包裡拿出了三枝呈詭異紫色的香，然後在船艙中點燃了。

這香有一種說不出的甜香氣味，很快就在封閉的船艙中瀰漫開來，仔細聞去，這種甜香中還帶著一種異樣刺激的氣味，隨著這種香的燃燒，那種惱人的困意終於被驅趕跑了，雖說還不是那種巔峰狀態的清醒，但至少也不會說幾句話就想睡覺了。

清醒過來的我們在船艙中面面相覷，剛才那一陣猛然的爆發，讓我們每個人想起來都有些後怕的感覺，肖承乾說得對，是應該出去查探一下，可是在這種情況下，真的需要太大的勇氣。

我看了一眼船艙中的玉符，知道沒時間再拖了，一下子站起來，說道：「把玉符撤下來，總不可能一開始我們就完全屈服在這裡了吧？後面怎麼辦？我出去看看吧。」

「三哥哥……」、「承一哥……」是幾個女孩子害怕的聲音。

可是，我哪裡還能管這麼多？難不成就要被困死在船艙中嗎？我一咬牙，走到了船頭的位置，一下子拉開了船篷，然後……

我呆立在了船頭！

第九十二章　幻境與純陽之血

我以為我會看見一片地獄的景象，就如同我在霧中所見那樣，窮山惡水，陰沉一片，鬼物擁擠在其中，可事實往往出乎人的意料，我怎麼也想不到我竟然會看見眼前的一片場景。

小船輕輕飄蕩在一片平靜的水面，兩側是兩座矮山，在矮山之間就是我們所在的這片水域，薄霧如同輕紗一般在水面上飄蕩，而在水面之上，開滿了一種有些像睡蓮，但決計不是睡蓮的植物，偶爾還會有兩尾魚躍出水面，和水面上的植物交映成趣。

天地間都很安靜，安靜到彷彿整個世界只剩下了一艘船，還有船上的我們，在這種絕對的安靜裡，在那悠遠的遠方又傳來了似有若無的歌聲。

在這種時候，我對那種歌聲已經沒有排斥的感覺了，反而是有些恍惚，眼前的美景，飄渺的歌聲，這是仙境嗎？

「好漂亮的花啊。」不知道什麼時候，如月站在了我的身邊，盯著湖面上的植物忍不住出聲贊道。

我一下子回過神來，有些責備地對如月說道：「妳怎麼出來了？會危險的，進去。」

「不。」如月有些倔強地說道，沒有理由的，很乾脆地拒絕了我，只是目光停留在她口中所說的，很美的湖面之花上。

對的，這種花是很美，有些類似睡蓮，卻比睡蓮美太多了，可是這種地方的東西，再美也是危險的吧，何況這種花的花瓣之巔上，還有一抹淡淡的，讓我心悸的紫色。

在我的生命中，這種紫色幾乎如影隨形，所以我下意識地對紫色這種顏色就有了一種心理抗拒，所以對於這種水面上的植物，它有多美，我都欣賞不來。

「這種植物，好像有些眼熟，但又不太一樣啊。」忽然間，在我耳邊又響起了一個聲音，是承心哥的，他不知道什麼時候，也走上了船頭。

「這裡安靜得太詭異，我們還是快些離開吧。」我看了承心哥一眼，他正捏著下巴，也同樣是看著這種水面上的植物在沉思。

我不知道是如月和承心哥忽然說話，讓我清醒，還是我自己看見了那抹紫色不舒服，總之在這個時候，我已經從一開始的有些沉迷變得清醒過來。

伴隨著這種清醒的，就是強烈的不安之感，這種不安之感並不是什麼危機的感覺，而是那種在這裡多待一秒都覺得難受緊張的感覺，而這裡明明就是美景一片，彷佛在暗示我們這裡就是自然大陣之中最安全的地方了。

「承一啊，我看了一下，剛才的風浪已經不知道把我們帶來了哪裡，該不會是離開自然大陣之中了吧？」路山的聲音從船尾傳來，畢竟在一個地方，確定方位最是緊要，可是他做為比較專業的人士也不知道我們現在是在什麼方位了。

「是嗎？」聽到這個消息，我的臉色也難看了幾分，轉身從船頭走進了船艙，如果不能確定方位，我說離開這裡，又該往哪裡去？

我走進船艙的時候，路山並不太緊張，而是來回擺弄著他手裡的指南針，或許是這裡的美景讓他放鬆，我臉色難看地看見路山手中的專業指南針不停地亂擺，他卻衝我一笑。

「這裡挺美的，至少安全不是嗎？」面對我難看的臉色，路山那意思倒是勸我放鬆的意思，說話間，他把指南針放進了褲兜裡，望著船外的美景說道：「有時候累了，一直想帶著陶柏到一個沒有紛擾的地方隱居，這裡山好水好，與世隔絕，很不錯啊。」

山好水好嗎？我的視線透過船篷的窗戶向外望去，兩旁的青山上有著大片的草坪，顏色紛繁的花朵，稀疏的低低矮樹，確實是很美，剛才我怎麼沒注意到。

我的心底也有了一絲莫名的放鬆，可想起那水面之花上面的那一抹紫色，我的心裡總是不安，轉頭看去，卻發現每一個人都很放鬆。

如月站在船頭俯身欣賞著那水面上的花，承心哥不知道從哪兒掏出了一本醫書，放了一盞油燈在自己身旁，悠閒地坐在船頭之上，雙腳搭在船舷之外，開始看起書來……

不只他們，每一個人都是如此，那麼的放鬆，肖承乾甚至嚷著他一定要自製一杆魚竿，在這裡釣魚！

那一刻，我甚至都再次有一些恍惚了，我覺得我應該放下所有的煩惱，就在這如夢似幻的地方悠閒生活下去，外面的世界與我有什麼關係呢？

可是，我好像忘記了什麼事情，我那強大的靈覺一再讓我片刻不能放鬆，那種不安的感覺在心底瀰漫，越來越壓抑不住，我在自我掙扎，我在努力地思考，我們是在萬鬼之湖，是在自然大陣當中，為什麼來這裡，是因為……

因為師傅的足跡！

那一刻，我全身都冒出了細汗，我已經知道是什麼不對勁兒了，這裡一開始是讓我們想要沉眠，接著就是讓我們心志麻痺，這裡的危機根本就隱藏在這貌似平和的仙境般的美景之中！

無論如何，離開這裡！我再也按捺不住，一個箭步衝上船頭，並拉過看著自己手中的一串手珠正在傻笑的慧根兒，對他說道：「慧根兒，划船，離開這裡。」

「如月，承心哥，你們回船艙去。」所有人都莫名其妙地看著我，神情上都有了一絲不滿，慧根兒莫名地對我說道：「哥，知道這串念珠嗎？是師傅給額的第一件兒東西，它……」

「承一，我這麼多年好不容易有了這一刻的放鬆，為什麼那麼快就要離開？你是見不得我們有放鬆的時候嗎？」

「三哥哥，為什麼現在每一次有危險的時候，你總是要叫我躲在你身後，躲得遠遠的，在小時候，我們不是並肩而行嗎？所以，我不，我也要站在和你一樣的位置……」

「承一哥，我……」

所有人都同時開始說話，說的都是心底最深處的情緒，和因為這些情緒，所以要放鬆，要頹廢的理由！

好厲害！在我心中翻騰的就只有這三個字，如果不是我對紫色的東西總是那麼敏感，如果不是因為天生的靈覺，我想我也會陷入這種情緒當中吧。

看慧根兒那樣子，我想是完全指望不上了，我乾脆自己拿起船槳，有些笨拙地開始划船，但是讓我震驚的事情出現了，無論我怎麼努力，這船根本就動不了一絲一毫，彷彿是固定在了這裡，只隨著這裡的水波在輕輕飄蕩。

我該怎麼辦？我的腦子急速運轉著，開始想著各種辦法，而當務之急卻是讓每個人都清醒過來，不是嗎？望著這船上情景，我忽然之間感覺到自己是那麼的孤獨，原來眾人皆醉我獨醒的感受，是那麼的讓人不好過！

「陳大哥，我覺得有些不對勁。」就在我迷茫難過的時候，一個怯生生的聲音在船艙中響起，我回頭一看，不是陶柏又是誰？我的心中一喜，原來還有一個和我一樣清醒的人，就是陶柏這很神奇的小子。

我望著陶柏，還沒來得及說話，陶柏卻接著說話了，他生怕我不相信似的，對我說道：「陳大哥，是真的不對勁，我知道路山哥從來就是一個很積極，在絕境中也很積極的人，可是剛才他竟然不停地跟我說，他累了，他想要在這裡休息，在這裡隱居，問我要不要和他一起，一起乾脆地告別這世界的紛擾。這不是路山哥能說出來的話啊。」

我驚奇地看著陶柏，他原來是絕對的清醒，還有如此判斷力，看來他身上的祕密……我沒有再想下去，而是說道：「我相信你，我覺得這條船上除了我和你，所有人都在不知情的情況下中招了，我在想辦法讓大家都清醒過來！更糟糕的是，我們好像已經被困住了，船在這裡也動不了。」

在此時此刻，我才覺得能找到一個傾訴者是多麼幸福的事情，所以面對清醒的陶柏，我不自覺就念叨了那麼多。

面對我的無助，陶柏忽然有些猶豫，也有些害羞地對我說了一句話：「我知道陳大哥會道術，這件事情我或許可以幫忙，在我很小的時候，我就知道我身上有祕密，有人曾經告訴我，我的血可以破除一切的邪妄和幻境，只是我不知道該怎麼做。」

說完這句話，陶柏又低下了頭，生怕自己說錯話一般，而我卻狂喜起來，破除一切邪妄和幻境之血！我怎麼沒想到？我曾經在鬼霧中不是猜測過，陶柏是純陽之身嗎？

如果真的是純陽之身，那麼他的血有這種功效，是毫不誇張的！

「那就好！我們有救了！」我大聲地說道，接著從船艙中拿出我隨身的黃色布包，從布包裡掏出了一疊黃色的符紙。

第九十三章　水下危機，金剛慧根

我在這邊調好了朱砂，那邊陶柏也用一個小碟給我裝來了一小碟子他的鮮血。

「這夠了嗎？」陶柏把裝血的小碟子放在我的旁邊，依舊是那副怯生生的模樣，我看了一眼那個小碟子，裝了怕是有大半的碟血，不說夠了，簡直是太多了！

回頭看了一眼陶柏，這傢伙在自己手臂上劃了一刀，可能是有些疼，他有些微微皺眉，此刻正摀住自己的傷口，期待地看著我。

「很夠了，等著吧。」我對陶柏說了一句，陶柏立刻就笑了，彷彿為自己能幫忙而非常開心，真是一個單純的孩子。

我小心地倒了一部分血在調和的朱砂裡，然後開始用這加入了陶柏之血的朱砂開始畫符，這符也就是很多道士都會畫的「醒神符」中的一種，最大的用處就是用在被鬼物迷了心智的人身上，不過這種符也是很神奇的一種符，就因為根據畫符之人的功力，還有所使用的材料，符威力的大小簡直是相差了十萬八千里。

而有些江湖術士畫出來的醒神符簡直就是無用之物，倒也不說他一定是在騙人，而是功力不到，符籙自然沒用。

按照我的功力，畫醒神符倒是小事一樁，一開始我也準備用這個辦法，無奈的是，這裡的幻境連我本人都不能勘破，畫出來的醒神符又能有什麼用？除非是給我一隻世間幾乎已經難尋的「五彩神雞」冠子之血，我才有把握用醒神符來喚醒大家。

沒想到，命運總是暗藏著驚喜的轉機，陶柏的這種純陽之血效果不比五彩大公雞差，甚至還更強悍！

畫這種黃色醒神符原本就不是太費功夫的事情，加上陶柏之血的幫助，結符煞也是分外順利，只是我拿起符的時候，還是敏感察覺，上面流逝的陽氣太多，看來黃色的符紙根本不足以承受陶柏的純陽之血。

但我也管不了那麼多了，首先一張醒神符就貼在了承心哥的身上，接著，在每個人的身上我都貼上了一張醒神符……

不到一分鐘，這強力的醒神符就發揮了作用，最先清醒過來的是肖承乾，畢竟他是山字脈的人，他有些迷糊地揉著雙眼，對我說的第一句話就是：「我怎麼覺得我好像做了一個很舒服的夢……？」

可他的話還沒有說完，我忽然了一種不好感覺，就像涼風忽然吹過脖頸，讓人全身一寒，我忍不住回頭看去，卻正好看見陶柏趴在船頭，正在吃力地做著什麼。

一切都很平靜的樣子，難道是我太敏感了嗎？但我還是下意識地問了一句：「陶柏，你在做什麼？」

這個時候，幾乎所有人都清醒了，在七嘴八舌地說著什麼，我就這樣看著陶柏笑著對我舉起了手中的碟子，然後開心的對我說道：「陳大哥，這個是還要用的吧，我把它洗乾淨。」

我已經來不及說不要了，因為陶柏斜舉著碟子，我眼睜睜看著碟子裡的鮮血一點一點灑在船下的湖中！

完了，純陽之血灑入這陰氣聚集之湖的水中會有什麼反應？就好比在滾燙的油裡加入一滴水會有什麼反應！

周圍是大家紛紛清醒過來的迷惘，可我的世界在這一刻，卻好像只剩下我和陶柏，我驚慌地看著他，而他無辜地看著我笑，好像發現了我神色不對，想要詢問什麼，但在這時已經來不及了！

我們所有人都在那一瞬間，聽見了一聲來自於水下的瘋狂吼叫聲，那吼叫聲充滿了痛苦，下一刻平靜的湖面忽然翻起了滔天巨浪，一下子就把我們的小船高高揚起！

每一個人都來不及反應，只有我在被揚起的那一刻，極快衝去把在船頭的陶柏一下子拉了進來，在小船凌空的那一剎那，我們每個人都看見一片破碎！

對的，是一個世界在自己眼前的破碎，之前的美景沒有了，就這麼忽然消失在我們眼前。那高懸的彎月，稀疏的星空，薄霧籠罩的湖面，美麗的湖之花，色彩斑斕的小山，通通在這一瞬間都破碎掉了……都不見了！

連原本在這個地方飄忽著的美妙歌聲也變成了一陣陣的鬼哭之聲……

我來不及看這破碎之後的世界是個什麼樣子，整個人就已經滑倒在船艙，我緊緊抓住船舷，大喊道：「全部都抓緊，不要掉在水中……」承願從我的身邊滑過，我一把抓住承願的手，死死把她拉住，而另外一隻抓住船舷的手則更加用力了，可還是忍不住慢慢下滑，我痛苦地大叫了一聲，簡直是在憑藉意志支撐！

要穩住小船，可是怎麼才能穩得住小船？小船重重落在水面上，我們又被那巨大的衝力衝得全部都彈了起來，這時，我才清楚看見一件更絕望的事情，在我們的小船之外，有一雙紫色的怪爪緊緊纏繞住了小船，在那雙紫色的怪爪之上，有一道觸目驚心的血跡……

那應該不是它的血跡，而是陶柏的血！

「呵呵，破除一切邪妄之血……果然啊……」我的內心泛起一絲苦笑，果然是如此，我說我們的小船怎麼划不動了，可能一開始就被這傢伙纏上了，而陶柏的血倒入湖中，就這樣巧合破開一切偽裝的幻境……

「嘔……那是傳說中地獄的一種花……」承心哥忽然大喊道，可是現在才發現有什麼用？我們的小船又被湖底的風浪高高拋起，在那一瞬間，我們終於看清楚了美景破碎之下這一地帶的真實面目，那山變成了鬼霧中的黑山，那水變成了鬼霧中的黑水，那盛放的花依然是老樣子，可是那花瓣上的花紋卻變了，所有的花紋組成了一張張詭異的臉。

「不能再這樣下去了，我們要辦法到陸地上去！在船上什麼事情都辦不到啊。」我大喊了一聲，隨著我這一聲，我們的船又重重落在了水面！

「我來！」是慧根兒站了出來，他一把扯掉了上衣，露出了身上糾結的肌肉，那前胸後背的血紋身已經浮現在了身上，紋身上那兩個金剛怒目圓睜，活靈活現。

說話間，慧根兒已經跑到了船頭，然後張開雙臂緊緊拉住兩側的船篷，然後張開雙腿，用馬步蹲下，接著慧根兒身上青筋暴起，肌肉以肉眼可見的速度開始一塊一塊快速膨脹，可是那力感就如一塊鐵塊脹起來了一般的詭異！

「大力金剛！」我喃喃地說了一句，在這之前，慧根兒就曾經動用過這樣的力量，到現在已經又成長了嗎？

我的話剛落音，那雙纏繞在船外的紫色怪爪又將船抱緊了一些，然後再一次的狂風大浪又來了，可是慧根兒在這時狂吼了一聲，手臂上的肌肉都爆出了絲絲的血跡……

奇蹟發生了，我們的小船沒有被拋上天空，而還是穩穩在水中，只是不停打折轉，慧根兒又發出了一聲嘶吼，回應他的是來自於水下一聲不甘的嘶吼。

我大概明白我們遇見什麼了，對陶柏喊道：「你快去穩住船尾，用自己的力量穩住船尾！」

陶柏應了一聲，連忙跑到船尾，用同樣的方式抓住了船尾的船篷，然後用力穩住整個小船！

此時，小船已經徹底平穩了下來，變成了陶柏慧根兒和水下那個怪物的對峙，我瞇起眼睛，仔細觀察起纏繞住我們小船的那雙怪爪，這時，我已經清楚看見纏繞住我們小船的那雙怪爪，根本不是實質化，而是有些虛幻的存在，說明在水下的依舊是鬼物……

這樣欺負到我們頭上來了嗎？仗著自己的力量？想要顛覆我們的小船嗎？我大喊了一聲：「慧根兒，陶柏，把船給我穩住了。」

然後我掐訣，就要開始和那鬼物戰鬥了，卻不想這一次，是承願拉住了我，她說：「承一哥，這應該是一個小蝦米吧，我來對付它吧。」

承願出手？我有些不放心地看了承願一眼，心裡沒由來就有一些擔心。

「你相信我，承一哥。」承願的眼神異常堅定！

第九十四章　承願的出手以及針對

在內心來說，我願意相信承願，可是從理智的角度來說，我不可能會放心承願，我放開了阻止承願的手，但始終在內心保持著高度的警惕，在承願掐訣的時候，我甚至小聲對路山和肖承乾說，一有不對勁兒的地方，就立刻出手護住承願，而我是隨時準備出手。

「哥，最好快點兒。」慧根兒的聲音從船頭傳來，並非說他力氣不濟，而是他在船上，這個著力點並不是很好，他要付出多很多的力氣才能穩住船身，但反觀陶柏，他沒有特別表現出什麼，但我感覺他比慧根兒輕鬆一些。

這陶柏，真是……我也不知道怎麼形容。

「你應該相信承願的。」在此時承願已經開始掐訣，肖承乾忽然從衣兜裡拿出一個鐵盒子，從中摸出一根細長的雪茄，很是優雅地點上了，然後對我說道。

我看了一眼承願，這丫頭此時完全隔絕了五感，看她掐訣一板一眼的樣子，雖然少了一些圓滑靈動，但勝在中規中矩，這小丫頭很努力啊，可是……

「相信與放心是兩回事兒。」我拒絕了肖承乾遞過來的雪茄，他瞪了我一眼，估計想起了很久以前的往事。

「不過是一個鬼王級別的存在，比下茅之術請到的稍微厲害一點兒，如果你我要對付它，只要不在船上，起碼有十種辦法，它也不過是利用在水中的優勢，利用精神念力，抓住咱們在船上的弱點，從船身上搗鬼而已。」肖承乾噴出了一口濃菸，淡淡地說道。

他是在與我分析其實船身穩住了，承願對付這個傢伙不成問題。是的，在船身穩定以後，我們一眼就看出來了，隱藏在水下的不過是一個鬼王而已，而在小地獄這種地方，存在一個或者數個鬼王是多麼正常的事情。

要合魂這個手訣是繁複的，看著承願認真的樣子，我很想伸手摸摸這丫頭的頭髮，又恍然像回到了那個冬天，我帶著她離開了那個家屬樓的上午……時間過得太快，如今她也能一板一眼的和一個鬼王般的存在鬥法了，雖然是我們老李一脈有些逆天，類似於「作弊」的手段——合魂！

但我知道肖承乾不會無緣無故對我囉嗦，於是問他：「有什麼話直說。」

「我是想說，你該試著放手，懂嗎？」肖承乾認真對我說道。

「放手什麼？」我不解地看著肖承乾。

「就是說不要什麼事都扛在自己身上，自從決定要進入小地獄以後，你沒發現自己神經緊張得都不像你自己了嗎？看看吧，那裡……」肖承乾伸手遙指著遠方，藉著這自然大陣內獨有的朦朧光亮，我看見他指的那個地方不就是黑山嗎？

原來大風大浪過後，我們才不會離開黑山不到幾里，目光還能清楚看見黑山的影子，也就是說我們才進入不遠，就遇見了那麼多事兒。

我的臉色難看，可是卻不願意接肖承乾的話，對慧根兒吼道：「小子，再堅持五分鐘，承願就快完成了。」

「嗯！」慧根兒回應了一聲，我皺眉發現，慧根兒和那鬼王角力，那鬼王就異常老實的和慧根兒角力，如果是正常的鬼王，它早就會換別的方式攻擊我們，這可真是怪事兒。

「承一，你別逃避。」肖承乾打斷了我的沉思，忽然喊道。

我看著肖承乾，心中有一股子火，逃避什麼了？我就是不能再失去任何一個對我重要的人，哪怕是所有的事情扛在我身上又如何？

「你難道還不懂嗎？我們是才進入小地獄，就遇見了那麼多的事兒！你該放手，試著讓每一個人獨當一面，而你怎麼知道他們，不，也包括我在內，不能幫你分擔呢？就像現在的承願，她說可以，你就放心讓她去做，充分相信她。你一副自己隨時準備出手的樣子，算什麼呢？你不知道你這樣，我們都很有壓力？」肖承乾說到最後，情緒有些控制不住，竟然越說越大聲了。

這時，所有人都轉過頭來看著我，承心哥忽然歎息了一聲，對我說道：「承一，他說得對，這次你就退後幾步，看承願發揮吧。」

承心哥說完這句話，幾乎所有人都跟著點了點頭，我心中氣結，怎麼每一個人都反對我的樣子？難道他們不明白，我只是不願意再失去，不能夠再失去嗎？我情願失去我自己，我也不想再失去任何一個人……我是山字脈啊，我應該承擔的！

我很想大聲地說不，但在這時，做為一個局外人的路山，一把把我拉到了後方，在那邊承願已經完成了合魂的手訣，到了最後要釋放合魂的階段了，這個階段對靈魂力底子的考驗異常嚴格，這種事情我做來很輕鬆，但承願做來卻是有些吃力，她脹紅著一張臉，一張臉蛋兒上全是細密的汗珠兒……

我看著又著急了，這一次卻是肖承乾緊緊摁住我，對我說道：「找尋上一輩又不是你一個人的事兒，憑什麼你要大包大攬，你看看你這神經過敏的樣子多麼欠揍？」

我很是火大，想要推開肖承乾，卻不想這時，承願忽然悶哼了一聲，接著，一條蛟魂就從承願的身體飛出，一下子纏繞上了船外那雙怪爪的手臂！

「看見了吧？」肖承乾放開了我，而我因為緊張而捏緊的拳頭也鬆開了。

那蛟魂望了我一眼，在下一刻咆哮了一聲，用力的一攪一拉，然後騰空而起，竟然生生把那雙怪爪拖開了去！

盤坐在船艙中的承願此刻已經睜開了雙眼，但是眼中幾乎是沒有任何的神情，我心知肚明，因為剛才蛟魂看我的那一眼，分明流露出了一種情緒，是讓我放心的情緒。

竟然是比我狀態還完全的合魂，此刻可以說整個蛟魂就是承願的意志，因為那條蛟魂竟然連眼神都可以給我傳達承願的意志！

如果她的功力再精進一些，她甚至可以直接利用蛟魂直接作法……

不愧是家傳幾代的蛟魂，我來不及震撼，在下一刻，蛟魂就已經放開了纏繞那雙怪爪，一個擺尾，尾巴狠狠地擊打在了那雙怪爪之上！

水面之下發出一聲驚天動地的怒吼，那雙怪爪一下子縮回了水下，水下開始翻騰起浪花，就如同煮沸的開水一般，看著就如同在醞釀一場大風暴。

可是在天上的蛟魂，眼中卻流露出一絲不屑，下一刻，就衝入了水面之下。

「承願，不要……」我大喊了一聲，因為我放心不下，我怕水面之下就如同我看見的那個地獄之門一般，隱藏了大量的鬼物。

這一次卻是被承清哥拉住，他一如既往的平靜，對我說道：「承一，放手讓承願去做！你難道還沒有發現，剛才蛟魂那一系列靈動的表現，是承願和蛟魂的合魂完全契合，連蛟魂原本的戰鬥本能都被本能地用出來了嗎？」

我看著承清哥，喃喃地說道：「承清哥，怎麼你也……？」

「蛟魂以前封在印中，元懿大哥他們那一脈最多就只能發揮一個封鎮的作用，你何時看見過蛟魂如此戰鬥，特別是那一擺尾，還有熟悉的纏繞，你難道沒發現，蛟魂在承願的手中完全復活了嗎？你不要什麼都往自己身上扛，說起合魂，現在的承願比你厲害，你還不明白嗎？」承清哥少有的，不容拒絕的對我說道。

這一次，他沒有把我放在大師兄的位置，在我緊張的沉默中，他的手拍了拍我的肩膀，對我說道：「承一啊，我也會出手的，會與你一樣，用生命來戰鬥。我只是提前給你打預防針，希望你到時候不要像現在對承願一般，什麼都恨不得大包大攬地放在自己身上。」

承清哥的話剛落音，在離我們十幾米處的地方，水面一陣翻騰，接著傳來了一陣撕心裂肺般的吼聲，我們看見一個巨大的紫色身影衝出了水面，開始在湖面的上空不停地掙扎翻騰，而在它身上緊緊纏繞著的，正是蛟魂！

在這邊，我看見承願有些木然的從隨身的背包裡拿出了元懿大哥曾經用過的那個大印……

第九十五章　蛟魂之鎮

莫非承願還有新招？我已經忘記了大家對我的「針對」，在關心和緊張中屏住了呼吸，我看見承願把大印放在了身前，開始口中念念有詞，掐起手訣來。

這個手訣異常新奇，並不是是我老李一脈的傳承，但是我只是看一眼就認出來了，因為曾經有一個人在我面前施展過一樣的手訣，那就是元懿大哥！

不過，元懿大哥在當時施展這個元家壓箱底的祕術時，是頗為吃力的，但是反觀承願，卻是非常輕鬆，臉上連一絲吃力的感覺都沒有，反而在掐動手訣的時候，有一種行雲流水的感覺。

這就是深度合魂，外加使用合魂上自帶之術的優勢嗎？

在天空中，那個紫色的鬼王身形已經完全展現出來了，竟然是一隻大頭怪魚的造型，卻又有四個怪爪，這種東西在現實中根本不可能存在，反倒像是有人惡趣味，惡意拼造而成。

看那魚眼，連一絲靈動都沒有，反而有一種木然的死氣在其中，不得不說，這萬鬼之湖的一切都太詭異了！

「吼」，蛟魂忽然仰天長嚎了一聲，然後就停止纏繞，接下來出現了讓我們眼花繚亂的一幕，甩尾、擺頭、伸爪，就彷彿是一套人類的打擊技巧，蛟魂竟然在極快的速度下，開始瘋狂朝著那個紫色的鬼王進攻！

「這也太他媽生動了，沒有一絲力氣的浪費，也沒有花架子，純粹為了打擊而打擊的野獸本能動作啊。」肖承乾是一個搏擊愛好者，看到這一幕，忍不住吹了一聲口哨，大聲讚美道。

事實上也是如此，在蛟魂的打擊下，那紫色鬼王根本沒有還手之力，我一直以為這是一隻法術系的蛟魂，沒想到這傢伙是肉搏系的，我很難想像它就是承願，竟然能出手得如此野蠻！

同時，我也沒想到蛟魂會和承願融合到如此程度……

這樣的打擊持續了三分鐘，在中間的過程中沒有絲毫停滯，完全就是各種動作行雲流水，看得我們所有人都目瞪口呆，慧根兒這個真正肉搏系的傢伙，甚至還一副頗有領悟的樣子！

在蛟魂最後一擺尾以後，那個鬼王發出了最後一聲撕心裂肺的吼叫，然後讓我們震驚的事情發生了，那個鬼王就在我們的眼前，就這樣眼睜睜的裂開了，是的，一點一點裂開……

「承一，有沒有一點兒眼熟？」承心哥單手搭在我的肩膀上，歪著頭掏著耳朵，忽然就這樣問我，語氣頗有些輕鬆調侃之意。

我看著眼前的一幕，看著那個鬼王碎裂的部分化為了一個個無意識的厲鬼，心中早已明瞭承心哥的意思，開口說道：「你是說龍墓前由鬼頭融合而成的鬼頭王。」

「是啊，沒想到人類的術法其實是有真實的依託，我只是感慨一下！不過這傢伙比起在龍墓前那個鬼頭王是差遠了，它沒有那麼好命，有那麼多祕術供給它，讓它強大到一定的地步。」承心哥吹了吹剛才掏耳朵的手指，眼睛看向承願，微微眯了一下，然後低聲對我說道：「暫時別出手，讓這丫頭善始善終。」

我欲言又止，但想起大家的態度，到底還是沒有出手。

這種碎裂開來的方式說到底是一種自我保護，就如同傳說中西方的吸血鬼在跑路的時候，總喜歡化身為萬千蝙蝠，有一種分頭跑路的精髓在其中。

說到底，承願用蛟魂對付鬼王算是贏了，但最後的收尾，承心哥對她還有期盼，期盼她能做得更好，而不像我，認為承願能做到這一步已經算是很了不起了。

鬼王碎裂的速度很快，而蛟魂也在這個時候開始了合魂的本能——吞噬，可是它吞噬的速度，怎麼能趕得上這些厲鬼逃亡的速度？如果不在這個時候把這些傢伙「清理」乾淨，等它們稍許恢復一下，又會重組成一個新的鬼王，那樣的話，就算承願白白出手了。

可是承願的本體卻是一臉平靜，包括在吞噬著厲鬼的蛟魂也是一臉平靜，不緊不慢地吞噬著，在吞噬到第十幾個的時候，它忽然騰空而起，在半空中身體開始慢慢變大，大到一個驚人的地步……

身長快有四十米，直徑也快有一個水缸那麼粗！

「這才是真正的活蛟應該有的體積。」承清哥在我身旁冷靜地說道，但我分明聽見承清哥倒吸了一口涼氣，畢竟除了我在月堰苗寨見過活蛟，他們都沒見過。

這蛟魂的大小離真正活蛟的大小還有一定的距離，不過也差不多了！不過，在我看來問題的關鍵並不在此，而是在於術法的變化，就算元懿大哥使用這蛟魂的時候都沒有產生這般變化。

我有些吃驚地看向承願，而承願此時正好掐完了最後一個手訣，我聽見她的口中輕輕地吐出一個字：「鎮！」

話剛落音，那隻巨大的蛟魂開始盤旋在上空，一下子就靜止不動了，而在它周圍的空間剎那就形成了一個力場，那些逸散而逃的厲鬼紛紛就像是被巨石碾壓了一般，一下子連行動都困難了。

承願是真的做到了，我的心中比誰都激動！當年，是我帶著這個還在上中學，過著普通生活，連父親的世界都不太瞭解的小女孩走出了那個家，如今，她竟然能與我們並肩作戰到如此程度！

在恍惚中，我彷彿又回到了竹林小築，那一段最悲哀的歲月，有這麼一個女孩兒，口口聲聲責備我不能拋下她！

那個倔強的，堅強的傻姑娘竟然成長到如此地步……

在我有些恍惚的時候，我忽然聽見一個飄忽的聲音在叫我，我一下子回過神來，才發現這股意志來自於天空中的蛟魂。

「承一哥，引天雷，我還做不到這個，快引天雷。」是承願在對我急切地表達著她的意志。

我衝著天空中的蛟魂點點頭，掐動手訣就要引動天雷，卻不想肖承乾拉住了我，對我說道：「你可是要引天雷？」

我詫異地點點頭，不解肖承乾是何意？

肖承乾卻對我笑笑：「引天雷害怕傷到承願的蛟魂，讓我來吧，我的手也癢癢了，也想幫幫這丫頭呢。」

說話間，肖承乾已經掐起了手訣，我一看，這不是請神術嗎？看著肖承乾的動作，我想起了江一在和我說起在老林子的事兒時，曾經評價過那麼一句。

「其實，你算幸運，肖承乾所在的那個組織並沒有全力出手，就被迫地被那個邪派拉到一個戰船上合力供養鬼頭王了。說起來，你們同出一脈，但卻各有千秋，就比如，肖承乾所在組織，最厲害的就是請神術，你們老李一脈都是比不上的。」

是嗎？也許是吧！因為肖承乾在我面前第一次出手，不就是用請神術嗎？我看見他再次使用這個術法，發現我對肖承乾這個小子的瞭解到底還少了一些，那這次他又會有什麼讓我驚奇的表現呢？

肖承乾掐動著手訣，而承願在那邊鎮壓著厲鬼，從承願的臉色來看，還沒有到吃力的程度，所以肖承乾也分外從容。

只不過隨著時間的流逝，我們的臉色都開始變了，因為肖承乾的手訣越掐越複雜，到後面幾乎是指影飛舞，都快到肉眼跟不上的速度了。

這絕對需要深厚的功力，我沒想到，這小子在不知不覺當中，也已經成長到了如此地步，於此同時，我看見了他臉上浮現出大顆大顆的汗珠，好像比起承願還吃力得多。

「肖大哥這是要把三清請來嗎？」慧根兒忍不住嘀咕了一句，我一聽，拍了慧根兒一巴掌，虎著臉吼道：「亂說什麼呢？不許對三清不敬！」

不過，我心底也犯嘀咕，萬一肖承乾真的請來了三清，那就算不得對三清不敬了，可是有可能嗎？

肖承乾越來越吃力，到後面我發現他幾乎都有些後力不濟了，我想給他塞一顆藥丸在嘴裡，不過只是消滅一些厲鬼，犯不著如此。

而在這時，肖承乾也睜開了眼睛，眼神中竟然有遺憾，遺憾什麼呢？我不懂，可是我明白從睜眼的剎那，這請神術基本也就完結了……

第九十六章　驚遇熟人

是的，請神術基本上施術完結了，這個判斷是不會錯的，因為請神術的最後一個收尾手訣，在哪一脈都是一樣的。

在肖承乾充滿遺憾的眼神中，他完成了最後的收尾手訣，然後在他的身後產生了一股能量的波動，在這種陰氣遍布的地方，就算不用開天眼，我們也能看得分明。

那個虛影十分巨大，充滿了氣勢，但還沒有到讓我們也受氣勢所迫，心底產生壓力的程度，會是什麼呢？

下一刻，答案就出現了，竟然是一個「天兵」……

天兵厲害嗎？當然比起土地山神這一類的小神來說，是厲害的，可是也沒有厲害到如此程度，讓肖承乾竟然全身被汗濕透，用如此繁複，連我都不能完全記住甚至有些陌生的手訣來請啊。

嚴格地說來，天兵是道家常請的一個神，有些功力的道家人都能請神成功，這個算是什麼？

我看了一眼肖承乾，他卻衝我歎息著搖了搖頭，難道是術法失敗？我剛想安慰肖承乾一句，卻不想他身後的能量又一陣波動，再次出現了一個天兵的虛影……

請雙神，這的確是需要一些技術含量在其中的，我稍許寬心了一些，原來這小子這也不是純粹逗我玩兒……

但不到兩秒鐘，第三個，第四個天兵的虛影接連出現在肖承乾的身後，這就讓我震驚了，因為我們這一脈的請神術，我師傅算是最厲害的一個，他的天賦連我師祖都為之讚歎，但我師傅曾經對我說過，他的上限就是請到三個神，或許請到的級別比肖承乾高一些，但……

我還沒來得及震驚完畢，肖承乾的身後能量又一陣波動，我都差點爆粗了，想吼一句，這他媽的還有？別玩了吧……

的確是還有，而且這一次出來的並不是天兵，而是一個天將！我一拍額頭，差點站不穩，路山扶住了我，小聲對我說道：「承一，你看見的絕對是真的，雖然我也很想暈倒。」

雖說請神術請來的只是神的一部分力量和精神意志，得到多少，和請神之人的承受能力，還有功力的深淺有關，但如此驚世駭俗的，我的確是第一次看見，天兵也就罷了，其中還有一個比較高級的天將，這等戰力，怕是和正常的中茅之術也有得一拚，狠一點兒的話，甚至能和傳說中的上茅之術拚鬥一番。

此時，肖承乾又重新閉上了眼睛，口中開始念念有詞，請來是一回事兒，要驅使他們自然還需要一部分的口訣和精神之力。

這段口訣並不複雜，肖承乾念完以後，腳在地上跺了三下，然後睜開眼睛，頗有些得意地看了我一眼，然後大喊道：「天兵天將，聽我號令，滅了這些鬼物，去！」

這句話絕對是一句廢話，不屬於任何的口訣，肖大少爺純粹是為了裝逼而說，只不過那效果也的確拉風，他的一聲號令之下，這些天兵天將的確就「一窩蜂」的從他身後朝前而去，撲向了那些鬼物。

「我很遺憾，其實我想請五個天將的。」肖承乾掏出一張手帕，擦了擦額頭上的汗珠，一副痛心疾首的樣子對我說道。

看他得瑟的樣子，我無言，我忍……

「承一，所以說你往身上攬什麼事兒呢？我早就厲害得很了，就是不忍心打擊你而已，你說是吧？」肖承乾的眉眼間全是得意的神色。

我看了肖承乾一眼，我再忍！

我們遇見的第一個困難，到此算是塵埃落定了，按照這些天兵天將消滅厲鬼的速度，很快這裡就不再是我們的阻礙，何況這些厲鬼還是被鎮壓之鬼？

可就在我們以為輕鬆的時候，卻不想在遠處傳來了一聲悠遠的佛號之聲、「阿彌陀佛，施主可否手下留情，容得貧僧超渡這些可憐之冤魂厲鬼呢？」這聲音中氣十足，明明聽來是從很遠的地方傳來，卻在我們每一個人的耳邊響起，是那麼的清晰。

而這聲音又是那麼的耳熟，我是絕對不會忘記這個聲音的主人，他是我的朋友——覺遠！

可是可能嗎？我有些難以相信，雖說覺遠這小子行蹤不定，而且因為經常在深山老林，貧困山區助人渡人，聯繫不到他，但我做夢也不會想到會在這裡遇見覺遠。

但是不可能嗎？算算，我已經兩年沒聯繫上這小子了！

但無論如何，在這種環境下，我是怎麼也不能相信這個聲音的主人就是覺遠，也更不相信會在這裡遇見他，畢竟這裡充斥著冤魂鬼物，產生這樣的幻覺不是不可能。

「到底是誰？」肖承乾難得威風一回，卻被別人叫道手下留情，難免心中會泛起不忿的感覺，更何況在這裡，出現的往往不會是人，多半都是鬼物。

但我還沒來得及說什麼，慧根兒卻在旁邊開口了，他對我說道：「哥，好像是我老師，是我覺遠老師。」

是的，慧根兒一向都叫覺遠為老師，當年慧大爺託付慧根兒時，就曾經指定了覺遠，只不過，中間因為師傅只能有一人，所以，慧根兒一直稱呼覺遠為老師。

我看了一眼承願，還算支撐得住，又看了一眼肖承乾，然後沉聲對肖承乾說道：「暫時先停一下吧，或者來人真的是慧根兒的老師？」

肖承乾用一種難以置信的眼光看了我一眼，說道：「真有那麼巧？」

我苦笑了一聲說道：「或許吧，其實我也搞不懂是怎麼一回事兒。但我不是魯莽，你知道慧根兒這小子心思淨透，或許會因為年輕陷入幻境之中，但你說以他的心思要認錯人，也是不太可能的，他已經開口叫老師了。」

「那好吧。」肖承乾點了點頭，開始施術暫時停止了天兵天將的活動。

而在我們說話間，已經遠遠看見了一艘船從那山邊快速朝著我們行來，比起我們這防護十足的小船來說，那艘船就顯得簡陋了許多，就像是普通的漁舟一般。

遠遠的，我們就看見，在船上只有兩個人，一個人立於船頭，一個人正在努力地划船，速度一點兒也不慢！

我們靜靜地等待著，不到五分鐘，那艘船就已經靠近了我們，我用天眼仔細一看，發現來人真的是覺遠，還有一個陌生的和尚。

「老肖，承願，收術吧。」我輕聲地說道，既然覺遠說要超渡，我也沒有理由不相信他，因為他的超渡之力，是我見過最厲害的一個。

肖承乾見真的是我熟人，也沒有什麼抱怨的意思，真的就收了請神術，而在那邊，承願的速度稍慢了一些，但在覺遠的小船靠近我們之際，也成功完成了合魂之術。

小船輕輕擺動了一下，是覺遠的船靠近了我們，在承願收了合魂之術以後，那些厲鬼開始快速四處逃逸，覺遠也來不及和我們說什麼，只是抱歉的看了我一眼，就拿出木魚和念珠，立刻盤坐在船頭，開始誦經超渡起來……

在這陰森且鬼氣瀰漫的地方，能聽見超渡的聲音，自然是一件很神奇的事情，就如同在大夏天裡裹著羽絨服一般的感受。

可是我們卻絲毫不覺得滑稽，只因為覺遠的誦經已經赫然多了一分神聖的意思在裡面！我的天眼沒有解除，我是親眼看見，隨著覺遠的誦經聲，一股帶著溫暖溫和，還有一絲神聖意味的金色能量隨著覺遠的誦經聲而逸散開來……

可是，為什麼是要這裡？我看了一眼覺遠，發現兩年未見，他好像有了一些改變，眉眼間竟然多了一份菩薩般的仁慈和悲天憫人，這是另外一種境界了嗎？

重要的是，他為什麼會出現在這裡？

第九十七章　覺遠帶來的消息

覺遠的超渡不怎麼成功，雖然我私人認為覺遠的超渡功力更上了一層樓，但無奈這裡是什麼環境？他的念力還不至於像傳說中的高僧可以穿越空間，哪怕陰魂身處於傳說中的地獄，也可以為陰魂念力加身，抵消一定的罪孽。

在這裡，無論覺遠怎麼努力，他的念力總是會和這裡一股無形的陰性能量相抵消，收效甚微。

直到最後，覺遠全身大汗，如從水中撈出來一般，終究只超渡了三隻厲鬼。

「承一，抱歉。能力有限，還請你出手吧。」覺遠愧疚地停止了他的超渡，對我這樣說了一句。

我倒沒有怪覺遠的意思，畢竟他的一場超渡，雖然收效甚微，但因為念力對冤魂鬼物總是有好處，能一定程度上消解它們的痛苦，覺遠這一場超渡並沒有讓這些陰魂鬼物遠離。

我剛要出手，那邊路山忽然說了一句讓我來吧，還不待我反應過來，路山已經起手掐訣，只是那手訣我無比陌生，又似密宗，又似道家，而且在時間上比道家施術的時間要短，只是短短時間，就見路山身後浮現出了一個怪異的法相，法相俯身呼氣，狂風大起，那些厲鬼竟然通通被吹散……

「陰間的噬魂罡風，吹拂過處，魂飛魄散，阿彌陀佛。」此時，覺遠已經從他的小船上跳到了我們的船上，路山那手段，我沒認出來，覺遠倒是一句話就說出了來歷。

「遠不是噬魂罡風，只不過徒具其形罷了，這些厲鬼是殘缺之鬼，若遇反抗，我這風也沒多大的效果。」路山說這話的時候很平靜，其實他不知道，他僅有的兩次出手，都讓我覺得無比的神祕，且威力奇大。

或者是怕我多想什麼，路山忽然對覺遠說道：「我早年曾經學了一些其他的手段，不過道家最終才是我的歸屬，這個只不過是我恩師根據我的情況，改良過後的請神術罷了。」

改良的請神術？這個也可以改嗎？自然是可以的，否則肖承乾那一脈不會有那樣威力奇大的請神術，只不過要改動法術，自然是高人大能才能做到的事情，路山的恩師又是什麼樣？

覺遠意味深長地看了路山一眼，但到底什麼也沒說，反倒是在我面前繞起圈子來。

我有一肚子的話想問覺遠，可一看他那動作，我就有些無語了，這分明就是……

「好吧，你身上的衣服好好看啊，好帥啊！覺遠大師，請問滿意了嗎？」我無奈地說道，在那邊因為覺遠超渡的時間漫長，已經睡了一覺的承心哥和肖承乾剛好醒來，就聽見我說了這句話。

然後承心哥對肖承乾說道：「你說這段時間承一的欣賞能力是不是出了啥毛病？」

「嗯，我看是！那身衣服我再年輕五歲，也不能穿啊。對了，我覺得男人穿衣服，要簡潔，卻不能簡單，要在細節突出一種貴族的風度。」肖承乾回答得倒是挺快。

「嗯，貴族的風度倒也罷了，我覺得是要整體乾淨，細節上配合自己的氣質，亂穿衣服比不穿衣服還可怕……」承心哥對於這個話題也很熱忱，兩人討論的時候同時鄙視地看著我。

我無奈，覺得我再次成為了躺槍帝，但是覺遠在那邊已經發飆了，他蹦到肖承乾和承心哥面前，大聲地吼道：「你們兩個有沒有欣賞能力，我這可是傑克・鐘斯！大商場才有賣的，還是大城市的大商場，你們明白嗎？看看我這夾克，看看我這牛仔褲，都要三九九元一條！」

慧根兒看見這一幕，無奈地一拍腦袋，喊道：「哥，額老師他又來了……」

至於幾個女孩子直接目瞪口呆，至於如月直接在我耳邊小聲問我：「三哥，那什麼克，什麼斯是什麼東西啊？」

「我不知道啊，前兩年，他的口中還是邦威和班尼路啊。妳也知道我是那種有啥穿啥的人，沒有肖大少爺的貴氣，也沒有承心哥的什麼品味，所以我不懂。」我也小聲地對如月說道。

承心哥不明白覺遠為什麼會那麼大的反應，一時間推推眼鏡，有些無話可說的「震驚」，但肖承乾就鎮定了，站起來理了一下子他身上那件外套的皺褶，拍了拍覺遠的肩膀說道：「你說那牌子我是不知道，不過就像Burberry的風衣，Gucci的皮帶，LV的錢夾我都不愛穿，不愛用了，如今，手工訂製的衣服穿著倒還稍微舒服一點，你可以理解為這是一種返璞歸真，一家有底蘊的裁縫店，是不需要用牌子來標榜什麼的，因為它可以裁剪出只符合我的，就是我肖承乾的，獨一無二的。」

覺遠一下子目瞪口呆了，肖承乾立在船頭打哈欠，抓腦袋的形象都瞬間在他面前變得高大無比，他一下子激動地衝到肖承乾面前，喊道：「老師，收下我吧，以後你來教我穿衣服吧。」

慧根兒在旁邊小聲嘀咕道：「真丟人。」

承清哥稍微揚眉，只是評價了一句：「我們這是在萬鬼之湖上嗎？」

至於我，忽然內心觸動，然後揉揉承真的腦袋，問道：「承真，妳覺得在妳眼中，我是不是那種穿了衣服跟沒穿衣服一樣的男人？」

承真白了我一眼，說道：「承一哥，其實你身架子不錯，至於穿什麼，你就不用太計較了啊，乖！」

我一下欲哭無淚。

湖面恢復了最初的平靜，可是在聽過覺遠訴說以後，我們的內心卻一點兒也不平靜了，只因為我們現在身處的位置不過是在萬鬼之湖的入口處，遇見的也不過是一些小蝦米，按照覺遠的說法，那就是根本沒有過「界碑」！

「在這裡的鬼物分布是有一定的規律的，並不是你們所想的，處處都是鬼物！就像咱們凡人的世界，也還分為城市和野外。你可以理解為這裡有兩個城市，其餘的都是野外，就比如我們現在所在的位置，是野外的野外，會不會遇見鬼物，是個概率的問題。」覺遠是如此解釋這個小地獄的。

至於界碑，簡單地說，就是很多年以前，久遠到什麼地步，已經沒人能說出所以然了，總之就是某一年，一位不知名的高人所立。

「界碑好像有一股神奇的力量，在這小地獄內，也能對鬼物起到一定的約束作用。總之，在界碑之內，是鬼物的城市，在界碑之外，就是鬼物的野外。而同人類的習慣一樣，鬼物總是愛待在城市裡的，野外就比孤魂野鬼還要慘一些。」覺遠解釋得很認真。

「在這麼小的範圍以內，還能劃分出兩個城市，這也太扯了吧？」提問的是肖承乾。

面對已經成為自己「老師」的肖承乾，覺遠自然不會怠慢，無比熱情地說道：「其實界碑以內，基本就是人類的禁區了，我們這一脈，曾經有一個有德大能高僧，進去過一次，他說過界碑以內，就不能以常理度之了。」

覺遠說這話的時候，非常嚴肅，至於怎麼不以常理度之，他也解釋不出來。

所以，這一番話下來，我們如何不心情沉重，只是入口處啊，只是野外的野外啊，都把我們搞得如此狼狽了，如果是進入界碑以內呢？那個傳說中的鬼物之城？

而我師祖留下的契機到底是在城內，還是在城外呢？我皺眉陷入了沉思，但我根本就沒有來過這裡，怎麼可能想得出個結果來，在這之前，我還有一個關鍵的問題要問覺遠。

「覺遠，你們怎麼會在這裡出入？難道不知道很危險嗎？」我開口問到覺遠。

面對我的問題，覺遠忽然唱了一聲佛號，對我說道：「承一，我以為你知道的。」

「我怎麼會知道？」覺遠這句話未免也太過莫名其妙了，好像我知道是理所當然的。

「你難道不知道，我們這一脈曾經進入界碑以內的高僧，是和你師祖一起的嗎？他們是在自然大陣的入口處匯合的，這於我們這一脈是祕密，但於你也是祕密嗎？如果你知道這個，就應該明白我為什麼會出現在這裡了。」覺遠認真地說道。

什麼？我一下子愣了，遺憾的是，這一切對於我來說，就真的是祕密！師傅從來沒有給我提起過。

第九十八章 祕辛

看我的表情，覺遠大概也明白了，這件事情我還真是不知道的，他歎息了一聲，然後說道：「看來，你師傅真是把你保護得很好。」

我的臉上出現了一點兒不耐煩的表情，不是針對覺遠的，而是針對這句話的，因為有太多人說過我師傅把我保護得太好，可惜的是，他保護得再好，我們還是踏上了和他一樣的路。

覺遠沒有就這個問題糾纏，他是我的朋友，自然明白我的感受，他也知道我這點兒不耐不是針對他的，所以很乾脆地說道：「這是我們這一脈的考驗，是每一個我們這一脈指定傳承的僧人必須經過的考驗。」

「到小地獄來考驗？」我有些難以相信地看著覺遠。

這一次回答我的不是覺遠了，而是另外一個僧人，這個僧人是為覺遠划船的僧人，看起來在四、五十歲之間，有些飽經風霜，沉默寡言的樣子，他穿僧袍的方式不像普通的僧人，倒有一點兒像是一個藏僧，半裸著身子，垂下來的衣袖紮在了腰間，裸露出來的身體肌肉糾結，但也布滿了傷口。

這樣一看，又有些像一個古時的江湖人，如果他不是剃著光頭的話。

「是來小地獄考驗，如果能在這裡成功超渡一〇八個亡魂，就算通過了考驗。」那個僧人很簡單地回答了我的問題。

而我卻匪夷所思地看著覺遠，在這裡超渡一〇八個亡魂？可能嗎？剛才那些厲鬼先是承願出手，又是老肖出手，還有我們一群人在「鎮場子」，覺遠也不過才超渡了三個亡魂。

這樣想著，我不禁問覺遠：「到此為止，你超渡了多少亡魂？你來這裡多久了？為什麼可以在這裡生存？」

面對我一連串的問題，覺遠也沒有覺得不耐，他認真地回答：「說來慚愧，我到這裡怕是有一年半了，今天算是超渡亡魂最多的一天，也不過才超渡了三個亡魂，還有取巧之嫌。到現在為止，我一共超渡了二十三隻亡魂。至於，你說的在這裡生存，也不是在這裡生存，我們每隔三天來一次，而且從不過界碑，只在野外活動，況且我們世代在這裡歷練，這裡的鬼物並不針對我們，已經成為了一個約定成俗的規矩，任由我們超渡，但我們卻不能出手，否則就會引起鬼物的攻擊。只不過現在……」

「覺遠師傅，你說得太多了。」覺遠剛說到這裡，旁邊那個僧人就打斷了覺遠的話。

覺遠卻搖搖頭說道：「說得不多，絕對不多。你不知道他們祖上是誰嗎？是老李，老李的徒孫都來了這裡，所以我說得一點兒都不多。他們應該有知道祕密的權力，因為他們必入界碑。」

「什麼，他們要入界碑？這野外，我們還非常熟悉，包括鬼物的分布，這界碑之內，怎麼可以？」那個僧人大驚失色，不懂覺遠為什麼那麼肯定我們會入界碑。

但覺遠卻沒有回答那個僧人的話，只是意味深長地看著我說道：「承一，想必你來這裡是和你師傅有關吧？如果是這樣，就只能入界碑，因為根據我們這一脈的祕密，你師祖只在界碑內留下了線索。而且是界碑內的新城。」

新城，什麼是新城？我完全不懂覺遠在說什麼，但是覺遠旁邊那個僧人已經有些控制不住情緒了，他說道：「覺遠，入了新城，誰還能出來？你的意思是……？」

「阿彌陀佛，對於佛道的追求，我不會停下腳步，不拿到傳承，我愧對我的師傅。所謂不破不立，我會和他們一起入新城。」覺遠認真說道，神情還是一如既往的平和，只不過那眼中的堅定，卻是誰看了都明白，覺遠不可能會改變主意。

「承一，會很危險，你要去嗎？我也不知道裡面是一個什麼樣的所在，就連曾經和你師祖進去過的高僧也從沒提過裡面是一個什麼樣的情況。」那邊那個僧人已經在急急阻止覺遠，但是覺遠完全沒有理會，只是望著我說道。

我無所謂地叼了一根菸在嘴裡，對覺遠說道：「出生入死的事兒，我經歷了不少，每次以為自己必死，自己卻都還活著。我自然會進入界碑以內，就算沒遇見你，我瞎貓撞死耗子，估計也會撞進去的。倒是你，跟著我們進去，不一定能夠成功。」

覺遠手持念珠，他的那串念珠上有二十三顆的光芒特別的不同，他忽然就笑了，對我說道：「我相信，跟著你走一趟，這念珠的一百零八顆珠子都會亮起的，我會成功的。」

說完，覺遠把手搭在了慧根兒的身上，說道：「這段日子，慧根兒就暫且當我的守護武僧吧？」

那個身上布滿了傷痕的僧人歎息了一聲，說道：「覺遠，從你入寺以來，我就一直是你的守護武僧，我們也出生入死了不知道了多少次，只有極少數的行動，你我是沒在一起的。如今，你那麼重要的傳承考驗，是真的不需要我了嗎？」

覺遠唱了一句佛號，說道：「定遠，你我這一次來這裡也有一年半的時間，雖然從未入界碑之內，但新城發生了巨大的變故，難道你我沒有討論過，心中就不清楚嗎？我不是要拋下你，而是讓你回去，該去知會師門一聲了，看他們要怎麼處理，順便，也去一趟慧根兒的師門吧。」

「阿彌陀佛。」那名為定遠的僧人聽覺遠這樣吩咐，也是唱了一句佛號，再這之後，竟然不再言語，對著我們所有人施了一個佛禮，竟然轉身就跳上他們來時的那艘小船，就要飄然而去。

「別忙，你等等。」我心中想到了一件事情，趕快阻止定遠。

定遠和覺遠都同時詫異地看著我，不明白我忽然出聲阻止是個什麼意思？

「我不知道你們會從哪裡回去，但回去恐怕也是不安全了，知道守湖一脈嗎？」我大聲說道。

「你說的是哪個守湖一脈？」覺遠認真望著我說道。

難不成還有兩個守湖一脈？我也來不及多問，只是對他們說道：「就是鄭大爺主持的那個守湖一脈，在四天前，已經被萬鬼圍村了，完全中斷了和外界的聯繫，在苦守中！據我所知，這一次，還去了一隻鬼羅剎。另外，這個萬鬼之湖，還發生了巨大的變故，離開這裡，也不見得安全。」

覺遠的神色一下子變得鄭重起來，說道：「鄭大爺主持的守湖一脈，是你們道家的守湖人，而我們佛家在這小地獄和你們道家的理念不同，自然也有我們的守湖人。但我沒想到情況竟然會變成這樣……不過，不礙事的，我和定遠也是一天前才從我們那邊過來的，我們那邊還沒有出事，定遠，你快去吧，遲則生變。」

竟然還有這樣的祕辛，道家和佛家的人都在這裡駐守了守湖人？我覺得我又捲入了一個大局，心說自己如此無知，卻次次都是這樣，童子命的福利嗎？

我說出來的消息，無疑讓覺遠和定遠都緊張了起來，在覺遠說完以後，定遠竟是頭也不回的駕起小船，就快速折返而去了，看那樣子，是真心的著急。

覺遠沉默看著天空，忽然就說了一句：「看來，這裡是要打破幾百年來的平衡了，要不然就是這世間變一個模樣，捅出來驚人的真相呈現在普通人面前。要不然，就是徹底解決這裡的問題吧。」

我無言以對，我沒想到一次找尋師傅足跡的舉動，變成了要解決一個天大的問題，道家的守湖一脈，還等著我師祖的契機破局，現在各方面的人手都在努力聯繫外界，到時候會不會……？

我難以想像會是怎麼樣一個亂局，只是對覺遠說道：「看來你們佛門中人比我們道家人幸運，至少沒有被萬鬼圍村，進入這小地獄，也不會有鬼物攻擊。」

覺遠苦笑了一聲，說道：「如今看來哪裡是這樣，這些鬼物比我們想像的狡猾啊！它們分明只是不想我們聯合起來。」

「新城是怎麼回事兒？難道還有一個舊城？」我忽然開口問道。

覺遠卻手指著一個方向，對我們說道：「往那裡走吧，那邊就是界碑所在！」

第九十九章　震撼的三觀

覺遠遙指的方向籠罩在這裡常年不散的霧氣之中，我們站在船上也看不分明，慧根兒只是悶著頭把船朝著那邊划去。

覺遠沒有回答我的問題，我也沒有一直追問，因為我想到了另外一個問題，那就是覺遠說的鬼城如此厲害，我們在船上是否有些束手束腳？

可這個問題基本無解，只因為我們誰也不會輕功水上漂，不可能在水面上活動，最大的仰仗還是這條船罷了。

「其實……」覺遠開口了，所有人的目光都落在了覺遠的身上，覺遠彷彿挺享受這種注視，忍不住又得意地整了整他的夾克，才繼續說道：「我是想說其實也沒有所謂的城，只不過鬼物聚集在那裡，我們習慣稱呼那裡為城。所謂的新城、舊城也不過是這裡的新老兩個勢力罷了。」

「鬼物還有勢力劃分？」如月驚奇地問道。

「這個我不清楚，但根據我所知的歷史，這裡一開始是沒有的，只有等級劃分罷了。畢竟鬼物的世界比我們的更加殘忍，很多鬼物都會吞噬別的靈體，在這裡長久以來早就形成了等級，然後很多年來延續了下來，形成了一股屬於鬼物特有的勢力。」覺遠認真說道。

「說下去。」這個話題我也比較有興趣，但覺遠卻站起身來，到慧根兒旁邊說了一些什麼，小船又換了一個方向。

「這裡我們這一脈是相當熟悉的了，哪些地方危險，哪些地方相對安全，總是清楚的。讓慧根兒避開著一點兒，在進入界碑以內，總是少些麻煩。」覺遠給我們解釋了一句。

然後接著說道：「總之這股勢力是這樣延續下來了，在上層一直流傳有一個傳說，就是有道佛兩家的高人與這裡達成了相安無事的協定，道佛兩人之人不會大規模絞殺這裡的鬼物，這裡的鬼物也要安然待在人類所建的週邊大陣之內，不能輕易出去。人類需要一個這樣的地方，安置很多冤魂厲鬼，鬼物也會需要這樣一個容身之所吧。」

我瞪大了眼睛，總覺得這個太毀我的三觀了，人類與鬼物達成協定，怎麼聽起來就像國家與國家之間為了某種利益暫時達成協定的感覺呢？

如果普通老百姓知道有這麼一個約定粉飾著他們平凡的日子，又會是一個什麼樣的表情？

「其實這不奇怪，承一，我說過，你師傅把你保護得太好了。你仔細想想，不要局限在華夏，就算是放眼全世界，在方圓百里，千里之內總會存在有那麼一個地方，人跡罕至，陰風陣陣，或者有些就是直接的、偏僻的無人之地，你以為這個世界上帶著怨氣死去的，沒有順利進入的輪迴的鬼物有多少？如果沒有一個類似這樣的地方，世界會變成什麼樣子？」覺遠似笑非笑的看著我。

「什麼？」這一次不只是我震驚，所有人都震驚了，包括一直很淡定的承清哥。

只有肖承乾抓著腦袋說道：「這個說法，貌似是我外公隱晦地提起過一次，說這個世界有些地方去不得，是屬於鬼物的地盤，大家井水不犯河水。我當時不服氣，說哪來那麼多的地盤？我外公不屑地笑我，說這世界上還有百分之七十的地方是海呢，問我怎麼看？」

「原本萬鬼之湖也是這樣一個井水不犯河水的地方，知道嗎？它之所以在圈內那麼大名鼎鼎，說是鬼物橫行之地，不外乎就是因為新城。」覺遠再次認真地說道。

「你是說……？」我彷彿抓住了什麼。

覺遠再一次站了起來，習慣性精神抖擻地整理了一下衣服，裝作很帥的樣子出去指引了一下慧根兒方向，然後才進來說道：「我就是說的這個意思，那段歷史我也不是太清楚，各個大門派的高層諱莫如深，隱世門派的人也不愛提起，我也是獲得了繼承者的資格才知道這件祕辛，詳細的卻也不太清楚。大概你可以這樣理解吧，一山不容二虎，以前這裡只有一個唯一的王者，後來崛起了一個新的王者，大家誰也不服誰，但誰也奈何不了誰，於是就形成了新舊兩股勢力。舊勢力還遵循著人類的約定……」

「那麼挑事兒的就是新勢力，也就是你說的新城？你為什麼會說我師祖一定是去過新城呢？萬一是舊城呢？」其實這也怪不得我要這麼問，人的靈魂深處就有這樣本能的躲避本能，如果能不去那個聽聞起來就很麻煩的新城，而是去那個聽起來很友好的舊城，有誰不願意？

儘管在我骨子裡，也認為那湖底下的陰脈，陰脈之中的鬼門，還有萬鬼圍村的湖村，應該都不是我們去舊城能解決的，但是我心底還是抱著一絲希望。

「舊城？你以為那裡就是安全的？我打一個比喻，兩個人，原本甲按照規矩辦事兒了很多年，忽然出現一個乙，他就不按規矩辦事兒，然後爭取到了更大的自由和利益，又沒有得到什麼具體的懲罰，你以為甲會怎麼想？舊城也不是什麼可以在這裡躲避的天堂！而我之所以肯定，你師祖去的是新城，是因為我們這一脈的高僧是這麼說，還有就是新城鬧騰得太厲害，你師祖去敲打了一番。那個時候，也就正是萬鬼之湖聲名鵲起的時候，因為不安寧，鬼物橫行而鬧出了偌大的名聲。你師祖去過一趟之後，好了一些，但名聲終究是有了，這些年偶爾也還會出一些事故，關係到普通人，不過也是可以壓制下來的，不算鬧得太過分，人類也會適當的給予回擊，就比如利用陣法做些什麼。」我問一個問題，覺遠又說了一大段兒，不過所說的內容卻是讓我們震撼無比。

原來，是我們生不逢時，這萬鬼之湖早就變得混亂起來了，只因為有兩個相當的勢力在博奕，這一個「堂子」就太小了，不然就是徹底滅了一方，不然就是一方「殺」出去。

只不過鬼物在這世界上這樣存在，還是讓我目瞪口呆，在我原本的認知裡，這世界上應該有一些因為各種各樣原因沒有去所謂該去之地，沒有去所謂輪迴的遊魂野鬼，也有一些因為心中怨氣未了，已經有了殺人報仇或者了心願的厲鬼存在。

但我從來也沒有想過，鬼物在人世間還能這樣分布，還與人類的某一個祕密層面有協定，甚至也有勢力的糾紛。

「傻了吧？這個世界上就算我們以為自己站得很高，看得很遠，但事實上就總是有我們看不見的風景，更是有那在上的，觸摸不到的天空。心有畏懼，心有敬，這才是人類該有的態度。」覺遠說這話的時候，眼光是平靜而深遠的，我覺得這小子出去當神棍兒，一定會有很多的信徒。

「只是不公平啊，為什麼我們道家人一來這裡就腥風血雨的，圍村這是圍的我們道家守湖一脈！而你們佛家看樣子到現在也沒被鬼物刁難，甚至你小子還可以逍遙地在萬鬼之湖內超渡，給個原因？」肖大少爺不開心了，翹個二郎腿，叼著一個細雪茄，眼神頗是「哀怨」地質問覺遠。

覺遠淡然一笑，幾步立於船頭，聲音悠遠地說道：「我剛才就說過，兩家的理念完全不同。道家人總是激進一些，佛門人總是慈悲一些。道家人認為在這裡的幾乎都是冤魂厲鬼，又是唯一一個處在人世繁華處的特殊地段，不如圍起來，等實力足夠了，一舉滅之。就算不能滅殺，也必須狠狠地壓制，所謂人鬼殊途，道家有道家的責任，人世間人們的紛爭，道家人不會插手，但這陰陽二世的事兒，就是道家人的責任。」

這的確是我們道家人的做法沒有錯，但是，佛家人難道又有不同的想法？

沒等我發問，覺遠就說話了：「在佛家人看來，這世間眾生本就平等，放下屠刀那一刻，也就是立地成佛的開始，這裡的鬼物若能接受超渡，心中放棄怨氣……」

覺遠悠然地說道，我卻一句話打斷了覺遠，直接問道：「簡單地說，你們佛門之人是想把這一塊兒地方超渡個乾淨吧？」

覺遠笑了笑，沒有再回答我的話，估計是現實讓他稍許有些心酸，在不久之前，他還曾經說過那樣一句話，不過是鬼物狡猾，麻痺敵人的手段罷了，穩住一方，打壓另外一方……

這時，一直沒有說話的慧根兒，忽然說話了：「佛門懷柔，卻也不是軟弱，為了一方淨土，也少不得那執法的羅漢、金剛，雷霆般的出手。在幾年前，我就曾經放下了念珠，拿起了戒刀……這道理也是差不多的，我願一直走在那最慘烈的地方，既然渡化不了，那不若殺個痛快。」

覺遠沒有說話，只是唱了一句佛號，然後說道，界碑就快要到了。

第一百章　界碑

覺遠說這話的時候，我的內心緊張了一下，但隨後又釋然了，該來的總會來，要面對的總是要面對，我又有什麼好在意的呢？

這樣的想法，緩解了我的緊張，我的血液在微微的發熱，我竟然陷入了一種奇異的安謐中，直到覺遠叫了我一聲，我才從這種情緒中回過神來。

「承一，你過來看看吧，所謂的界碑也算一種風景，當然如果這裡不是小地獄的話。」覺遠這樣對我說道。

我懶洋洋地伸了一個懶腰，走到了覺遠的身邊，看著慧根兒划著小船靠近了一個小島，籠罩在迷濛的霧中，也不甚看得清楚，直到真正的離那個小島不到十米遠了，我才看見在這個不大的小島正中，竟然立著一塊巨大的石碑，就如同那些刻意被放大雕刻的雕像一般，竟然讓人有一種仰視的感覺。

這樣已經足以說明這塊石碑的巨大了，而這石碑樸實無華，沒有任何的裝飾，在石碑之上，也只雕刻著兩個我不認識的古文，這倒讓我覺得很驚奇，畢竟跟隨著師傅，我接觸的文字也算是比較多的。

「這兩個古文比較生僻，聽說是一種是屬於道家文明的符號，其實意思真的也很簡單，就是界碑二字。」覺遠在旁邊對我解釋道。

而我心中卻很是震驚，如果真的如此，這麼生僻的文字，這個地方應該存在多久了？不過上古的祕密已經不是我輩之人能探尋的了。

我和覺遠說話間，小船已經慢慢地靠近了小島，我問慧根兒：「累了？想休息一下？」慧根兒搖搖頭，說道：「不是的，覺遠老師讓我就在這裡停船。」

「界碑之後，都必須步行而去，這是規矩，划著小船，你永遠也到不了界碑之後。」覺遠對我解釋道，這倒是很神奇。

但也還在我的接受範圍以內，畢竟在曾經我也曾遇見過這樣的情景，就是那一次參加真正的祕密鬼市！

一開始，我擔心著小船讓我們束手束腳，而真的要離開小船，整個人卻又像被剝離了一層安全感，站在小島上的一剎那，我覺得雙腿都有些虛弱無力，忍不住老是朝著小船的方向看去。

覺遠看見我們站在小島的入口處，緊緊地挨著自己的小船，原本想安慰我們說別緊張，可他自己也好不到哪裡去，在沉默了一會兒以後，覺遠忽然開口對我們說道：「這也是我第二次踏上這個入口之島，第一次是我初來這裡，定遠告訴我，總是要來拜山頭的，來這裡的人，無論是僧還是道，總是要先來拜拜這界碑的。」

說完這話，覺遠首先就朝著界碑行了一個佛門大禮，行禮完畢以後，他望著我們笑，露出一口好看的白牙，說道：「也來拜拜？別的地方我不知道，但我知道，在這個小島，在界碑之外，是絕對安全的。」

既然是這裡的規矩，我們自然也不能推辭，我們依次都按照本門的最高禮節拜過了界碑，很神奇的是，這界碑初看平凡，卻不想在參拜過後，卻感覺到了一種滄桑的，古老的氣息和氣場，讓人心生崇敬。

這種氣場我曾經在龍墓的外牆體會過，可是那道長長的外牆和這個界碑比起來，又感覺稍微差了那麼一些氣勢，我也說不明白。

拜完界碑，我才發現這個小島很奇怪，幾乎是寸草不生的岩石小島，偏偏在我們停泊小船的地方，有一截綁船的木樁杵在那裡。

陶柏走過去，把小船綁在了木樁之上，覺遠很平靜地說了一句：「把船綁在這裡，就算天塌下來，船也不會丟掉。當然，這是我們這一脈的典籍記載，真假不知，畢竟入島的人，我們這一脈只有一個人。」

我不知道覺遠這句話到底是在打擊我，還是在安慰我，沒好氣地看了他一眼，卻看見覺遠已經走在前方了。

整個小島就只有一條路，蜿蜒的通往界碑的方向，而這裡的霧氣似乎比其他地方的霧氣更加濃重一些，我們一行人走在這蜿蜒的小路上，只是隔著一米的距離，就快要看不見前面的人。

小島的形狀就像一個倒扣的碗，整個島的海拔不是很高，隨著蜿蜒的小路慢慢地上去，也用不了半個小時，就要到頂了，頂峰就是界碑的所在。

到了這個位置，莫名地就有一些風了，風吹開一些霧，能見度也高了一些，發現在小島的頂端也長著一些植物，形狀怪異的枯草，覺遠看了一眼說道：「這裡的萬事萬物，都有鬼魂附身，包括這草。」

是的，我早已察覺到了，原本只是普通的枯草，細看之下，上面的紋路竟然隱約形成一張人臉的樣子。

既然說到這個，承心哥忍不住開口：「覺遠，那我們初入的那片水域又是怎麼一回事兒？我是說那花！我曾經翻閱過一本古老的典籍，我是當野史趣聞來看的。在上面有描述過地獄的植物，有這麼一說，說人們只知道彼岸花，卻不知彼岸花只是地獄最普通的植物，而在地獄，其實是有很多植物的。就比如說，在地獄的深潭中就開著一種蓮花，這種蓮花的香味就是最厲害的靈魂之毒！它可以誘發靈魂裡最深的情緒，最深的傷口，也可以讓靈魂陷入長眠，最後在長眠的輪迴中，忘記一切，歸於虛無。」

承心哥這麼說了一段，我對比起來，倒真的很像我們初入時遇見的那種詭異之花，不過，細想起來，威力只是如此，還配稱為地獄裡最厲害的靈魂之毒嗎？

覺遠聽聞了承心哥的話，卻沒有第一時間回答，反倒帶著我們快走了幾步，來到了界碑之下。

「在這裡，受到莫名的影響，連時間都不會準確。不過，多年以來規律的生活，我身體裡的生物鐘卻是無比準確。如果估算沒錯，還有五個小時左右就是天亮，公雞打鳴之時。我們那個之後再越過這界碑吧。這種時間去，對我們沒有好處。」

說完，覺遠盤膝坐在了石碑之下，我們也跟著走了過去，雖說在這峰頂有些微微的涼風，但奇異的是，這界碑之下卻是我們進入自然大陣以來，最溫暖的地方，在這裡有著一種平和的溫度，讓人舒服，有著一種神祕、古樸、滄桑的氣息，帶著一種奇異的安全感。

「這裡，其實比待在船上安全，可以一夜無夢的休息一夜。而越過界碑，應該就會看見不一樣的東西了。」覺遠平和地說道。

這種感覺其實不用覺遠細說，我們也能體會到，收拾了一下隨身帶著的行李，我們一行人也就決定在這裡休息了，是個正常人，真的都不會選擇在這種大夜裡的情況下進入鬼城。

而針對承心哥的問題，覺遠也給出了一個答案：「你們遇見的這種花，在這裡一直都有，可以說是這裡在野外最凶險的存在了。你們不要忘了，這裡號稱小地獄，就算不能開出真正的地獄之蓮，受陰氣的影響，普通的水生植物也會產生不好的異變，最不同的是，這花上寄生有善迷惑的厲鬼！且是有了一定迷惑功力的厲鬼才能寄生其上，而且不只一隻，這樣說，你們明白了嗎？」

「明白了，你說了，這裡的一草一木或許都有靈體寄生，我們也大概明白了。只是不懂，為什麼我們一進入這裡，就遇見狂風大浪，甚至偏偏就漂流到了那種花之前，算是我們倒楣一些嗎？」肖承乾一下躺在地上，頭枕著行李，他到底還是忿忿不平的。

覺遠這一次沒說話了，下意識地望了一眼界碑的另外一方，那裡濃霧翻騰，哪裡又能看得出什麼來？可是，看著覺遠那稍顯憂慮的眼神，我倒是讀懂了其中一層意思。

也不知道是哪位在給我們下馬威嗎？可是那植物之上怪異的紫色又做什麼解釋呢？我想這個連覺遠也答不出來吧？

這一夜，休息得很好，在我朦朧入睡之際，還聽見覺遠在給慧根兒說著這裡的草，說界碑之下的草是最幸運的草，能附身於上面的靈體，是最幸運的靈體，年深日久，可以看見原本是一張憤怒扭曲之臉的草紋，會慢慢地變得平和，甚至帶著慈悲的微笑，直到草紋完全消失，就是一種超渡，這是界碑的能力……

這倒是一件真正奇異的事情，我這樣想著，就陷入了沉沉的睡眠，那股充滿了古樸氣味的氣場一直包圍著我，就像人類最初來的地方，母親的子宮，又像人類最後要追尋的終點一般，充滿了安寧的氣息。

這一覺，我竟然無夢地睡到了覺遠叫我，比我在湖村裡還睡得要踏實。

「該出發了。」覺遠這樣對我說道。

第一百零一章　界碑之後

是啊，該出發了，一晚上睡在界碑之下，我竟然整個人、整顆心裡都充滿了一種安寧安靜的感覺，面對覺遠的這句話，就像他在對我說該上班了一般平常。

相比我，其他人稍許有些緊張，但比起昨天來也算是好多了，簡單地洗漱了一下，吃了點兒乾糧，我們就出發了。

界碑的厚度不過五米最多，按照標準成年男子的腳步，也不過五步，最多也就是六、七步的距離，可是這五米卻就如一條涇渭分明的分界線，在我們跨過這五米以後，天地變了。

原本從界碑那一邊朝這一邊張望的時候，映入我們眼簾的只是濃濃翻滾的霧氣，但到徹底跨過界碑以後，哪裡還有那濃得化不開的霧氣，分明眼前的一切都很清楚。

這是一幅怎樣的景色，我沒有辦法形容，紫紅色的天空，低沉沉的壓在上空，這一面的山坡再也沒有了那蜿蜒的小路，而是開滿了大片大片的野花。

這種野花呈一種蒼白的顏色，卻在花瓣的頂端之處有一種慘烈的紅，並不規則，就好像一滴鮮血氤氳在了潔白的畫布上，美得有一種殘忍的感覺。

在山坡之下，卻是霧氣籠罩的地方，按照我的認知，那應該是湖吧，可是我看不清楚。

「這裡很美，好像最好的解釋了什麼叫死亡的殘忍之美，紫紅色、蒼白色、豔紅色……這些色調組合在一起很殘忍吶，就算世界上最好的畫家也不能用這最極端，最豔麗的顏色來展現一個屬於死亡的世界，可是自然可以做到，天地可以做到。」說話的是承清哥，他很少說那麼多話，可是我知道沉默寡言的承清哥對於畫卻是有深刻的理解，無論是國畫，還是西洋畫，眼前的景色震撼了他。

這種美太過讓人不安，從心底產生一種迷幻得不能踏實的感覺，回頭望去，卻發現界碑還在我們身後，從心底又升騰起一股安全的感覺，彷彿天地之中，那一抹滄桑、帶著綠痕的灰色才是最堅定的力量，化解了這些極端顏色給我們帶來的衝擊。

「走吧。」我安靜地說了一句，風吹亂我的頭髮，在眼前貼著地面的花海中，我竟然看到了隱藏在其中的兩條通往不同方向的路。

該走哪邊？我對這裡完全不瞭解。

覺遠在我身後說道：「北新南舊，既然是要去新城，走朝北的那條小路吧。」

我點點頭，走在最前面，風中帶著一股奇異的香氣，就如同最奇特的雞尾酒，在夢幻的甜香之中，夾雜著最烈的血腥味，刺激得人沉迷。

可惜，在場之人哪個又不是心志堅定之人，這種香氣雖然充滿了一種刺激的矛盾之美，但在此時已經不被我們在意。

覺遠很是奇怪的評價了一句，這裡的花並沒有寄生任何靈體，但心志不堅定的人，聞了這種花香，久了，也和吸毒沒有什麼區別了。

是嗎？可是我緊抿著嘴角，沉默得很，根本就不在意這所謂的香氣，界碑給我震撼太奇特，從骨子裡的血肉相連之感，我的心思老是在那界碑那裡，是真的沒在意這些事。

我心中甚至有這樣一個想法，感受到了界碑，受到了界碑所洗禮的人，是不會再怕這種香氣的，就算它再讓人沉淪沉迷，甚至這香氣中含有一種隱藏很深的絕望，都已經無所謂。

來時，是一條上坡的路，去時，卻是一條下坡的路，隨著距離的拉近，風吹過，遠處的樣子，我總算能夠看個清楚了。

依舊是紫紅色的天空，低矮壓在上空，霧氣翻騰開來的地方，就是那平靜的湖面，湖面被紫紅色的天空映照著，也呈現出迷離的紫紅色，只不過破壞這一切的，是湖面上亂七八糟的存在。

一開始遠遠的，我也看不清楚，近了，才發現，那麼安靜地停留在湖面，一動不動的，竟然是一艘艘的船，大的、小的、快要腐朽的、還新的，就這麼橫七豎八散布在湖面，看著竟然有些心沉。

「是幾百年來在這裡出過事的船，原來都到了這裡？」說話的是承心哥，他就走在我的身後，同樣也承受著這種刺激，嗅覺和視覺的震撼，甜香和死亡畫面的衝擊。

「這裡的湖水好像根本不流動，這些船都一動不動！流動的水永遠都不可怕，怕的就是這樣的死水，才沉得下去任何東西。」如月不知道什麼時候，再次與我並行了，她忽然說出這樣的話，讓我的心又下沉了幾分。

傳說中的黃泉河，飛鳥難度，它到底是狂風大浪，還是就像這樣死氣沉沉？我的心不由自主的就在聯想，或許那裡的擺渡人知道，這裡是否又有擺渡人的存在呢？

肖承乾比較現實，湖面的大部分地方能看清楚了，但始終有兩個地方籠罩在迷霧之中，他開口說道：「城還沒有看見呢？我們已經沒有船了，難道要在這船的屍體裡游泳？」

船的屍體自然就是指湖面上飄著的，靜靜不動的船的或新或舊的殘骸，可我們一點也不以為那是幽默，反倒在心中又憑添了幾分沉重。

承心哥很自然地看向覺遠，覺遠搖頭也表示不知，他或許知道入界碑的規矩，但是界碑之後就是禁區，他又如何能得知，在這背後究竟該怎麼辦呢？畢竟他的那位前輩並沒有說明什麼，甚至是諱莫如深的。

可我心裡在這時，卻有一種說不清的感覺，那就是走下去，我們就會知道路了，如果暫時不知道，等著就是了，一定有路的。

這樣想著，我加快了腳步，朝著下方走去，又轉頭對身後的人說道：「走吧，應該不會被困在這裡的。」

說這話的時候，我又再次看見了那個界碑，此時它的身影依舊清晰矗立在小島之巔，我莫名心安。

上到頂峰的路不遠，下來的路自然也不會太遠，大概十幾分鐘以後，我們就來到了這個山坡的盡頭，盡頭之處沒有沙灘，而是堅硬的岩石，那詭異的花就一路蔓延到了湖邊，偶爾紫紅色的湖水撲騰上來，那花就微微顫抖。

不是完全的死水，但除了岸邊的水，湖中的水卻真的是完全靜止的，連普通的水波都沒有，讓人的心壓抑無比。

離我們最近的船骸就飄在不到十米遠的地方，那只是一艘普通的漁船，已經腐朽得不像樣子，只是勉強能維持著飄在水面，在船上有兩具骸骨，一個趴在船頭，一個坐在船艙，仰著頭，看起來有些觸目驚心。

我轉過頭，不想去想，在這種環境下，臨死之前該是怎麼樣的絕望，或者是他們的船在飄入這裡的時候，他們已經死亡了，但在界碑之下，願他們能得到一個安息，就如覺遠給慧根兒說的那種草，從扭曲猙獰到安謐祥和，最後得到超渡……

「承一，我們到了，但這裡連一隻鳥都沒有，你說怎麼辦吧？」肖承乾刻意不去看那船，忽然給我轉了話題。

我很乾脆地坐下，點了一枝菸，對肖承乾說道：「等！或者游泳，你選。」

肖承乾氣得有些無奈，把外套一脫，對我說道：「哥們，你別激我，真的，你就別激我，啊！」他的性子確實很急。

卻不想覺遠幾步跑來，一把撿起了肖承乾的外套，嘴上嚷嚷著：「別扔啊，手工訂製的，多浪費啊。」說著，說著他忽然望著肖承乾說道：「老師，打個比喻，我讓定遠給我縫一件衣服，那算不算手工訂製？」

肖承乾被覺遠氣樂了，也顧不得和我生氣了，一把從覺遠手中搶過外套，說道：「扯什麼呢？如果你覺得定遠有那個手藝，又是資深的，有名氣的時裝設計人……誒，我又扯什麼呢？你也是，快想想辦法吧？」

這時，我盯著遠方說道：「不用想辦法了，這不是來了嗎？」

「什麼來了？」我的話一下子引起了大家的注意，然後大家紛紛朝著遠方看去。

霧氣深處，不是正有一艘小舟飄然而來嗎？

第一百零二章 擺渡人

「是啊，竟然來了一艘船，可是你敢坐嗎？」肖承乾為了故意顯得放鬆，吹了一聲口哨之後，忽然這樣對我說道。

「莫非還有別的選擇？難道你真的想游泳？」我站起來，整理了一下衣服，背好身上的背包，順便扔了菸頭，破壞環境，對嗎？不，我只是覺得一個菸頭，也能讓這裡多幾分生機，絕望的人，就如同這些船上絕望的人，如果能看見一個菸頭，也是多大的安慰啊。

只是我想，設身處地地想。

「不，就算是一艘划向地獄的船，我也認了吧。就當自己免費地獄遊了。」看了一眼湖中飄蕩的船，肖承乾一副豁出去的表情。

「你要早點兒領悟這種光棍精神，你就不是你們那個組織的人了，而是我們老李一脈的人了。」承心哥笑嘻嘻地攬過肖承乾。

肖承乾「呸」了一聲，說道：「有我外公在，我就是那個組織的，這是血脈關係。」

「那麼認真幹嘛，老李一脈又沒說要收你。咱們早就滿員了。」承心哥用一副「你很傻×」的樣子盯著肖承乾。

肖承乾氣得青筋亂跳，半天才憋出來一句：「和人鬥嘴我不怕，誰還鬥得過狐狸精？甭管它是男狐狸，還是女狐狸。」

承心哥也無語了，這是他的死穴啊，虧得陶柏這孩子還一本正經，害羞地躲在路山身後小聲地說道：「不是男狐狸和女狐狸，是公狐狸和母狐狸。」

「哈哈哈……」承真放聲大笑，她的性格有時比男孩子還直接。

我也笑了，難道在這種充滿了異樣死亡氣息的畫面裡，鬥嘴也不失為一種溫馨和放鬆，有這麼一群對我來說重要的人在一起，真的去到了地獄，那又如何？

在我們調笑嬉鬧的同時，我一直在看著那艘飄蕩而來的小船，速度極快，只是那麼一會兒功夫，它就從遠遠的霧氣深處行來，已經能清楚地看見船影了。

比我想像中的大，不是那種打漁船的大小，倒像是古時候遊蕩在西湖的那種小型畫舫大小，只是比起來少了那種華麗的裝飾，一切都很簡陋的樣子。

這種船，划船的一般都在船尾，我只是模模糊糊看見一個身影，也看得不太分明，只是隔著那麼遠的距離，我也能清晰覺得那個划船之人不是鬼物，不是利用所謂的精神力來移動物體，而是一個活生生的人。

隨著船越划越近，我們早就沒有調笑了，目光全部都落在那艘船上，特別是慧根兒，他的眼中竟然流露出一絲悲傷的意思。

我不明白慧根兒突如其來的悲傷從何而來，我只是習慣性的把手放在了慧根兒的腦袋上：「慧根兒，怎麼了，好像很難過？」

「哥，額也不知道。你還記得在沒進來這裡以前嗎？額曾經對你說過，額心裡對這裡有一種忐忑不安的感覺，沒說出來的就是有一種就是難以心安的難過，額看見這艘船，看到這船上的人額就更是這樣感覺了。」慧根兒喃喃地說道，至於原因他自己都說不清楚。

我沒有追問慧根兒原因，而是習慣性的把手放在他的光腦袋上拍了兩下，儘管做這個動作已經不比當年輕鬆了，畢竟慧根兒已經如此高大了，但這樣就是我獨特的，傳達力量給慧根兒的方式。

感受到我的安慰，慧根兒的目光稍微平靜了一些，此時那艘船已經離我們不到五十米了，在這個範圍以內，飄蕩著各種船骸，可這艘船這樣駛來，彷彿有一股無形的力量就這樣提前推開了船骸，總之它是一個也沒有撞上。

在這種距離下，我也看清楚了划船的人，是一個面容蒼老而枯瘦的老者，鶉衣百結這樣形容乞丐身上衣服的詞語都不足以形容他身上衣服的破舊，但他的衣服在還能看清的地方，可以看得出來，洗得發白，他很愛惜的樣子。

這個老者從面容上來看，是蒼老枯瘦得讓人擔心，白色的鬍鬚已經快要垂到胸口，可從身體上來看，還不至於枯槁，至少能撐得起衣服，所以顯得不怎麼怪異。

但重點在於，他的頭髮很奇怪，像是用什麼粗糙的物體切割過似的，東一簇，西一簇貼著頭皮，但又不是那種癩子的感覺，雖然長短不一，但總是有長的。

「轟」，船輕輕地靠岸了，那個老者就這樣打量著我們，我們也看著他，他的目光在慧根兒身上多停留了幾秒，看不出什麼神情，但慧根兒莫名就流下了眼淚。

「慧根兒，你是為啥哭？」肖承乾莫名其妙。

「額也不知道咧。」慧根兒抹了一把臉，胡亂回答了肖承乾一句。

「從北邊的路下來，到這片湖，自然是要去新城的，上船吧。」老者忽然開口了，言談簡單而直接。

我問道：「你送我們去新城？」

「除了我，還有誰能送你們去？我只負責擺渡，去了是生是死，我卻是不能知道了。」老者莫名其妙說了一句。

不過也是很實在的一句話，我這樣想著，盯著他。

發現他的面容太老了，布滿了皺紋，還有大半的臉遮掩在鬍子中，眼神也顯得有些渾濁，看不出他的神情是要表達一些什麼，在對視中，我就發現，我躊躇了，他這樣說話的態度，這樣淡漠地說起生死，我也不知道我是不是該上船了。

「該去的總是要去，不該去的，船也不會出現。人都看得見開始，預料不到結束，但還不是走上該走的路？我就是路上送一程的人，但不干涉什麼，去還是不去，快些決定罷，不去，我就把船划回去了。」老者像是沒什麼耐心，但這番話說得卻偏偏平靜淡定，語速很慢。

「哥，上船吧。」這一次，做決定的竟然是慧根兒。

而對於慧根兒我是無條件的信任，所以，我不再猶豫，舉步就要上船，但老者伸出一隻手來攔住了我。

那隻手臂有力而溫熱，斷然不是鬼物能擁有的感覺，我不解地看著老者，不清楚他這是要做什麼？

「有刀沒有？鋒利一些的刀。」他望著我說道，眼神雖然渾濁，但我感覺得到，他沒有惡意。

「有。」我幾乎是下意識地就回答了，我的鑰匙上掛著一把水果刀，鋒利程度還行，一行人隨身的法器中，也有……

「那好，幫我剃個光頭，就算是渡船的船費了吧。」老者很是乾脆地說道，說話間，他瞄見路山開壺喝了一口酒，眼睛一亮，又說道：「還有那壺酒。」

酒是季風給我們的，上好的湖村釀製的酒，路山覺得這裡陰沉沉的，從骨子裡發冷，就把酒帶上了，至少驅寒，給這個老者倒也不礙事兒。

我笑了，只有人，才會想要喝酒吧，鬼物是已經不需要了。

這樣想著，我取下了鑰匙上的水果刀，就要為老者剃頭，卻不想慧根兒一把拿過去，對我說道：「哥，額來吧，在寺裡，我們常常要互相幫著剃頭，我熟。」

我點點頭，總覺得慧根兒有些不對勁兒，但又說不上來，但還是把刀交給了慧根兒。

慧根兒給老者剃頭，剃得很仔細，很認真，甚至是有些小心翼翼的，隨著那些長短不一的頭髮紛紛下落，我們看見了老者的頭皮，竟然橫七豎八的有著許多新傷舊傷。

老者估計也是發現我們看見了，很不以為然地說道：「在這裡是不方便的，用打磨了好久的石頭來剃頭，就是這種效果，卻總也剃不乾淨，這一次把這把小刀留給我吧，我也就不用為這個而煩惱了。」

「嗯。」我答應得很乾脆，只是老者這樣的執著，讓我想到了什麼，慧根兒卻已經是淚流滿面。

「大師傅，可是從陝西××山，××寺來的咧？那是一個隱世的寺廟，不接受外界的供奉，也不接受人間的香火。」慧根兒的聲音有些顫抖。

而我也跟著激動了起來，慧根兒所說的地方就是慧根兒的根，慧大爺的根，他們都是從那個寺廟出來的。

可是面對慧根兒的話，那個老者竟然一點兒反應也沒有，還發出了微微的鼾聲，竟然已是睡著了的樣子。

慧根兒抹了一把眼淚，不再發問，只是仔細地剃頭，半個小時左右，老者的頭髮就剃得乾乾淨淨。

他滿意得一拍腦袋，又來回摸了幾把，然後就站起來，跳到了船上，對我們說道：「這麼舒服的剃頭，好多年沒享受過了，竟然舒服得睡著了。你們上船罷，記得把酒留下。」

第一百零三章 與你一滴血

酒自然是留給了老者，我們一行人上了船。

從昨天下午出村，到今天早上上了這老者的船，不到一天的時間，在這中間感覺卻像過了好多年這麼久，可是接下來的路還一樣的難走，那又將是如何漫長？

紫紅色的天空之下，心中不自覺生出了一絲壓力，目光就落在了那個神奇的老者身上。

他平靜地划著船，慧根兒就盤膝坐在他的身旁，他不看慧根兒，也不看我們，只是偶爾不知名的力量推開那些船的殘骸帶起的微風，吹散那些殘骸之上早已腐朽的衣服，他的目光會生出一絲憐憫，也不過轉瞬即逝。

船的破水聲，偶爾會有那個老者喝一口酒滿足的歎息聲，紫紅色的天空下，一切都是那麼的安靜，那個灰色的界碑就在眼中越來越遠……

「承一哥，你說划船的老爺爺是和尚嗎？」承願坐在我的身旁，輕輕掩著口鼻，或許這滿湖的船骸帶來的腐朽氣息，是年輕的生命不能承受的氣味，過了這一段兒水面也就好了。

「我不知道，但心中想著，大概是的。」世俗之人，不會對頭上那三千煩惱絲那麼在意，執意剃光它的，也就只有一種人吧，那就是和尚，不為別的，只為了對心中信仰的那一份敬重。

「那和尚怎麼也要喝酒？」承願小聲問我。

和尚喝酒？我認識的和尚總不是那麼正經，吃雞蛋偶爾喝酒的慧大爺、吃蛋糕的慧根兒、愛美的覺遠……可我應該怎麼回答這個問題？

「要戒掉的東西也就太多，才能表現出六根清淨，我本佛門人。可是強行戒掉，和自己放掉大概也總是兩回事！放不掉，是因為心中有苦，喝一口也未嘗不是自甘墮落，但至少在佛祖面前落了一個真誠。也許終究有一天，在某些苦楚之下，本是好酒之人終於放下了酒，那大概也就是真的戒了，真的放了。」我和承願的對話聲音很小，卻不想在這時，那個老者像是自言自語地說了那麼一段話，落在了我們的耳朵裡。

承願臉稍微紅了一下，畢竟這樣議論別人總是不好。

可我卻有些恍然，這老者說的話，和師傅說的「拿起之後，才能放下」，有著本質的相同，可中間的滄桑意味，比師傅還重。

「你在煩惱什麼？」慧根兒忽然開口了。

那老者才不回答慧根兒的問題，甚至連目光都沒有落在慧根兒身上，他又喝了一口酒，愜意得瞇起了眼睛，忽然就對我們說道：「那面山坡上漫山遍野的花，好看嗎？」

沒有人回答，那種花紅白相間，你說它美，它卻充滿了一種慘烈的死亡氣息，只要有著生命，沒有特殊愛好的人，誰又能欣賞得來？

我們沒有回答，那個老者卻自顧自地說道：「傳說中的地獄，沿途開滿了彼岸花，有人說彼岸花就是這世界的石蒜什麼的，那是扯淡。真正的彼岸花，應該人死後，帶入黃泉最後一滴不捨的心頭血澆灌的吧。」

這是什麼瘋言瘋語?怎麼我聽這話才像是在扯淡?

「在這裡,有個存在想把它變成真正的地獄,也想沿途開滿彼岸花,所以用生人腐朽的血氣來灌溉,結果卻開出了這種四不像的花兒,慘白之上,一滴紅,慘白是失去了生機,一滴紅就是最後散開的鮮血。聞得那花的氣味了嗎?就像人的命,多甜美的氣息,那是欲望帶來的甜美充斥著整個生命,卻又帶著一種血腥的刺鼻,那是腐朽時,鮮血會散發出來的味道,也是痛苦時,感覺喉嚨會充滿的味道。」那老者幽幽說著,我的背上卻莫名起了一串雞皮疙瘩。

這樣的香味,到底是和生命有什麼連繫?或者,這也是我們所有人的疑問,但那老者很快就回答了我們:「生命總是伴隨各種欲望,最簡單的衣食住行,帶給了你享受,滿足,甜美的安謐。但生命也伴隨各種痛苦,生老病死,用甜美的欲望掩蓋生老病死的痛苦,人類一直是這樣做的,所以就開出了這樣的花。」

「只不過,這樣說起來,是不是簡單了點兒,空虛了點兒?欲望和痛苦,卻沒有心靈的充實和淡然?那是因為很多人忘記了自己的靈魂,所以這花才慘白無力得不能盛放出更美的顏色,我在這裡看盡的不是世間百態,卻是鬼間百態,我想拯救靈魂,讓生命的花兒開得更美,卻發現自己夢做得太大,力量太小。小和尚,你說,如果有一天,這世間的人都去了,會不會全世界開滿這種紅白之花,還有別的顏色嗎?」

這老者的話夠瘋的,還有一種絕望的意味在其中,卻不想慧根兒站起來卻是簡單說道:「流動的事物,你看它看死了,卻是沒有意思的。」

「唔?」老者眯起了眼睛,靜待慧根兒的說法。

「就如人,不管是前進,還是後退,他們總是動著的,或許今朝不解生命被消磨的只有欲望和痛苦兩色，明朝未必就一定還會如此，或許在很久的將來，人們將會更加注重心靈和靈魂，這蒼白的花兒也不過是一時之物，你又何必執念地痛苦於此，佛門中人，哪能有這種執念？無論力的大小，做就是了。渡人，永遠不是一時之功。」慧根兒淡定回答道。

聽聞慧根兒這番話，那老者眼睛一亮，忽然問道：「你的法號？」

「慧根。」慧根兒簡單回答。

「哈哈哈……果然，好狂妄的法號。只不過，也不算名不副實！好，好……其實我又哪是痛苦於此，不過是想在你身上看看，人，到底是不是原地不動。」老者說完之後，忽然就開心地喝了好幾口酒，然後一揮手說道：「平安歸來罷，我留一滴血與你。」

慧根兒看著老者不說話，眼中全是疑問，但終究在老者的淡漠下，欲言又止，什麼也沒問出來，到最後還是靜靜地坐在了老者的身旁，沉默不語了。

紫紅色的天底下，慧根兒盤坐的身影和老者划船的背景，就像一個深邃的剪影，或許這是慧根兒的機緣？

在我胡思亂想的時候，那老者忽然說了一句：「就快到了。」

我抬眼一看，那層我們在山坡上始終看不透的霧氣，恍然已經在眼前，在遠處的遠處，界碑已經縮小成了一條和食指差不多大小的直線，我留戀地看了一眼界碑，這條小船已經飛快進入了那團霧氣之中。

一進入霧氣，我整個就有些抗拒不了地迷濛起來，在眼前的一切都變得有些似真似幻，在霧氣之中其實景色沒有什麼變化，依舊是紫紅色的天空，同樣紫紅色，一絲不動的湖泊，只不過在湖泊之中有了一塊大概房子那麼大的平整礁石，在礁石的邊緣，有一條伸出來的礁石，一直延伸著，就像一條路。

什麼都沒有，這裡就是新城？在這種不甚清醒的迷糊中，我忍不住這樣想著，卻也覺得這種迷糊不對勁兒，看了一下船上的所有人，除了那個老者，每個人眼中都有了一絲迷濛，半睜著眼睛，就如同立刻要進入酣暢的午睡。

輕微的搖晃，讓我們稍微清醒了一些，卻更有些迷迷糊糊。

那老者卻淡然說道：「到了，還不下船？」

到了嗎？到哪裡了？我赫然發現，船就是停在了那個礁石之旁，在霧氣中，早已看不見那個山坡，漫山遍野的死亡之花，還有讓我心底溫暖的界碑。

第一百零四章　新城

儘管我越來越感覺自己不是太清醒，可是心底的疑惑還是沒有變少，所謂的新城在我腦內有過千百種構想，雖然不可能真的是一座城，但也不至於就是這樣，變成籠罩在霧氣中的一塊礁石。

儘管這塊礁石不小，就比如那綿延出去的猶如一條路似的長形礁石，籠罩在霧氣中，似乎看不到盡頭，但也不大，就比如我們落腳處的地方，方圓也不過百來平方米。

這真的就是新城？我迷濛得快要睡著了，但心中的情緒卻複雜無比。

那老者似笑非笑地看著我們，兀自停好了船，不緊不慢地拴了，才施施然走過來說道：「到了就是到了，是這裡也就是這裡，不論你怎麼想，船就開到這裡啦，也不會再走了。」

老者的態度絕對算不上好，更沒有半句解釋，可是從骨子裡，我就是願意信任他，我現在沒辦法去思考我這樣的迷濛與困意來自哪裡，我只是下意識地就問道：「那大爺，接下來我們該怎麼做？」

總不能一直站在這礁石上吧？看這片礁石，倒也奇特，平平整整，在靠近中間的地方，有一個簡單的火灶，上面架著一口鍋子，旁邊堆著一些不知名的野草，還有一些像是土豆番薯，又不像的東西。

在鍋子的不遠處，有一個蒲團，在蒲團的旁邊，是一塊無比平整的礁石，在那上面鋪著一張同樣破爛卻整潔的床單，床單上面是一床情況差不多的薄被，還有一個幾件破爛衣服疊成的枕頭。

最後，就是在另外一邊，有一塊中間有凹坑的石頭，石頭中間盛放著一些清水，那些水不是紫紅色的。

這麼簡單的一切，就構成了一個人生存的最基本的條件，再多就是沒有了，就好比那些在山中苦修的人，真正的修士，那種條件，是讓你可以活著，但是一切的欲望都被扼殺，基本之欲，就如衣食住行，則被降到了最低的最低。

可是苦修的人也罷，清修的人也好，總也想不到，有那麼一個人會這樣在小地獄之旁，過這樣的苦修生活，讓人震驚。

那老者任由我們打量這裡的一切，彷彿他只是一個旁觀者，稍微沉默了幾秒，他對我的問題忽然開口道：「把所有的法器留下，朝著那條礁石一直往前走吧，走到直到沒有路，也就會到你所想的地方了。」

留下法器？這算什麼要求？留下法器，我們不是必死？

面對我的疑惑，那老者低頭舀了一瓢清水，放在鍋子裡，開始用懷中的兩塊石頭打火，忽然又問我：「可有好用的生火工具，給我一些吧。」

我強忍著困意，把我們所有人身上的打火機都遞給了他，他也不客氣，接過之後，從那一堆野草番薯之中拿出了一些乾柴禾才說道：「不留下法器，一切身外之物，帶著也沒關係。反正也帶不進去！真正的法器，都是有靈的，沒有器中之靈氣的法器也不能用，當然要聚靈化形的法器也少，你們身上富裕，還是有那麼幾件的！總歸還是能帶進去一些東西的！對了，那位小姑娘麻煩一些，留下妳的所有蟲子和藥粉吧，一樣也帶不進去，不過還好，身體中早已經種下了本命蠱，真正的本命蠱厲害的是蠱靈，就好像貓靈啊犬靈啊，到了極致，神仙也怕，妳有蠱靈，所以也不是沒有防身的東西，我囉嗦得太多了，你們快走罷。」

老者的確有的沒地說了一大堆，忙著引火，說這話的時候眉毛也沒有抬一下，但是說得我們更加莫名其妙。

可不知道怎麼的，我就是莫名其妙信任這個老者，當下就取下了身上的黃布包，那簡直是我身家性命一般的東西，放在了老者的身旁。

我沒問為什麼，他肯定也不會說，見我放下黃布包，老者忽然拉住我的手腕，有些神祕兮兮地問我道：「包中的東西，你可都有祭煉？」

「我常用的法器，怎麼會不祭煉？只不過一些小玩意兒，是不可能的……」我話還沒說完，那老者好像已經不耐煩聽，對我揮手道：「去罷，去罷。」

有我做了表率，大家紛紛也這樣做了，最後只剩承清哥和覺遠有些躊躇的不肯上前，也不知道在想什麼。

老者也不催促，也不說話，只是抬頭望了他們兩個一眼，繼續他的「引火大業」，他倒也熟練，一會兒功夫，那柴禾真的熊熊燃燒了起來。

倒是我，忍不住問承清哥和覺遠：「你們……？」

「我這燈盞是必須帶著的，承一，這個沒有辦法。」承清哥說得很直接。

覺遠也說道：「其他的倒也罷了，我這串念珠也是必須戴著的，我要等著一百零八顆佛珠亮起。」

面對承清哥和覺遠的說法，我不知道說什麼，那老者不是說帶不進去嗎？但這種情況又要怎麼辦？

那老者終於放下手中的事，走了過來，不由分說地拿著覺遠手中的念珠看了一番，眼中稍許流露出了一絲驚歎，說道：「你這念珠放下罷，就算放下它還是在的。」

說完，那老者看著覺遠，彷彿是有什麼魔力一般的，覺遠稍微愣了愣神，竟然乾脆地就地就放下了手中的念珠。

那老者又走到承清哥的身前，也是不由分說地就拿下了承心哥的黃布包，拿出了一盞燈盞，仔細地看了看，可是眼中流露出來的驚奇比看見覺遠的念珠更甚。

對於燈盞他沒有怎麼評價，只是說道：「已經算是造化之物了，真正的器靈早就傳承於你，要點燃這火，也不是普通的火！在普通的世界用燈盞施法，在不普通的世界，就用特別的方式施法。你一定執著的帶著做什麼？」

承清哥一聽，似是在凝神沉思，半晌之後，他放下了背上那個黃布包，竟然對老者說了一聲謝謝。

那老者又只管去守著他那鍋水了，也不再搭理我們。

再留下來也是無趣，該指引的，他也早就指引了，我帶頭對那老者施了一禮，然後就朝著那條礁石走去，大家跟在我的身後，也同樣的做了，一起朝著礁石走去。

那條長條形的礁石真的就如一條路一般，上面很是整齊也乾淨，就像江南小鎮的青石板路，但寬不過兩米，走在上面，就如同在走一座窄橋。

而兩旁則是紫紅色的湖水，在這裡，湖水已經不再是一絲不動了，而是伴隨著微風稍許有些波動，那湖水就時不時的沖上腳下的礁石，然後又翻騰下去……

整條礁石之上，就籠罩在一種迷濛的場景裡，似煙的霧氣飄動，偶爾展露出紫紅色的天空。

我沒回頭，卻走得軟弱無力，每踏一步，都有想睡下的衝動，我大聲說道：「大師，我想睡覺，這裡讓人覺得好睏，有影響嗎？」

「大師，不叫大伯了嗎？」那老者難得開了一句玩笑，然後說道：「不礙事，黃泉路上莫回頭。」就沉默了下來。

整條路上，就這麼飄蕩著一句「黃泉路上莫回頭」，讓人心驚膽顫，這是真的要走入地獄的節奏嗎？

不過老者說不礙事，那就不礙事吧，我就任由自己帶著睏意這樣走著……

走著，走著，就發現籠罩在霧氣中的礁石也彷彿到了盡頭一般，在那盡頭之處的旁邊，立著一塊小小的石碑，石碑上無字，我勉力支撐著自己走到了石碑旁邊，然後毫不猶豫的跨了過去……

那一瞬間，像是歷經了生命的滄桑，我感覺自己失神了，身體恍惚傳來了痛感，卻又很快消失！

再接下來神奇的事情發生了，我忽然就擺脫了那剛才消散不了的睏意，精神狀態重回了一個巔峰，眼前本來快沒有路了，畢竟石碑過後只剩下不到兩、三米長的礁石，如今卻有一條寬闊的黑色的路蔓延向霧氣的深處。

在霧氣的深處，隱隱約約有著好像建築的輪廓，這裡是什麼所在？
而也就在我一恍神的功夫，大家也都到了我的身旁，同時看見了眼前的所在！
這裡，就是真正的新城嗎？

第一百零五章　城中

我很疑惑會有這麼一個存在的地方，這種感覺卻並不陌生，是為何不陌生？不過就是因為當年入那個祕密鬼市也就是這樣的感覺，恍然一夢，似真似幻……

這樣說來，進入這裡的是自己的靈魂嗎？我抬起手來習慣性朝著自己的脖子摸去，傳來的並不是那種溫熱的，帶有彈性的皮膚的觸感，也沒有摸到那一根熟悉的繩子，反倒是一片沒有著落的虛無。

是的了，靈魂狀態！

這個發現不僅沒有讓我覺得理所當然，反倒是有些驚慌，靈魂全然離開肉體，肉體又能堅持多長時間？就好比植物人的狀態，那麼全力的維持，如果真的是全離魂，靈魂一點兒也不存在於肉體，那麼那個植物人很快也會死去。

那我們的肉體就那樣擺在外面也是沒有關係的嗎？這可和在鬼市不一樣，那裡有一個安全時間，到了也就出來了，這邊我們究竟要進入多長時間，根本就是不可計算的。

路山看著我苦笑，說道：「承一，陪你們一起探尋，沒想到事情進行到現在，竟然是這樣的發展。」

「你發現了？」我同樣是苦笑的表情望著路山，他口口聲聲說自己是山字脈，心思又比同是山字脈的肖承乾細膩，他第一個發現不足為奇。

面對我的問題，路山點點頭，說了一句再明顯不過了，他讓我看看大家。

這時，我朝著大家打量，果然如路山所說，再明顯不過了，因為我們都變了樣子，這個所謂的變了樣子，並不是指我們的模樣改變了，而是整個人的穿著和氣質改變了。

我們老李一脈在這個地方，都是身穿深黃色道袍，背著一個繡著八卦的同色布包，氣質看起來少了幾分世俗的味道，多了幾分出塵之意。

而如月則是一副苗女的打扮，看起來又多了幾分童年時代的古靈精怪。

至於覺遠則是穿著白色僧袍，配合著一張清秀而慈悲的臉，頗有高僧的意思。

而慧根兒就顯得彪悍了很多，穿著和定遠差不多的武僧袍，也是露了半邊身子在外面，袖子隨意塞進了腰帶上，一身血色的紋身此刻已經完全展露，活靈活現。

可最奇怪的是路山和陶柏，他們穿著的竟然一身我沒見過的，很奇怪的制服，上面有著編號。

陶柏看著這一身衣服，臉色非常難看，路山衝他安慰地笑笑，之後才盯著自己這一身衣服說道：「真是不願意想起的回憶，可是進入了這裡，卻折射出了人最心底的形象。」

對於路山和陶柏，我瞭解的實在有限，只不過長時間的相處，我骨子裡覺得這兩個人本性是不壞的，漸漸地感情的天秤傾斜，也就把兩人當成了朋友。

看他們的樣子，好像有著不能對人訴說的遭遇，可我不知情，能做的也有限，只能也衝他們安慰性質地笑笑，然後嚴肅的對大家說道：「我們現在是什麼狀態，想必大家都是心知肚明的，如果不想真的死去了，那就抓緊時間吧。」

對啊，抓緊時間，否則肉身也撐不了多久的。

眼前沒有別的選擇，只有一條黑色的大道，而回頭哪裡還有來時的路，身後只是一片霧氣，我試著朝後方走了幾步，可是無論怎麼走，也只是會退回到原地，根本就沒有回頭路。

連怎麼出去都成了問題，也就只能往前走了。

在特殊的空間，就有著特殊的限制，按說在平凡而普通的世界，靈魂飄著也好，飛著也好，基本上是不受物理世界的限制，有著很快的速度。

但在這裡，我們竟然也只能老老實實沿著這條黑色的大路朝前走，就如在鬼市一般。

也怪不得那個老者會對我們說，法器根本不可能真實帶進來。

不過，我手上的這一串沉香串珠又是怎麼回事兒？到了此地，它已經不是原本沉香串珠的樣子了，每一顆珠子都變成了一團淡紅色的氤氳氣體，更神奇的是在這氣體裡面有一小點若隱若現的藍色光芒，根本就不知道是什麼。

這就是我沉香串珠器靈的本來樣子？我感覺到很神奇，但這裡終究不是探究這個的時機，畢竟我們已經身處在了傳說中的鬼城，還是非常不友好的，充滿了未知變故的——新城。

腳下的路已經變得越來越寬，從一開始的只能三人並行，變成了我們所有人都可以並行還有餘的寬度。

而周圍的景色，從一開始只能看見道路兩旁是濛濛的霧氣，變成了抬眼望去，是一片黑色的無盡平原。

在那個平原上沒有真實世界裡平原所有的綠草紅花，有的只是那黑沉沉的土地，偶爾會出現一兩棵黑色樹木的剪影，看起來有一種荒涼而絕望的意味。

在這種空間內的時間不可計算，甚至連饑渴、疲憊，包括排泄的欲望和想法也沒有，畢竟已經是靈魂的狀態，所以時間就變得更加模糊了一些。

我們也不知道自己走了多久，眼中的景色全是這種黑色的平原，也讓人看煩了，而且我們沿途走了那麼久，莫說一隻厲鬼，就連一點兒聲響也沒有，這樣的路難免讓人越走就越沉重。

「承一，這到底要走多久才是一個盡頭啊？」肖承乾的耐心已經到了一個極限，支撐我們的不過就是遠處霧氣中那隱隱約約的建築物，原本料想其中凶險，不想那麼快面對，可是在這種環境下走得久了，那裡到成了希望之所在。

「我也不知道，走下去吧。」因為在這裡沒有時間的概念，甚至沒有疲勞，我確實也不知道何時才是一個盡頭。

但這世間的事，往往就是這樣，在你已經失望，以為某一件事或者某一種狀態已經不可改變，要永遠進行下去的時候，轉機卻就出現了。

我和肖承乾對話的時候，我們的眼前忽然就出現了淡淡的霧氣，越是往前霧氣就越濃，我們麻木的往前走，一開始並未在意這些霧氣，哪知待到我們一頭闖進了濃霧之中……

眼前的世界終於變了，而一座城就這樣真實矗立在了我們面前，黑色的城牆，充滿了中國古風的城牆上的建築，深藍色的天空，紫黑色的火焰，構成了我們眼前的畫面。

城門之外是無邊的寂靜，城門就這樣半敞開著，甚至連一個守門人也沒有，通往城牆的路已不是那種黑色的大道，而是一座架在護城河上的橋，橋下流動的我們所見過的那種紫紅色的河水，河水中偶爾會飛快掠過一個身影，然後又消失不見。

「真的是一座城嗎？很有壓力啊。」說話的是承心哥，他話裡的意思我懂，我們是來與一座城為敵的，怎麼會沒有壓力？

「是的，一座城，我們進去吧。」我勉強保持著平靜地說道，沒有回頭路，沒有選擇，那除了前進，還能有什麼可說？一路不過是追尋師傅的腳步，但事情繼續下去，我們反而都快忘記了目的究竟是什麼，被一件事情推動著前進。

就好比我看見了陰氣之中的大門，我自認為沒有阻止它的能力，天塌下來有高個子頂著，卻不想自己卻莫名地成了首當其衝的人。

走在那座橋上，我是這樣的想法。

我已經盡力不去看橋下了，但是卻不得不看見橋下河中的身影是一個一個的亡魂，它們掙扎著，終究也爬不上岸，只能嚎叫著，被這護城河一次次的沖走。

這或者是城中的刑罰之一？我只能這樣理解。

半掩的城門就在眼前，我努力讓自己什麼都不去想地就跨入了其中，在穿過了黑暗幽深的城門洞後，我們這一行人終於進入了這個所謂的新城。

在那一剎那，我們就被一種充滿了放肆、張狂、墮落的氣息所包圍！

因為第一幕映入眼簾的就是幾個痛苦的身影和扭曲的臉，它們互相的廝殺，卻並不能被真的殺死，只能倒下，再站起來，接著再撲上去……

它們就在城門口這樣廝殺，沒有固定的目標，只是完全憤怒地發洩，遇見的是誰，就傷害誰，對於站在城門口的我們，基本是完全無視。

「怨氣支配著所有的行動，沒有理智，有一座城，也不是安身之所，只不過被慘劇固定到一個地方不停地上演。阿彌陀佛。」覺遠的臉上全是慈悲的表情，他只不過是道出了厲鬼的本質，它們的仇恨需要發洩，它們也本是被仇恨所支配，靈魂力早就沒有了平和，有的只是無窮的暴戾。

可是又有什麼辦法？就如老村長一般，不過是一念之間的事情，求得別人超渡，不若自我超渡，可是這世間能擺脫仇恨的桎梏，可以自我超渡，放下屠刀的厲鬼又有多少？

我默然，只是往前走著，旁人默默地跟上，在這座城要做些什麼，要找誰，要怎麼做，我們完全茫然無措，只能走進去再說……

城很大，有很多的黑色建築物，有大街，也有數不清的小巷，但每一個地方，都充斥著數不清的怨魂厲鬼，在這裡行走著，怕是普通的人都會瘋掉。

看那邊吧，有一個冤魂不停爬上黑色建築物，不停跳下來，血肉模糊，可是並不能死去，但是它樂此不疲地重複……

再看另外一邊，一個女人披散著頭髮，不停在牆上刻畫著，仔細一看，是幾個名字，它瘋狂地笑著，對著那幾個名字怨毒喊著：「我永遠都不會忘記你們，我會來找你們……」

這只是城中的一幕，這樣的事情不停在城中的每一個角落發生，在這裡，沒有次序，仇恨不甘就是一切的原動力與次序！

我們以為入城之後，我們就會陷入艱苦的戰鬥，可是在這裡，根本就沒鬼在乎我們。

更不好的消息是，我們迷路了，也不知道要往哪裡走……

第一百零六章　一個轉機

迷路本來是一件普通的事情，因為鼻子下面就有一張嘴，找不到還不能問嗎？但在這個新城，卻沒有這個可能。

滿眼望去，全都是一群需要發洩恨意的瘋子，你問誰去？

我第一次意識到，原來沒有人找我們麻煩也是一件痛苦的事情，迷失在這樣的城市，是痛苦的。

可是肖承乾不緊張，他只是不停催促我：「承一，快點兒想個辦法啊，到這裡來最大的目的是為了解決湖村，第二目的是為了找到你師祖留下的線索，至於第三個目的，是為了你師傅留下的線索，你清楚的啊！」

「我是清楚，你用得著一遍一遍地提醒我嗎？」我的心情有些糟糕。

「廢話，提醒你，就是想告訴你，莫說辦這些事兒了，下一步再不知道怎麼辦，我們都會被困死在這個城中，最後變為怨魂，還是厲鬼都不好說。」肖承乾很乾脆地蹲在了一處類似於客棧的建築物底下，說話的神態有些老神在在。

「不是說過大家不要太過依賴我，我也放手讓大家去飛嗎？」我看得氣結，估計刺激了肖承乾一句。

「別找藉口，我的意思是你還是得領著大家，但不必凡事親力親為，要充分的信任……」肖承乾估計後面還有大家兩字兒沒說，但此刻他的神情已經變了，朝著他對面的建築物望去。

這座鬼城很是奇怪，明明大街小巷裡都是一群群瘋子一般的厲鬼，但是城中修建滿了充滿古風的建築，該有的功能建築一件兒不少，還有許多類似於民居的地方，肖承乾的對面就是一棟民居。

民居不高，就是木質結構的三層樓而已，和這鬼城的風格也是一致，全黑色的，肖承乾的目光就落在了這麼一棟民居上。

「是不想與我鬥嘴了，所以轉移注意力？」我不明白肖承乾這突如其來的沉默是什麼意思，但心中卻燃起了一種叫希望的東西，莫非這小子真的發現了什麼？

這樣想著，我順著肖承乾的目光望向了那棟民居，民居的門口，有三、五厲鬼在做著毫無理智的爭鬥，或者痛苦的嚎叫，與街上別的厲鬼別無二致，二樓看不清楚，但是在三樓的屋頂上卻坐著一個小小的身影。

看起來，是一個十歲左右的小孩，它就這麼落寞地坐在屋頂之上。

隔著十米左右的高度，我就清楚地看見，和那些厲鬼癲狂痛苦、發紅的眼光不同，這個小孩子的眼光裡是一種寂寞無奈，夾雜著一種稍許痛苦的眼神。

再準確地說，它的眼神顯得比那些厲鬼要清醒得多。

在有目的的情況下，鬼是最會「撒謊」的一種存在，騙你當替身，騙你去死救贖它的仇恨，實在不行，它會刻意製造不存在的恐怖，生生折磨你。

但是在這種沒有明確的目的下，鬼卻是最真誠的一種存在，因為它的任何情緒，甚至一舉一動，都是來自靈魂深處的，在新城這種赤裸發洩的城市，根本就無須掩飾。

「你也發現了？」肖承乾嚴肅地看了我一眼，我點點頭。

在一個冤魂厲鬼的世界，忽然出現一個相對乾淨，沒被怨氣控制的清醒鬼物，那倒是一件兒奇怪的事情。或許，我們的轉機就在這個小孩兒身上。

「喂，可以下來說話嗎？」我大聲對著那個小孩喊道，卻不想引起了民居前幾個厲鬼的注意，按照這裡的沒有規矩的規矩，它們毫不猶豫朝著我們撲來。

我沒有動手，只是看著那個小孩，而我身邊是慧根兒和肖承乾動的手，慧根兒的手上有一串兒念珠，肖承乾的手上是一柄銅錢拼接的法劍，只是一瞬間，那幾個厲鬼就慘嚎著退去了。

它們是沒有理智，但是靈魂被打痛了，它們還是知道退卻，畢竟就算是被怨氣控制，它們也比動物聰明一百倍。

而肖承乾和慧根兒也沒有下殺手，剛剛發現了一點兒轉機的希望，沒人願意破壞這暫時還相安無事的局面。

在我喊話以後，那個小孩一開始只是淡漠看了我們一眼，那種淡漠讓人骨子裡覺得絕望，那是一種對任何事物，包括仇恨都不再感興趣的眼神，如果為人是如此生存在世上，那不是一種絕望的生活，又是什麼？

但這種淡漠並沒有持續多久，在肖承乾和慧根兒相繼小小的出手以後，它看向我們的眼神來了幾分探詢的意思，讓人感覺它整個鬼都有了一絲精氣神兒的靈動，這種感覺要好多了。

「你們等等，我就下來。」終於，它的聲音從屋頂上飄來，不是我們想像的小孩子的聲音，而是一個中年人的聲音，怎麼聽怎麼怪異。

不過，我們的臉上卻沒有表現出來什麼，畢竟這是鬼物的世界，它要以什麼形象出現、以什麼樣的聲音說話，可不像擁有陽身時那樣受到了限制，它可以隨意的。

我們也不會因為這隻鬼物以十歲小孩兒的形象出現，就會放鬆警惕。

那小孩兒在答完我們這句話以後，慢慢地從三樓的屋頂跳進了窗子，然後就看不見它的身影了，而我卻也習慣了這裡的鬼物被這樣一座城限制了活動能力，就比如那個小孩兒不會直接飄下來。

說起來是很無邏輯的一件事情，就比如鬼物跳樓怎麼會血肉模糊？它們根本就沒有陽身！但在這個城市就是這樣，不管你跳樓還是自殺，就和陽間是一模一樣的效果，不同的只是，這裡是在「演戲」，只有效果，沒有後果！

嗯，沒有死去的後果！

這是一座盡力在模仿陽間一切的城市，就比如我們身後那座客棧，我實在想不清楚它的存在是有什麼意義？

就在我胡思亂想的時候，吱呀一聲門打開了，就如同外面的世界，某個古鎮一般的小樓，打開了自家的木門，那樣打開了。

我有些好笑地想著，到底是誰建了這座城，做出這種繁瑣的幻想，明明就是鬼物，為何要按陽間的規律辦事兒？這和脫了褲子放屁一樣的沒有意義。

「你們新來的？是來找我聊聊？我能清楚，才來這裡的寂寞和不適，如果你們想安靜地聊聊，就進屋吧，大街上瘋子太多。」我們沒有開口說話，反倒是那個小孩兒又用中年人的聲音和我們說了一大堆話。

我聽得清楚，兩個問句，接著就是看似禮貌，實則替我們做了決定的幾句話。它比我們想像的「熱情」，感覺得出來，應該是很寂寞的罷。

但它也比我們想像的還要滄桑，那話裡雖說說得平淡，誰不能聽出一個無奈悲傷的意思？

「進去嗎？」承心哥走到我的身旁，小聲地說了一句，大家的目光也望向了我。

有不進去的理由嗎？我看著那個小孩說道：「那就叨擾你了，我們都可以進去和你聊聊嗎？」

「都進來吧。」那小孩兒很乾脆地點點頭，接著說了一句：「反正我已經死了，做鬼也是身無長物，最不怕的就是再死一次。」

說話間，它轉身上了樓，我連忙跟了上去。

它的腳步在逼仄的木樓梯上發出「咕唧咕唧」的聲音，在這個城市，卻也是再正常不過的事兒，陽世的木樓梯會發出這種聲音，這裡的樓梯自然也會發出這樣的聲音。

我看得出來它是想盡量把自己的腳步放輕一些，可我卻不知道為什麼？

但在我要上樓梯的時候，它卻忽然轉頭對我說道：「你輕點兒，一樓的全部都出門了，二樓的卻還剩下一個很厲害的傢伙，在睡著消化，不要吵醒它，吵醒它了就出了不了這個屋子了。」

「什麼意思？」我不解。

那個小孩兒卻幽幽的歎息一聲，說道：「你是新人，不瞭解也正常，反正輕點兒也就是了，一切進屋再說吧。」

第一百零七章　謎中謎

二樓，厲害的傢伙？上樓輕一點兒？

我承認我在這一瞬間產生了錯覺，覺得我不是在什麼所謂的鬼城，而是穿越到了什麼地方，總之這地方無論怎麼古怪，不應該是一個鬼物的世界！

因為在我的認知裡，鬼物沒有陽身，根本不存在物質世界的一切限制，只能說這個地方，這裡的主人，給了這裡存在的鬼物好一場春秋大夢，這是何等的能力？

在錯覺過後，我滿身都是無力的感覺，因為我明知這裡是一場夢境般的存在，我也無力勘破這一場夢的本質，反倒要身陷其中。

這種無力感就像讓我直接對上建造祕密鬼市那種大能級存在的無力，偏偏鬼市的大能我不需要面對，而這裡的主人基本上可以確定是我的敵人了。

儘管那小孩兒認真提醒的樣子，讓我產生了如此複雜的情緒，但我還是準備照做，可是肖承乾永遠是一個不甘寂寞的傢伙，他嚷嚷了一句：「二樓是個什麼樣的傢伙，怕它來著？你認識了我們，就不用怕了。」

「天吶，你是不是世界上最無腦的大少？」承心哥走在肖承乾的身後有些無奈了，他下意識地捂住肖承乾的嘴，但我們是靈魂一般的存在，這可能嗎？事實上，他還真捂住了肖承乾的嘴，肖承乾狠狠地瞪了承心哥一眼，卻一時沒有辦法掙脫。

這對於我來說，並不是一個什麼好消息，越是真實，說明這座城的主人也就越是厲害，從這種投射於靈魂深處的幻覺的影響力就可以看出來了，捂嘴，也是能實現的嗎？

就如事實上，承心哥根本捂不了肖承乾的嘴，但他的靈魂和肖承乾的靈魂都同時告訴他們捂住了，這個虛假的事實也就成立了。

想到這裡，我的眉頭微微皺了起來，一進城時的麻木與好奇，到此時已經完全轉變成了壓力，而且這個壓力放眼整座城，竟然無時無刻不在。

我們這一齣鬧劇，引起了這裡的主人，那個小孩兒的不滿，它低聲說道：「我想真正的解脫，但比起成為別人的墊腳石或者養料，我更加情願痛苦地待在這裡，哪怕歲月無盡。你們如果願意當我的客人，請尊重我，如果不願意就離開吧？」

我瞪了肖承乾一眼，承心哥放開了肖承乾的嘴，肖承乾也安靜了，畢竟這裡的主人都說話了，他或許是最二的大少，但他不是最沒禮貌的大少。

客隨主便，我們終究還是選擇和那小孩兒一樣的方式上了樓，默然，輕手輕腳，而呼吸聲到了這種狀態本就不存在，剩下的也只是那老舊的木樓梯發出的聲音。

就這樣很是費力的到了三樓，映入眼簾的是一個木製走廊，並排著三間房間。

那個小孩兒鬆了一口氣，對我們說道：「終於到了，每次樓下那個人……」說到這裡，它苦笑了一聲，跟著說道：「不應該叫『人』了吧，沒想到做鬼幾百年，終究是忘不了做人十年的習慣。」

這句話有些蒼涼，是啊，做人多麼好的一次體驗，真正的苦都被花花世界掩蓋，很多人都感恩，輪回不知道多少次，才有一次做人的機會，怎麼可能那麼快遺忘？

可惜的是，人恰恰是最痛苦的，是無數次輪回中，最炙煉靈魂的一次！因為人的身體給予了靈魂思考的能力，而思考就衍生出了很多東西，欲望、情感、生老病死，動物並不需要承受這樣的痛苦，人卻要！不苦嗎？可是苦也念念不忘，這就是神仙笑世人的看不穿？亦或者，是上天給予的最痛苦的一次機會，這一次沒有勘破，那好，繼續輪回吧，總有一次就走到了真正的彼岸。

我又一次因為一句話走神了，卻聽見承願低聲驚呼了一句：「你做鬼幾百年了？那你……」

那小孩兒沒有直接回答，而是走到了走廊盡頭的最後一間房，打開了那間房門，對我們說道：「進來吧，進來再說。」

於是，我們也沒有在走廊上再囉嗦，而是跟隨這個小孩兒走進了它的房間。

房間不小，大概有五十平米的樣子，但卻是空曠的一間屋，沒有任何的隔斷或者牆壁存在，一走入屋子，就把這個房間看了一個通透。

一張不算小的木床，一張木桌，幾張凳子，幾個箱子就構成了這個房間的一切。

「如果我能力再大一點兒，我的房間可以變得好看一些。」這是這個小孩兒對我們說的第一句話，說話的時候它在擦桌子，然後讓我們幫忙把桌子擺到了床邊，又把凳子一排兒的擺開，然後稍許有點兒開心地說道：「這樣就應該夠坐了，你們坐啊。」

看它稍許愉快的表情，我心中流露出一絲不忍，這就是所謂的，有一分的熱情，就有十分的寂寞嗎？

床擺在窗子邊兒上，坐了床和凳子，我們也就能從窗戶邊兒上，看見街道上的一切，可是有什麼好看的呢？滿街的瘋子，和正對著一個安靜到詭異，甚至連掌櫃和小二都沒有的客棧……

「在這裡，每個人，不，每個鬼都被賦予了一種能力，那就是把你心中所想，所渴望的陽世生活變為現實的能力！你們新來的，一定要知道這一點兒。」剛剛坐下，我們還沒來得及說話，那個小孩兒就自顧自地說開了。

這正是我最想問它的問題，因為它一進屋就說了，它能力不夠，不然房子能夠再漂亮一點兒。

不過不知道是不是因為寂寞太久了，我還沒來得及發問，它已經托著下巴繼續說話了。它的形象是一個臉有些圓，臉蛋兒紅紅的小男孩兒，這樣看去，有些神似小時候的慧根兒，看起來這滄桑的模樣也不滄桑，而是真的如一個小男孩兒一般可愛，我也就不問了，讓它一次性說個夠。

從它的口中，我們得知了這個城裡的一些規矩，就比如說這樣的住房，基本上都住滿了厲鬼，在街上晃蕩的是最低級的存在，這種存在完全被怨氣壓制著，幾乎除了仇恨，沒有太多的思考能力，只想發洩仇恨的傢伙，是在街上自生自滅的傢伙。

而在這城中待久了的存在，就會得到一間這樣的房子，那是要待多久呢？小孩兒告訴我們是二十年，當然特殊情況除外！至於是什麼特殊情況，它沒來得及告訴我們，就說起了下一個問題，也是我最想知道的問題。

這樣的屋子一開始是空的，但是在城中會得到幻境成真的能力，而對於鬼物來說，製造影響人靈魂的幻覺，簡直就和人會奔跑一樣簡單，難的只是自我影響，幾乎是不可能完成的任務，就如你騙人，難道你還能把自己也騙了？

「當然也不是可以無限制的接近陽世，最多也就是讓自己的屋子裡多幾件傢俱，擺設什麼的，就是極限了！不過，你們也別小看這樣的擺設，至少和陽世越相像，也就越能忘記自己已經死了的痛苦。」小孩兒是這樣給我們解釋的。

聽著有些悲涼的感覺，可是這個能力到底意味著什麼，好像與這座城的主人有一些連繫（它不是製造了如此之大的一個夢境嗎？），可是連繫在哪裡，我現在卻一點兒也想不出來。

「說了那麼多，都忘記告訴你們我的名諱了，我姓朱，名卓，字力之，當初爹取這麼一個名和字給我，意思就是要想成為高超不平凡的人，當努力之……可是說這些有什麼用，我十歲不到也就死了，怎麼又能成為高超不平凡的人？後來在陽世間，捨不得爹娘，捨不得家，就不去輪回了，結果，我家又添了兩個弟弟，加上我死前的大弟，我爹娘把心思都放在他們身上了，哪裡還會記得我？所以名字也就不要了罷，你們叫我小子就好，懶得再去想起陽世的爹娘，沒意思。」原來它叫朱卓，可看它的樣子，卻並不想再提起這個名字。

我敏感地感覺到，這個小孩兒說這話的時候，雖然老氣橫秋，卻壓抑不了心中的悲涼，已經形成了怨氣，難道這個看起來正常的朱卓也是一個冤魂？

想到這裡我皺起了眉頭，可是朱卓卻比我還在意這件事情，它猛地跳起來說道：「我怎麼會這樣說？感覺在抱怨我的爹娘！大師說過不能有怨氣，要懂得緣盡就緣盡，能放開的道理，我怎麼又心生怨念了？難道遲早會變成那副模樣？不，不行！我是走不進城內的，再變成那副模樣，豈不是比死掉更加痛苦？」

它自言自語，很是惶恐地說著，可是我卻發現我一句也聽不懂！可是，再聽不懂，我也抓住了句中的一個關鍵字。

但我還沒來得及發問，那邊慧根兒已經問道了：「你說，這裡有個大師？」

第一百零八章　新城的祕密

聽聞慧根兒的發問，朱卓的神情很平靜，也沒有什麼隱瞞，很直接對我們說道：「弘忍大師，你們在這裡待久了，自然也就知道他的存在了。」

「弘忍大師？你們這裡也能有和尚？他是在這裡做什麼？」聽聞佛門的消息，慧根兒自然比較關心，忍不住多問了兩句。

「弘忍大師為什麼會在這裡，具體的情況我也不清楚，反正這裡的城主是允許他存在的。至於和尚還能在這裡做什麼？自然是想拯救我們出苦海，接受他的超渡！」朱卓一本正經地說道。

但這個情況未免太過詭異了，我們都愣在那裡，就算想問，也不知道該怎麼問才好。

倒是朱卓自言自語地說道：「關於弘忍大師的事情，我也知道的不是太多，只知道每隔五天，他就會出現在西城中，因為那裡清醒的傢伙要多一些。他會念佛經超渡，也會講一些佛法。我以前是不去的，後來偶爾去了一次，發現自己清醒了不少，也就常常去了。」

「清醒了不少？」這句話說得讓我滿肚子疑問，不由得揚眉多問了一句。

而一直未發言的覺遠，終於在這個時候喃喃地說了一句：「那他成功了嗎？」

「在這裡，怎麼可能得到超渡？這裡就是地獄！」朱卓的語氣變得激動了起來，然後它不理覺遠，對我說道：「關於這個新城，你們知道的太少了，讓我慢慢說給你們聽吧。」

在朱卓的訴說之下，這個充滿了謎題的鬼城終於在我們面前慢慢地展開了關於它的一切，當然只是關於外城的一切，在這裡還有一個存在叫內城，暫且不提。

按照朱卓的說法，在這裡的鬼物大抵分為了三種，最多的是心中有怨氣未解的冤魂，其次就是心中的怨氣已經轉化為無邊恨意的厲鬼，最後一種就是錯過了輪回，流落到這裡的孤魂野鬼，當然，孤魂野鬼的構成比較複雜，有一些是漫長的歲月中，死在這裡的人們。

朱卓就是孤魂野鬼流落到了這裡。

「孤魂野鬼算是日子最好過的一種，也算是日子最不好過的一種。好過的意思是說我們是清醒的，不會像大街上那種被恨意衝得沒有了理智，只知道重複廝殺、吞噬、自殺的厲鬼。不好過是因為孤魂野鬼的能力怎麼能比得了怨鬼厲鬼？一不小心就被吞噬了。」關於孤魂野鬼，朱卓還這樣補充了一句。

而這個世界上，除了跳出了六界之外傳說中的神仙，是沒有什麼東西能恒古存在的，自然也包括了靈魂。

鬼物的本質是什麼，自然就是靈魂，是道家人都會知道一個常識，在外界，如果沒有陰氣的長期滋養，靈魂飄蕩久了，自然也會消散。

但在這裡，充斥著陰氣，沒有大量陽氣衝撞的世界，自然就是鬼物的天堂，所以在這裡的鬼物能存在的時間，理論上來說是很久很久的。

不過，以為這樣就相安無事了嗎？就是真的鬼物天堂了嗎？自然不是的。

是因為陰氣的純度問題！

在這個世間純淨的陰脈太少，而需要它的存在又太多，自然就被厲害的存在把持了，萬鬼之湖只是因為這裡是一個天然的聚陰陣，而形成了陰氣充足之地，和純淨的陰脈比起來，相差也就太遠。

這裡的陰氣原本就駁雜，更不要說就算是純淨的陰脈，被冤魂厲鬼這種存在利用久了，也會變得陰氣駁雜！

所謂陰氣駁雜，就是指陰氣中充滿了負面的能量，而負面的能量具體的剖析，很大一部分就是負面的情緒。

這樣的陰氣會給鬼物帶來什麼後果？

「後果就已經擺在了大街上，在這裡的環境裡待久了，冤魂就會變為厲鬼，厲鬼就會變為瘋子厲鬼。就連我們孤魂野鬼，也有變成怨鬼的趨向。」朱卓歎息了一聲說道。

是的，這才是真正問題所在的地方！怪不得朱卓剛才那麼激動，原來它是怕自己變得徹底不清醒起來，或許在生前，在它錯過了輪回的日子裡，它固執的留在家中，看見父母的悲傷已經漸漸平息，把感情轉移到了兩個弟弟身上，是欣慰的，但在這裡待久了，說法卻變成了，父母怎麼可以忘記它的怨，這就是這裡的陰氣在起作用。

這個作用不見得是緩慢的，對於心中本就有強烈怨恨的存在，這個作用就很快。但對於孤魂野鬼，特別是心態比較平和的，作用就相對小很多。

朱卓在絮絮叨叨的訴說中，說它在萬鬼之湖待了兩百多年，說明它的心態是比較平和的一種，畢竟身死的時候是小孩子，心思要純淨許多。

「你在這裡存在了兩百多年？可是這新城出現的時間並沒有這麼久，你以前是在舊城？」聽到這裡，我忍不住打斷了朱卓，雖然我們身在新城，一切的線索也指向新城，可並不代表我們對舊城就沒有一點兒好奇。

最關鍵的是，如果一定要對新城動手，舊城是什麼態度？是敵是友！

關於這個問題，朱卓歎息了一聲，這才說道：「舊城的問題先不提，你們新來的，聽我把這裡的一切慢慢說完再問吧。」

朱卓既然這樣說，我們自然也是不好再問，只能繼續聽朱卓說下去。

在萬鬼之湖的日子無疑是絕望的，在城裡待著的情況，就如同一個人知道自己的結局會變傻，變癡呆，變得什麼都不記得，而且會被恨所指使變得瘋狂……

可是出城去呢？更加不現實，因為這裡有一些高高在上的存在，怎麼會讓你輕易出城？在很多厲鬼徹底喪失理智以前，會瘋狂想要出城，想要有仇報仇，有冤報冤，在這之後魂飛魄散了也無所謂。

「可是它們的結局就是消失！有一個說法更確切一些，那就是被統一的吞噬了，進入了這座城，沒有鬼能夠自由出城。」朱卓歎息了一聲說道。

「可是……」肖承乾忍不住打斷了朱卓的話，只因為我們沿途而來，不要說鬼物不能外出這種玩笑，外面簡直鋪天蓋地的都是鬼物，湖村、湖底，就算自然大陣內的城外……

「我知道你們要說什麼，這是一個祕密。」朱卓忽然神祕兮兮地壓低了聲音，然後才對我們說道：「出去的傢伙，可以說是魂魄已經不完整的傢伙，就連這街上發瘋的厲鬼都比不上！這個說法在咱們新城已經流傳了很久了。」

「再說具體點兒？」我忽然想起了那些鬼物，我一直以來的懷疑，除了鬼羅剎比較有自我意識，其他的鬼物可以說靈魂中最精華的部分消失了。

這種精華是什麼？就是思想，思考能力！人類失去了靈魂，就是行屍走肉，而靈魂失掉了這部分精華，你可以理解為靈魂的行屍走肉，這樣想來未免可怕了一些。

面對我的問題，朱卓搖搖頭說道：「我只是一個小小的孤魂野鬼，關於這個城的祕密，我怎麼可能知道太多？你若真的想知道，就想辦法入內城吧？」

「入內城？」承心哥摸著下巴，眼鏡之下，眼睛微微瞇了瞇，這個傢伙到底是怎麼回事兒？我這時才發現，就算是靈魂狀態的承心哥也架著一副眼鏡兒，莫非他的眼鏡兒還是法器來著？

想到這裡我覺得有一些好笑，忍不住嘴角流露出了一絲笑意，我當然知道這眼鏡兒不是法器，他只不過想要人們看到他是這樣一副形象罷了，不過和一身道士打扮還真的格格不入。

承心哥隨意的自言自語，我隨意的一笑，卻不想在朱卓眼裡卻成了另外一個意思，它望著我們認真地說道：「看你們的樣子，就知道你們肯定聽說了內城的一些事，不過你們這也是有信心的表現吧，不然你為什麼會笑？」

它說的自然是我，可是關於內城的事情我是真的一點兒都不知道啊，所以面對朱卓的說法我有些茫然。

不過這熱情的傢伙是不會讓我茫然太久的，沒等我說話，它就說道：「你們肯定聽說了一點兒內城的事情，可是不完全，讓我來給你們講解一下吧。」

說起來，萬鬼之湖的日子是絕望的，因為結局就像寫好了擺在了每個鬼物的面前，但在新城也並不是完全絕望，在這裡有兩個選擇，可以讓這個結局有稍許的改變。

第一個選擇來自於那個神祕的弘忍大師，他莫名其妙地出現在三十幾年前，他在這裡執意的超渡，講解佛法，雖說沒能成功超渡一個鬼物，但也有效化解了很多鬼物的怨氣，延緩了它們喪失理智的時間，朱卓就是一個例子！

「如果能被弘忍大師成功超渡，是擺脫這個結局的最好辦法！但如今看來，這個辦法，或者說這個選擇是不現實的。」朱卓這樣評論道。

它說這句話的時候，覺遠不自禁轉動了幾下手中的念珠，臉色變得稍許沉重了一些，但接著眼神又變得堅定，神情又恢復了淡然。

我自然知道覺遠所想，也不說破，而是給了他一個鼓勵的眼神，然後望著朱卓問道：「那第二個就是入內城？」

「是的，就是入內城！在內城中有最純淨的陰氣滋養和最接近陽世一切的生活，甚至可以在一定的時候自由進出鬼城，這個選擇才是最好的選擇，也是這裡的鬼物最嚮往的選擇。」說起內城的時候，朱卓的眼中有著強烈的渴望，它舔了舔嘴唇繼續說道：「可是內城哪裡是那麼好進的，我也是想結識你們，搏一個機會。」

「這個話怎麼說？」難道朱卓看出我們的身份了，知道我們是外來者，如果知道了內城的存在，就算強闖也會進去？它在說這話的時候，肖承乾望向它的眼神已經有一些警惕了。

「其實入內城很簡單，就是有本事的鬼才能進入內城！當然這種有本事，還得在能保持著完全理智的情況下，街上這些瘋子就算了。」朱卓簡單解釋了一句。

其實也只需要解釋這一句就夠了，有本事的鬼物一般都是厲鬼，怨越大，恨越深，所帶來的能力也就越強大，你不要小看情緒激發靈魂力的作用，就算在人的世界，情緒也能讓人超常的發揮出潛力，更別提少了陽身束縛的靈魂狀態了。

但其中的矛盾就出現了，這種怨恨越深的鬼物，越容易受這裡的陰氣影響，走向瘋狂的地步，但世事也無絕對，有一種情況就是例外！

那就是那個存在本身的靈魂力夠強大，強大到可以壓制自己的怨恨情緒，讓自己不至於發瘋，這種天生的情況，就算化身為厲鬼在普通的世間，也是讓道士頭疼的角色。

不要以為靈魂力是均等的，在同等的條件下，有的嬰兒就是先天不足，而有的嬰兒就是強健，靈魂力也是這個道理。

如果是這樣，那麼入內城就是一件很艱難的事情了。

「我在樓頂上，一看你們就是清醒的存在。一開始我以為你們就是和我一樣的孤魂野鬼，新來的罷了……可是看見你們出手，我就知道，你們很厲害，看見你們我也就有了入內城的希望。」說到這裡，朱卓不好意思地抓抓頭，說道：「如果你們願意帶上我。」

原來它對我們如此熱情，除了寂寞，還有這樣的原因？看來存在了幾百年的傢伙，哪怕是一個嬰兒也不能小瞧它啊……

「說起來，曾經有個女鬼也是如此。」朱卓有些尷尬，沒話找話地又說了一句。

女鬼？莫非是郁翠子？我覺得我們大概已經找對了方向了。

第一百零九章　規則

有了這樣的想法之後，我毫不猶豫地開口問朱卓：「你說的那個挺厲害的女鬼，可是叫郁翠子？」

面對我的直接，朱卓一下子誇張地張大了嘴巴，瞪大了眼睛，一張小圓臉上做出這樣的表情未免有些好笑，讓我想起了年幼時的慧根兒，可是我還沒來得及笑出來，一雙小手就捂住了我的嘴巴。

「你竟然直呼大人的名字，那可是不好的，不好的！要不小心被誰聽到了，然後報給了內城，下場就是被吞噬啊。」朱卓的表情很認真。

果真是郁翠子啊，我心裡暗道。說起來我相信它的靈魂力可能天生強大一些，但我並不相信這種強大的靈魂力可以讓它在這麼短的時間內就成為鬼羅剎，一定還有別的玄機在裡面，這玄機可能也是我們來萬鬼之湖的目的。

毫不誇張地說，就以我的靈魂力強大的程度，我死後也沒那本事在那麼短的時間內成為羅剎。

不過，面對朱卓的認真，我的心底還是小小的溫暖了一下，這是一座城，有自己的規則和規矩，甚至還有人類世界特有的各種陰謀和競爭，唯獨就是缺乏真情在其中。

朱卓這樣的表現，也是一種關心，在鬼城這種地方，這樣的情緒就如鑽石一般的閃耀。

所以，我輕輕推開朱卓的手，摸了摸它的頭，說道：「知道了，我不亂說了。」心說，如果它知道，我已經和鬼羅剎交手兩次，對峙三次，它會不會「嚇死」？

朱卓有些不滿地拿開了我的手，對我說道：「別像對小孩子一樣的對我，我已經幾百歲了。」

我啞然失笑，倒是忘了這一茬，可在這時，覺遠忽然望著朱卓認真地說了一句：「你會得到很好的超渡的。」

我知道覺遠是認真的，不過朱卓不以為然，說道：「你是一個大和尚的打扮，但在這城中，無論是道士還是和尚打扮的都不新鮮，多了去了，幾百年間不知道多少和尚道士死在了這裡，變成了遊蕩在這裡的鬼，最後發瘋的也不少。你別以自己生前是和尚，就可以說這樣的話，放棄這樣的希望吧，進入內城最是要緊。」

覺遠不說話了，閉目，輕輕地轉動著手中的念珠，再睜開眼時，臉上依然是一副篤定的表情。

可是我心中卻是震驚之極，死去的和尚道士？那不就是說，原來曾經進入過這裡的圈內人，靈魂都沒有得到解脫，反而是在這裡……多麼悲哀的一件事，在這個時候我還真希望那個叫弘忍的和尚能夠成功，讓這些靈魂能夠得到解脫。

不過朱卓已經是懶得理會覺遠了，更不會察覺到我內心的震驚，它此刻的心思全被肖承乾的一個問題所吸引，正在滔滔不絕地講著。

肖承乾的問題很簡單，就一句話，「你說我們有資格進入內城，那具體要怎麼做？」

而朱卓最關心的就是這問題，自然講得分外認真，總結起來無外乎就是兩條，第一條我們已經知道，要保持清醒，當然這個不是一兩天的事情，而是在一定的時間內保持清醒，這個時限最少是五年，如果靈魂力特別強大，也可以放鬆一點兒，不過最少不能少於三年。

「任何鬼魂，在進入城中就已經會被記得，至於是啥辦法，我也不知道。總之，你們清醒了多少年，內城的大人心中是有數的。」朱卓認真地解釋道，可是我卻聽得心驚膽顫，我此刻的狀態是沒有辦法流汗，如果可以的話，我幾乎會冷汗滿身，這句話意味著我們進入新城，那個隱藏的敵人自始至終都是知道的。

如果知道，為什麼放任我們在城中亂走，甚至接觸這裡的鬼魂？它到底要做什麼？

大家都和我有一樣的想法，在朱卓訴說的時候，都忍不住彼此交換了一下眼神，然後又裝作若無其事，如果不這樣，還能有什麼辦法呢？走一步，看一步吧。

隨著朱卓的訴說，這第二條我才發現，我們也是知道的，那就是除了保持清醒外，還必須有強大的靈魂力，要到一定的底限，才能夠進入內城。

「這個底限就是打敗守在內城門口的四位守城大人，就可以進去了。說起來，你們呢，只是有了進入內城的資格和底子，如果要提高，還需要吞噬……」說到這裡，朱卓的臉色有些黯淡，低聲說道：「我自己覺得這是一件非常殘忍的事情，因為必須吞噬掉別人，別人也就魂飛魄散了！那是比死亡更可怕的事情，可是又有什麼辦法呢？這就是這裡的生存法則。」

我沉默，畢竟朱卓這種弱小的存在，每時每刻提防的就是不要被別的存在吞噬掉，它過得很小心，很艱難，連出門都不太敢，從和它的閒聊中，我們早已知道，這裡唯一安全的地方就是這所謂的房中，任何鬼物（除了內城的存在），都是不能進入房中爭鬥或者吞噬的，就算那些不甚清醒的鬼物也嚴格遵守著這一條。

那麼漫長的歲月，我可以想像，朱卓大半的時間都待在房中，守著一天又一天，那是何等的寂寞和絕望？

在沉默中，如月無意瞟了一眼窗外，卻發現有一個鬼物抓著另外一個表現得奄奄一息的鬼物進入了朱卓房間對面的那個客棧。

「啊？這個客棧不是擺設，還真有人進去？」如月驚呼了一聲，引起了我們全部人的注意力。

朱卓看了一眼，沒好氣地說道：「當然不是擺設，這裡每一座客棧都是我們最嚮往的地方，因為在這裡，只有客棧的房間，陰氣是比較純淨的。要吞噬一般都在客棧進行，你們看，那個奄奄一息的鬼物就是要被吞噬掉了，它在客棧會被做成菜，另外一半則是上繳給內城，做為代價，可以在客棧裡住上三天。」

朱卓說話的時候，那個鬼物已經進入了客棧，交出了手中那奄奄一息的另一個鬼物，坐在了靠窗的位置，開始等待起它的大餐了……

這種畫面本身並沒有什麼違和感，只是仔細想來卻是讓人毛骨悚然，活生生的吞噬，和人類社會人吃人又有什麼區別？

這和鬼頭之間的吞噬不同，也和四大妖魂吞噬鬼頭不同，因為鬼頭幾乎可以說是沒有自己意志，純粹邪惡的能量體……吞生魂卻……

朱卓見我們盯著客棧，很是認真地說：「看我，也沒有招待你們什麼。」說話間，就從凳子上跳了下來，打開一個靠牆的箱子，從裡面很是珍惜地拿出了一碟饅頭和一壺茶水。

這些又是什麼玩意兒？我好奇地望了朱卓一眼，至於承願則捂住了嘴，好半天才說道：「你……你也是吞噬別人？」

茶水和饅頭我們自然不會天真的以為是真的，聯想起剛才朱卓說的話，靈魂在客棧裡被做成菜，承願這樣的推測也不是沒有根據。

朱卓把饅頭和茶水擺上桌子，說道：「我哪有這個本事去吞噬別人，這些東西也不是靈魂力那種東西，只不過是弘忍大師布施的純淨陰氣罷了，這陰氣就等同於我們的食物，你們難道做了鬼還不知道？吃吧，我一直收著，捨不得吃，畢竟弘忍大師的布施也有限，我是好不容易才搶到一次的。」

朱卓這樣一說，我們又再次對那個弘忍大師充滿了好奇，不過也不忍心去吃朱卓的食物了，不過朱卓卻不在意，說道：「你們以後可能就是內城的大人了，是我的希望啊，能夠這樣結識你們，是我的幸運，你們吃吧，不吃我反而不心安。」

朱卓如此說，我們還能說什麼？只能分食了那碟饅頭和茶水，朱卓在我們的要求下，也跟著一起吃了，我們故意少吃，讓朱卓多吃了一些，看它滿足的表情，我不禁有些心酸，不只為它，也為這新城的鬼物……

原本是讓人痛恨的冤魂厲鬼啊，此時卻很難不對它們憐憫，怪不得大和尚們堅持要渡化這裡的鬼物，也怪不得覺遠師門的考驗會設在此處……

純淨的陰氣對靈魂的滋養是難以形容的，就算此刻的我們在吃下這些簡單的食物以後，也感覺到了全身的舒適，和一種異樣的滿足。

「你們去申領一座房子吧，你們的能力是有資格一入城就申領房子的。」朱卓嘴裡塞著饅頭，忽然這樣對我們說道。

接著，它又充滿希望地看著我們說道：「可不可以就在我附近啊？」

第一百一十章 鐘聲

朱卓問出這個問題的時候，窗外，那個等待大餐的鬼物已經等到了它的大餐，滿滿當當的擺了一桌子，跟陽間的飯菜無甚區別，它此刻正抓起一塊「烤肉」，正在大快朵頤，又不忘在大嚼的同時，給自己灌一口酒。

在這寂寞、絕望、紛亂的新城，又有多少靈魂能夠抵抗這樣的誘惑？

「非要在客棧內吞噬，是為了把一切都做得跟陽間一般嗎？」我沒有回答朱卓的問題，反倒是看著窗外這樣問道。

「是啊，內城的大人們說，這裡一切都會盡量貼近陽間，雖然我不知道這是為什麼，但是就是因為這樣，新城才比舊城有吸引力啊，我覺得這樣很好。就連弘忍大師布施的陰氣也是陽間食物的樣子，這樣有時能讓我感覺我還是活著的。」說到這個時候，朱卓的神情有些悲哀，又有些滿足。

這一切，看得我歎息了一聲，是啊，一切都做成陽間的模樣，自然是對鬼物有著莫大的吸引力，而通過這樣的規則和方式，也會為自己培養出來一批厲害的存在吧？

這個城的主人到底想要做什麼？而這個城的主人究竟是不是魍魎？郁翠子在其中又扮演一個什麼角色？其實我心中毫不懷疑，魍魎其實是有這個能力讓靈魂大夢一場的……如果它是厲害非常的魍魎。

想到這裡，我有些抱歉地望著朱卓說道：「可能我們不會住在這裡，因為我們的時間很緊迫，原因就不對你說了。不過，你可以相信這位覺遠師傅，他說你能得到一場很好的超渡，你就能。」

朱卓的臉上流露出一絲黯然，更多的則是失望，可是在這座城裡，那麼殘酷的環境下，誰都會有祕密，去打聽不見得是什麼好事兒。

朱卓嘴唇動了動，終究沒有問我們是為什麼，只是小聲問了一句：「時間會有多緊呢？」

我和季風約定的時間是三天，我認為湖村最多也不會撐過五天，若以三天為限，我們進入這個鬼城的時候，已經是第二天了，如果是以五天為限，我們的時間再多也不會多過三天的。所以，我對朱卓說道：「我們只有兩、三天的時間，我是指陽世的時間。」

朱卓哦了一聲，說道：「陽世的時間和這裡不同，這裡的時間過得要快得多，大概在這裡待上兩天，相當於陽世的一天吧。」

這個我倒是能理解，就如同當年的鬼市，不也是這樣嗎？我自覺待了很久，出來以後不過也只是一小段時間，你不能把夢境中的時間等同於現實的時間。

「這裡是怎麼確認時間的？」我望著窗外，窗外的天空是一種灰濛濛的，帶著幾縷淡紅的天色，和外面的湖面上那種紫紅色的天空有些很大的區別，我不認為這樣的天色，我能分辨出白天和黑夜。

「現在是白天，天就是灰紅色的，到了晚上，天就會變成黑夜，和陽世並沒有什麼不同，而城牆上所有的燈火也就會亮起了，等城牆上的燈只剩下八盞大燈的時候，又是新的一天了，天又會變成這種灰紅色。」朱卓這樣說道，語氣有些無奈，這樣看燈起燈熄的日子，他已經過了不少了吧？

「弘忍大師下一次出現會是什麼時候？」我又開口問道，通過對這座新城的瞭解，我已經對以後行動的方向整理出來了一個大概，那就是必須進入內城。

我們沒有時間去慢慢等著什麼考驗，然後進入內城，按照朱卓的說法，那需要按照城中的時間計算，待上了幾年才能實現。

所以，通過這一些談話，我有了兩個方向，第一個就是最直接的辦法，直接打進內城。第二個辦法，就是見到那個弘忍大師，他能在這裡不停地進行著超渡，講佛法的工作，一定就知道一些什麼。

按照這裡的時間和現實二比一的對比，我們可以再這裡待個六天左右，但如果在最後兩天才能等到弘忍大師，那於我們也沒有意義了，因為我無法估算我們會經歷怎麼樣的大戰，而且還要找師祖留下的線索，在最後才等到他，時間就已經不夠了。

看我這樣問，朱卓托著下巴想了一下，然後說道：「我之前說過，弘忍大師每五天會出現一次，基本上風雨無阻，很少有例外的情況。但你們想見弘忍大師，恐怕要等到四天以後了，因為他在前天才出現過一次……」

我一聽，臉色變了，這個情況比我預料最糟糕的情況稍微好了那麼一點點，那就是弘忍大師昨天才出現過一次。

看來，我們和弘忍大師怕是沒有那個相見的緣分了，想到這裡我歎息了一聲。

而在朱卓這裡，我們已經待了快接近一個半小時，是不能再耽誤下去了，這樣想著，我對朱卓說道：「我們對這個城不熟悉，已經迷路了。你能不能帶著我們在這個城裡轉轉，就是從這裡到內城這樣子的路線就可以了？」

說這話的時候，我很不好意思，因為我沒有什麼報酬可以給朱卓。

朱卓猶豫了一下，然後才說道：「帶你們去轉轉沒有問題，可是你們也知道，我沒本事，一般活動的範圍都不會出這條街，除了在弘忍大師出現的時候，會走得遠一些，還要依賴別人的保護，給別人保護費，帶你們去了，我一個人可走不回來。」

肖承乾一聽就樂了，說道：「小子，我們可不需要保護費。」

而我則溫和地說道：「我們會送你回來的，放心吧。」以我的記憶力，只要走過一次這樣的路，斷然就不會忘記，送朱卓回來也不是問題，磨刀不誤砍柴工，也不在乎這麼一點兒時間。

既然，我們已經決定打入內城了，時間也就充足了。

朱卓重重點頭，說道：「那行，和你們出去走一趟，這裡的一些存在知道我有厲害的保鏢，也就不敢欺負我啦。我也不用割肉了……」

「割肉是什麼意思？」如月好奇問了一句。

「就是保護費，割肉也就是割自己的部分靈魂力給它們啊，或者是在弘忍大師那裡得到了布施，分一大半給它們。不過沒事的，這裡畢竟是鬼城，都是陰氣，割肉過後，過些日子總能恢復的，弘忍大師超渡的時候，也能撫平這種痛苦。」朱卓說得雲淡風輕。

而我卻對朱卓充滿了憐憫，它是沒有被吞噬，而是被當成奶牛一樣的被這裡的所謂強者圈養了起來，細水長流的剝削它，它在這裡過得太不容易。

或者，這已經是這裡弱者的一種生存法則。

我無言地拍了拍朱卓的肩膀，說道：「相信我，這樣的日子不會太久了，你會得到解脫的，很快就會。」

朱卓疑惑地看著我，眼神中不置可否，顯然它對於我這個說法是不相信的，人的靈魂也是人，人性就是如此，絕望了太久，就算希望真的出現了，他也不會相信，情願保持著鴕鳥精神，繼續麻木下去。

比起一直痛苦頹廢的過生活，一直充滿希望地過生活，顯然是一件更難的事，每一天充滿了希望，也是一種對心靈的煉，可惜懂的人又有多少？

所以，我也不解釋什麼，只是對朱卓笑了笑，然後說道：「走吧，那這就出發。」

或許我們的存在給了朱卓極大的安全感，它也沒有反對，很自然的帶著我們就出門了，在跟隨著它走出了大門之後，朱卓還在絮絮叨叨：「我怎麼就這樣跟著你們出門了呢？萬一你們把我扔下，我找誰說去？可我還是願意賭一賭，我心底還是有些相信你們的。」

這種信任在這座新城裡有多難得？望著滿街的瘋子，我認為朱卓給的這一些信任多珍貴，這個城市至少在朱卓的身上還沒有完全的墮落和絕望……

走在街上，我們把朱卓圍在了中間，態度都對它盡量恭敬，不為別的，就為了它接下來幾天的日子會好過一些。

朱卓也意識到了我們這種行為，眼神中都是感激。

就這樣，我們默默走了十幾分鐘，快要走出這條街口的時候，在遠方忽然響起了悠遠、古樸、洪亮的鐘聲……

朱卓一下子變得激動了起來！

這鐘聲是有什麼意思嗎？我眉頭微皺，一時之間愣住了。

第一百一十一章　大師弘忍

我是愣住了，但是反觀覺遠和慧根兒卻完全是不同的神情。

慧根兒在聽聞鐘聲的那一剎那，一下子呆立街中，接著就閉上了雙目，神情也隨著悠遠的鐘聲，變得悲憫起來，整個人竟然顯出了一種莊嚴肅穆慈悲的氣場。

而覺遠的反應更誇張，在聽聞鐘聲的剎那，竟然流淚了，在周圍都是沒有理智的瘋子，在痛苦的嚎叫聲和癲狂的廝殺聲中，覺遠身穿白袍，站在街中，閉目流淚的那個場景，簡直就像電影裡一個永恆的定格，就那麼深深地刻印在了我的腦海之中。

我不清楚覺遠和慧根兒怎麼了，對他們的擔心讓我顧不上問朱卓什麼，而是在鐘聲暫停的時候問到慧根兒：「你怎麼了？」

慧根兒的神色肅穆，很認真地對我說道：「哥，我從來沒有聽見過如此慈悲的鐘聲。」

從鐘聲中能聽出慈悲之意？我還沒來得及開口，覺遠已經擦乾了眼淚，對我說道：「承一，這鐘聲一定是一個非常了不起的高僧，快要成佛那種才能敲響的，在這鐘聲中包含著他的個人意志，那是一種大慈大悲，悲天憫人，捨己也要渡人的情懷，聽鐘聲響起，能感受到他那股不能渡化這裡的罪惡，而衍生的悲苦，我是忍不住要流淚了。」

其實，我沒有搞懂的關鍵在於靈魂要如何流淚，只能猜測，在這整個城市都是一場夢的所在，覺遠是真的非常想要流淚來表達，所以我們就看見了這樣一副場景。

我想我是不用問朱卓什麼，也知道這鐘聲代表的是什麼了，為了確定一下，我對朱卓說道：「可是弘忍大師？」

朱卓興奮地點頭，說道：「就是弘忍大師！你們運氣真好，弘忍大師很少有這樣的例外，連續出現。」

是運氣好嗎？我有些懷疑，但也顧不得多想，對朱卓說道：「快帶我們去。」

朱卓自然是願意的，因為它自己也很想去弘忍大師那裡，按照它的說法，感受弘忍大師的超渡，聽弘忍大師講解佛法，能夠減輕它的痛苦，和讓它的靈魂清醒。

弘忍大師每次超渡講佛法的地方都是固定的，是在新城中的一處廣場，所以我們趕去的時候，發現路上密密麻麻的鬼物都是朝著那邊趕去。

在這一路上，我見到了最多的清醒鬼物，就連一些已經不甚清醒，眼睛發紅的鬼物也本能地朝著那邊趕去。

看見這一切，不禁讓我感慨，在這個充滿了各種負面情緒，獨獨缺少溫暖正能量的所在之地，一個人能在這裡創下這樣的聲名與威望，是多麼的不易。

我們隨著擁擠的鬼群前進，覺遠在我耳邊說道：「這就是真正的大慈大悲，從心底散發出來的慈悲所帶來的感染力，慘一點兒假，慘一點兒自私，都不可能有這種效果，不過是善鬼也好，惡鬼也罷，都是靈魂。而靈魂是最敏感的所在，你的善意與惡意，在它們眼裡總是直接的。」

應該是這樣的吧，因為在朱卓對我們莫名的信任上，我看到了這一點兒，如果不是靈魂的敏感，它何以在這種環境下，對我們幾個陌生人如此信任？

就算是在那陽世間，一個好人這樣遇見我們，也不可能這樣冒著危險，來信任我們。

弘忍大師所在的廣場離我們原本所在的那處街區不遠，只是三個街口的距離就到了，朱卓告訴我們，如若不是如此，它就算再渴求見到弘忍大師，也是萬萬不敢外出的。

我點著頭，此刻已經身在了這處廣場，這廣場的名字頗為恢宏，叫做「集軍廣場」，可以想像在這處寬闊的所在，千軍萬馬集結的景象，是多麼讓人震撼。

你可以感受到當初給廣場命名的這位的野心，也可以在此時感受這萬鬼齊聚的震撼，如果換成是軍隊又是怎麼樣一番景象？

廣場四周布滿了雕刻與塑像，無一不是惡鬼大將的形象，而且充滿了那種廝殺的慘烈感，廣場的地下也布滿了雕刻，低頭一看，那感覺不怎麼讓人好受，竟然是屍橫遍野的雕刻。

那些雕刻有的已經是風化的骷髏，有的則是將死未死的人，那感覺彷佛都是在人們的踐踏下，發出了最後的嘶喊聲。

這廣場的一切讓人不怎麼舒服，可隨著鬼潮的一聲聲歡呼響起，在廣場那個類似於點將台的地方，終於出現了一個人影。

隔得太遠，我看不清楚那個人影的相貌，只是模模糊糊的看見那是一個穿著灰色僧袍有些佝僂的身影，非常普通，非常不顯眼，可是隨著他一步一步走到點將台前，我的心裡竟然感覺到了一股仁和之氣在這廣場慢慢瀰漫開來。

這廣場是一個慘烈的地方，我站在這裡，就感覺站在一個剛剛結束大戰的戰場，卻不想這個弘忍大師一出現，竟然憑藉自己一個人的氣場就化解了這裡猶如戰場般充滿了廝殺、殘忍、暴戾、絕望的戾氣，讓人心生祥和。

我忽然就想到，覺遠在剛才聽見鐘聲時，評價他一句「已是快成佛的高僧」，絕對不是信口開河，這樣的大和尚是有資格去往極樂的，他卻選擇了這樣一個極苦之地。

慧根兒和覺遠望向那個身影的眼神，全是崇拜，而我卻已經開始思考一個問題，在這鬼物密密麻麻的廣場，我們是要如何擠到前面去，能和這位傳說中的大師交談幾句？

我低聲把自己的想法告訴了朱卓，朱卓卻搖著小腦袋說道：「這是沒有辦法的，沒人（鬼）肯讓一丁點兒位置，都恨不得越靠近弘忍大師近一些，等一下弘忍大師布施純淨陰氣的時候能夠多分得一些，而且傳聞中越靠近弘忍大師得到的安慰和舒服也就越多，誰肯讓？」

聽聞朱卓這樣的說法，我的臉色變得難看了一點兒，莫非還要讓我打進去，可是那又怎麼可能？所以只得問了朱卓一句：「怎麼是傳聞中？」

朱卓不好意思地抓抓腦袋，對我說道：「因為我從來都沒有爭取到靠前的位置，上次得到布施也是因為運氣。」

我無奈了，承心哥在旁邊聽到了這一切，也用頗為無奈的語氣對我說道：「等那弘忍大師超渡完畢以後，看看有沒有什麼辦法接近他吧？」

唯今之計也只有如此，我點點頭，剛想說點兒什麼，卻不想那個已經走到台前的弘忍大師卻開口說話了，聲音看似不大，卻傳遍了整個廣場：「此次來這裡，不為超渡，不為講解佛法，只為見得幾個命中註定的有緣人，大家都散去吧，那幾位有緣人自會來見我。」

他的聲音平靜卻充滿了慈悲，也不知道怎麼的，就算隔著幾乎一個廣場的距離，我也感覺到弘忍大師說這幾句話的時候，目光是落在了我們這一行人的身上。

弘忍大師說完這句話以後，就閉口不言，盤坐在了那個點將臺上，我有些擔心鬼物不肯散去，畢竟這幾句話說得模模糊糊，人人都可以認為自己是有緣人。

卻不想那些鬼物真的就這樣沒有任何怨言地散去了，沒有半點兒糾纏不清，只有一些鬼物猶豫著上前，弘忍大師半句話也沒有說，只是微笑搖頭，那些鬼物也就自覺地離去了。

看見這一幕，覺遠似有所悟地說道：「在原本就一心向善的人們心中博得一個大師之名不難，難得是在惡徒心中得到一個敬重，得到一點兒信任，而他卻做到了如此地步，阿彌陀佛。」

覺遠的話讓我從心底同意，同時也更加佩服這位佛門中人，能做到如此地步，能讓覺遠這種高僧都為之讚歎的人，天下間又有幾個？

擁擠的鬼潮在短短不到十五分鐘，就已經散得一乾二淨，我們為了所謂的低調，一直站在原地未動，直到此時，才發現我們是想也低調不了。

偌大的一個廣場，就只剩下我們和弘忍大師兩撥兒人，這樣隔著一個廣場遙遙相望。

「有緣人自會留下，是你們了，還不過來？」弘忍大師忽然開口，聲音遠遠傳來，依舊是平和而慈悲的。

這本就是我們早已預料到的結果，也說不上有多震驚，只是弘忍大師如此說了，我們就朝著他走去，相對於我們的平靜，興奮的是朱卓，它已經激動到快暈過去了，一邊走，一邊顫抖地不敢相信地說道：「我也會和弘忍大師有緣嗎？」

我們沒有回答朱卓的問題，只是走到了弘忍大師跟前，仔細看著他時，我們才震驚得異口同聲地喊了一句：「是你？」

第一百一十二章　我就是

這也怪不得我們會驚呼，因為在不久之前，我們就曾經見過他，還是他把我們帶來這裡，指引著我們進入了這個新城。

對的，就是那個擺渡老者，之前我就一直懷疑他是一個大和尚，沒想到他還真的是一個高僧，雖然現在他的形象和外面的他的形象有所區別，沒有了那大鬍子，僧袍也不是打滿了補丁，破破爛爛的樣子，可是眉眼間總是不會錯的。

「你怎麼會在這裡呢？」開口發問的是慧根兒，顯然他沒有辦法將這兩個形象連繫起來，一個是冷漠而看透紅塵的樣子，一個卻是大慈大悲充滿了悲天憫人情懷的模樣。

至於他為什麼不在擺渡的時候和我們說清楚，他怎麼也到了這裡，已經完全不是慧根兒問這個問題的關鍵了，他只是想再次證明一下，這兩個人到底是不是一個人？

面對慧根兒的問題，弘忍大師只是微笑看著慧根兒，眼中頗有深意，但慧根兒如何能知道？只是愈發疑惑，急得抓耳撓腮，倒是我，看出了其中一點兒微小的差別，就是在外面那個擺渡老者的眼角有一條疤，像是什麼嚴重的傷口留下的，而弘忍大師沒有。

那條疤不大，也就小指甲蓋兒大小，不是偶然看見，我也不會注意，沒想到在如今卻給了我一個答案，我脫口而出地說道：「你不是外面那個擺渡人，因為你沒有那個疤！」

激動之下，我指著眼角比劃著，或許只有我一個人注意到了這個細節，所以在我說出來以後，大家都有些莫名其妙地看著我。

倒是弘忍大師再次笑了，說道：「阿彌陀佛，到底被你發現啦。外面擺渡的是我弟弟，也是我的守護僧，他是弘業，弘忍是我。」

「啊……」慧根兒忽然反應激烈了起來，也顧不得禮貌指著弘忍大師，除了震驚得從喉嚨裡發出「啊啊」的聲音，竟然是說不出話來。

我見慧根兒憋得難受，輕輕擊打了幾下慧根兒的後背，才讓慧根兒緩過氣來。

弘忍大師彷佛是有一顆童心，看見慧根兒這個樣子，露出了一個笑容，和擺渡人弘業大和尚那有些冰冷的笑容不同，他的笑容有著一絲毫不作偽的童真，他說道：「大夢一場，不知是夢也是一種痛苦，真的靈魂哪會有陽身那種被話噎住的感覺，你說對嗎？」

大夢一場呵……

可是慧根兒卻也顧不得那許多，對著弘忍大師低頭便拜，看樣子是準備磕頭，卻被弘忍大師一把拉住，低聲問道：「慧覺那小和尚可還好？」

慧大爺？竟然莫名提到了慧大爺，此刻激動的可不是慧根兒一個人了，而是除了路山和陶柏以外我們所有人，我更是激動得全身都忍不住顫抖，只因為慧大爺總是和我師傅在一起的，如今有一個人用小和尚這個稱呼來稱呼慧大爺，我就如見到了親人一般，如何能夠不激動？

而慧根兒被弘忍大師拉起來以後，已經是快要哭了，只是靈魂狀態，除非是覺遠那樣忽然有所大感，否則是不可能真的掉出眼淚的，可這並不妨礙慧根兒用哭腔說道：「我已經很多年，是七年，還是八年沒見過我師傅了。」

慧根兒沒有說出具體的原因，或許在這種時候，就是千言萬語偏偏無從說起的時候，卻不想弘忍大師歎息了一聲，說道：「一定是隨著立淳兒那個癡兒去找尋昆侖了吧，昆侖是立淳兒的執念，而慧覺和他的友情，又何嘗不是慧覺的執念？人人都有執念，就如我，想渡化此地也是執念，到死也不甘休啊。」

說完這句話以後，弘忍大師唱了一句佛號，最終才幽幽地說道：「心中是否有執念，就是凡人和佛陀的區別了吧。」

我不懂這執念一說，就如我不理解，對善的追求怎麼也會成了執念，或許我沒有到那個層次的高度，在弘忍大師的感慨中，我只注意到了一句話，到死也不甘休？難道……

弘忍大師察覺到了我的心思，對我說了一句：「我在十年前就已經死了，靈魂留在此地，只為繼續渡化這萬千掙扎受苦的靈魂，阿彌陀佛。」

說這話的時候，弘忍大師神色平靜，談論自己的生死，就好像在談論今天吃飯了沒有這種簡單的事情，可我們卻一點兒也不平靜，這是何等的情懷？不管按照道家或者佛家的說法，像弘忍大師這種靈魂，是完全可以超脫的，甚至擺脫輪回之苦也不一定，他竟然留在了這個地獄？

但關於這件事情，弘忍大師不願意多談論，就如他不願意多評價我師傅和慧大爺的行為一般，但慧根兒終究是掉了眼淚，也顧不得弘忍大師的反對，再次跪了下去，納頭便拜，生生磕了三個響頭，雙手合十說道：「師祖在我眼前，我竟然過門而不識，如今師叔祖在我眼前，怎麼也得先跪先拜了再說，回頭再去給師祖磕頭。」

師叔祖？師祖？這兩個稱呼在我心裡引起的震驚就如同海嘯一般，按照慧根兒的說法，我們見到的擺渡人竟然是慧大爺的師傅，眼前這位竟然是……

慧根兒的話剛落音，覺遠也跪下了，也是不管不顧就要磕頭，卻被弘忍大師拉住了，他說道：「他拜我，還是情有可原，你拜我卻是受不得，因為嚴格說來，我和我師弟（弟弟）是一個岔子，我也不屬於你們這一脈，你是拜不得的。」

覺遠吶吶的，也不知道說什麼，只能歎息了一聲，站起身來，對著弘忍大師行了一個佛禮，說道：「大師雖然不屬於我們這一脈，卻是百年來我們這一脈所行之道中，最出色的一個人，覺遠如今不能跪你，可心中的尊重卻是三拜九叩都不能表達的。」

弘忍大師卻搖頭笑說：「活到我這個地步，世間一切禮節都已經不再重要，心中敬重就是真的敬重，若是心中不敬，臨時抱個佛腳，做足全套禮節又有何用？罷了，我也當不得這最出色的第一人，法照他可還好？當年他才是那第一人吧，和道家的老李來這裡真真是做了一件兒了不得的大事。」

我又再次聽到了師祖的消息，原來覺遠那個進入萬鬼之湖的前人大能，法號法照啊，他就是和我師祖進入萬鬼之湖的那個人？

面對弘忍大師的問題，覺遠趕緊恭敬答了：「師叔祖進入萬鬼之湖以後，就已心力耗盡，在不久之後，就圓寂了。」

弘忍大師聽聞歎息了一聲，然後說道：「他也算圓滿了，和老李做了那一件了不得的大事，我只能步他後塵，和師弟來到此地，為他守著這一切，你們到了，契機也就到了。」

說到這裡，他忽然補充了一句：「在當年，我以為應該是立淳兒和慧覺那個小和尚，來引發這個契機的，沒想到來的都是孫子輩了，呵呵……」

弘忍大師又露出了孩子一般的笑容。

可我卻在想，原本應該是我師傅他們來的嗎？看來這中間還有不少的祕辛啊，但弘忍大師卻好像有些著急，不願意過多解釋一般，在我疑惑的眼神下，只說了一句話：「不過，也應該不是他們，因為我來到這裡以後，才知道了老李的一個說法，說他這一輩的徒弟引發不了這個契機，還得等後輩啊。」

原來如此，看來這件事情就是冥冥的命運，牽引著我們來到了此地，而師傅他們則故意避開了此地，那到底慧大爺知不知道自己的師傅在此呢？其實慧大爺一次也沒在我的面前提起過自己師傅的事情……

弘忍大師的這番話讓我腦中的念頭千回百轉，卻每一個都沒有答案，一切都指向了我那個神人一般的師祖，是他安排好了這一切，掐算好了每一個命運的節點……

「我時間已不多，這次例外出來，也是耗費了代價，哪位是立淳兒的徒弟。」弘忍大師忽然開口問道。

原來時間真的不多，這到是證實了我的猜測，弘忍大師能在這裡做這一切，誰說不是付出了代價，我心中雖有疑問，但弘忍大師問起，我哪裡敢怠慢，連忙站了出來，應了一聲：「我就是！」

第一百一十三章　驚天一幕

「你是立淳兒的弟子？按你們老李一脈的那德懶的性子，一脈只收一個徒弟，你就是那山字脈唯一的弟子了吧？」弘忍大師喚我過去以後，卻是多問了一句，看我的神情也同看慧根兒和覺遠一樣，透著一股子親切勁兒。

我對這個大和尚有著一種來自心底的尊重，連忙答了：「小子陳承一，正是老李一脈山字脈的弟子，不僅是我，我們老李一脈所有的弟子都來了。」

弘忍大師點頭，對著我們所有人一一微笑，然後對我說道：「你過來吧，這次時間已無多。」

這是弘忍大師第二次催促我過去了，我有些奇怪，我明明已經離他很近了，這又是什麼道理？

望著弘忍大師不停地衝著我招手，我只好又往前走了幾步，這幾步只是平常的幾步，讓我和弘忍大師的距離更近一些，卻不想當我邁到第三步的時候，整個城市都在顫動。

幹嘛，這是地震了嗎？我站在點將臺上，並沒有什麼驚慌的感覺，道家人或許少了一些佛家人的慈悲情懷，多的只是順應天道的是非觀，是那惡的，蕩它個乾乾淨淨又如何？

在我心中，這座新城如此罪惡，早就不應該存在！

看著我平靜的神色，大家的神色也從最初的有些不解和驚慌，變得平靜了起來，弘忍大師露出一絲欣賞的微笑，繼續坐在那裡看著我，那眼神分明是鼓勵我再進幾步。

那就索性再進幾步又如何？我大刺刺地往前走，整個城市晃動得越來越厲害，我心中明白，這一定是接觸到了了不起的祕密，這個城市才會有這種反應，我哪有退縮的理由？

晃動讓我的步伐變得艱難了起來，卻也是走到了弘忍大師的身旁，就差我的腿沒有貼著弘忍大師盤坐著的身體了。

「好，那你就看仔細了。」弘忍大師原本充滿了慈悲的神色忽然變得嚴肅了起來，接著他的周圍忽然金光大放，在這灰的天，黑的地，整個暗色調的城市裡這來自點將臺的金光是如此耀眼，這是佛家人最純淨的法力化為的佛光，我身在這金光的正中，還隱隱能聽到梵唱的聲音，可見弘忍大師一身法力是如何精純。

我不明白弘忍大師要做什麼，只是沐浴在這金光之中，我的心態也是如此安寧祥和，這個城市搖晃得愈發厲害，但我的心情竟然是一片平靜。

「哼……」一個聲音不知道從哪兒傳來，帶著一種我形容不出來的慘烈殘暴的氣息，瞬間就響遍了這座城市。

這個廣場，是建立在一個半山的山坡上，感覺上是山被削去了一半，然後建造的平臺，所以從這個廣場最高的點將台之上望去，能看見這個城市的小半建築。

隨著這一聲冷哼聲響起，我看見目光所及之處的密密麻麻的鬼物竟然集體跪下了，不管是清醒的，還是發瘋的，就那麼整齊劃一的跪下了。

朱卓臉色蒼白，也想跪下，可是被覺遠緊緊拉著，他說道：「靈魂都是平等的，善惡才將它們劃分了等級，你的靈魂比這個聲音的主人乾淨，你憑什麼要跪？」

朱卓急得快哭了，嘴上念著「我，我……」神情異常惶恐，就是說不出話來，無奈覺遠雖說文質彬彬，也是有法力之人，他執意不讓朱卓跪下，朱卓又怎麼跪得下去。

面對這種巨大的變故，弘忍大師只是睜了一下原本閉上的眼睛，然後就又閉上了，而我就站在弘忍大師的身旁，他不讓我離開，我自然是不會離開。

「弘忍，你不遵守約定。」一個冰冷的聲音突兀地出現，還是和那聲冷哼一般，響徹了整個城市。

那些跪著的鬼物更惶恐了，身子埋得更低，從我這裡望去，竟然看見了陣陣波動，這種波動是很多人一起發抖造成的，看到此時，我心中已經明瞭，除了這座城的主人，還有誰能有這種威勢？

這句話不過是帶著責怪，再平常不過的一句話，可是竟然帶著碾壓的威勢，讓弘忍大師的佛光都隱隱有破碎的跡象。

面對這種責問，弘忍大師終於再次睜開了眼睛，開口說道：「出家人不打誑語，我從來沒有不遵守約定，你和我的約定並不包括我不能引動契機，就算我引動了契機，我和你的約定，就是那個賭約，依舊是存在的。」

說到這裡，弘忍大師頓了一下，忽然帶著嘲諷的語氣反問道：「莫非是你怕了？」

「放肆！」那個聲音竟然被弘忍大師這麼一句輕描淡寫的反問，引動了怒火，一句放肆，竟然讓整個城市地動山搖，顯得恐怖之極。

看那城外巨大的護城河河水咆哮而起，捲起巨大的浪花，夾雜著痛苦嘶吼的亡魂，撲向天際，復又落下，看我們所處的這座山，竟然滾下了大塊大塊的黑色落石，咆哮而來……

伴隨著那聲放肆之聲的，還有一聲獸吼，也是具有極大的威勢，引動我靈魂深處的傻虎忽然就按捺不住，想要衝出來，被我強行壓制住，卻在我靈魂深處咆哮不已。

這聲獸吼我自然不陌生，在入湖之處，就是它的一聲吼叫，讓郁翠子退去，也同樣是它，讓傻虎頗不服氣地長嚎不已。

「你……」弘忍大師忽然驚醒地望了一眼，然後又望向了我們老李一脈的幾個人，忽然就暢快大笑起來，叫道：「好，很好！」

我不知道好什麼，可是弘忍大師也一樣不解釋，只是說了一句：「我在你夢中，一舉一動你自然知道，你怕什麼？這個新城當有一劫，早在很多年前就埋下了種子，你不是野心滔天嗎？你不是萬丈雄心嗎？難道連應劫的勇氣都沒有？躲得過嗎？」

說到最後，弘忍大師動用了法力，那一聲躲得過嗎？竟然也是響徹了全城！

隨著這個聲音的落下，那原本地動山搖的城市忽然就平靜了，護城河平靜了，山上滾滾而來的落石也突兀消失不見了。

那個莫名的聲音忽然平靜了下來，連說了三個好字，然後就完全平息了。

我原本身處在其中，在這場無聲的爭鬥中，不覺得有什麼，但此時一切平靜過後，我卻發現我從靈魂深處感覺到巨大的壓力，這就是所謂的後知後覺嗎？

可是弘忍大師卻不給我回味的時間，衝我大吼了一聲：「陳承一，你且看好了。」

這句話說完，弘忍大師全身金光大放，接著他猛地站起身來，幾乎是有些狼狽地退到了一旁，接著我看見在他身下的位置，亮起了淡金色的陣紋，以他身下的位置為起始點，這淡金色的陣紋竟然朝著全城蔓延而去，我站在點將臺上，心潮激蕩，這是一幅何等壯觀的景象。

可是這還沒有結束，隨著金色陣紋的蔓延，在這種城市的四個角落，忽然間沖天亮起了更加盛大的金色光芒，就像四道光柱，照亮了整個城市。

在這一瞬間，我發現城中我目光所及之處的鬼物都剎那間靜止了，包括朱卓在內，表情定在了惶恐的那一刻！

我無法形容心中的感覺，因為在這一瞬間，我就知道了……知道了師祖留下的契機，知道了這是一件何其偉大的事情！

陣紋蔓延到一定的位置就停止了，從我身處的位置，只看得見那是一片茫茫黑霧籠罩的地區，而四道沖天的光柱也黯淡了下來，漸漸消失不見……

「你應該知道，這樣的光柱是五道，還有一道，就在我身下的位置。」弘忍大師有些虛弱地對我說道。

我鄭重衝著弘忍大師點了點頭。

「這週邊大陣也就罷了，多少年來，包括我在內自有守護，讓它不被破壞，一切的關鍵都在內城，知道了嗎？」弘忍大師再次對我說道。

「我要怎麼做？」我心中激動，聲音都有點兒發顫，那一刻的我忽然沒有自信，認為我能夠做好！

弘忍大師的目光落在了我手腕上的沉香串珠上，想說點兒什麼，卻忽然對我說道：「時間來不及了，我得遵守約定，你記得到了內城，你自然也就明白了。那光柱的位置一定要記住。」

說完這話以後，我看見一隊的身影忽然朝著我們所在的廣場衝來，弘忍大師淡然一笑，又走到剛才盤坐的位置，盤腿坐下，閉目，不再言語。

而剛才那蔓延整個城市的陣紋，已經完全消失了，那些被定格的鬼物又恢復了過來，包括朱卓在內，此刻正有些迷茫地在回想，它們並不知道這個城市發生了那麼驚天動地的一幕。

第一百一十四章　大慈大悲

我盯著那一隊衝上來的身影，輕輕地握住了雙拳，在這個鬼物的世界，更容易感覺到惡意和善意，以我的靈覺，我自然是感覺到了衝上來這隊人充滿了惡意。

承心哥站在我的身邊，老神在在地把手攏在袖子裡，神情平淡，但在眼鏡後的眼睛已經微微瞇了起來，他開口問我：「承一，有情況。」

「我不知道是什麼情況，不過來者不善。」我低聲對承心哥說道。

「哦，沒事兒，那就動手吧。」說這句話的時候，承心哥啜了啜牙花兒，看起來頗有幾分狠戾的樣子，我詫異地望著承心哥，啥時候變得這麼暴力了，不是溫爾文雅的春風男嗎？

看著我詫異的目光，承心哥忽然轉頭，非常憤怒地盯著我，惡狠狠地說道：「陳承一，你是不是覺得老子就不該做爺們的打架？覺得老子就該去魅惑別人什麼的？是不是覺得老子就是一隻男狐狸？」

「啊……？」我完全沒有想過這個問題，不過看著承心哥的眼神，我「不寒而慄」，啊了一聲之後乾脆閉口不言。

在我身後，肖承乾已經笑得抽筋了，成功把承心哥剛才對我的仇恨轉移到了他身上……

我懶得理會這兩個發神經的人，而是繼續看著那一隊身影，此時它們離我們已經很近了。

這個距離，我已經可以清楚看見它們穿著黑色的斗篷，整張臉都掩藏在斗篷之下，頗有幾分神祕色彩，到了這個距離，我發現這些鬼物並不是衝我們來的，它們徑直衝向了弘忍大師，它們是來找弘忍大師麻煩了。

看見這一幕，我朝著弘忍大師走了一步，卻不想弘忍大師有所感，忽然就睜開了眼睛，對我們說道：「安靜地站在一旁吧，這是我和這個城市主人的約定罷了。」

說話間，那隊鬼物已經走到了弘忍大師的面前，領頭的兩個鬼物冷笑了一聲，從斗篷裡各拿出了一個鉤子，直接而利索地鉤向了弘忍大師的鎖骨。

「住手！」幾乎是同時的，我、慧根兒和覺遠都大喝了一聲，慧根兒直接一把扯掉了他上半身的僧袍，朝前衝了兩步，身上的血色紋身竟然感覺隱隱流動了起來，就如同身上的血色金剛活了過來。

那兩個鬼物根本不理會我們，其中一個接連冷笑了好幾聲，另外一個說道：「你們什麼身份，我們城主大人早就知道了，慌什麼，總有動手的時候，可這老和尚的事情，你們還是不要理會的好，他也不允許你們動手的，不然你們問他？」

那鬼物說話的聲音沙啞難聽，中間充滿了嘲諷之意，讓我心頭怒火陡生，眼看著那對鉤子就要鉤進弘忍大師的鎖骨，我哪裡還顧得了那麼多，衝著那個鬼物怒笑了一聲，下一刻就開始掐動手訣！

「你們住手罷，約定是不可能破壞的，讓它們繼續吧，這樣的苦不是苦，哪裡能和我心頭之苦相比？在我入城之後，這樣的事情就一直在繼續，我已經習慣了。」弘忍大師的聲音平靜，在他說話的時候，那對鉤子已經穿過了他的鎖骨，他連語調都不曾變過。

我憤怒得幾乎是全身都在發抖，慧根兒怒目圓睜，捏著拳頭，因為忍得辛苦，手臂上的青筋都已經爆出，至於覺遠，則是直接閉上了雙目，可是看他抽搐的臉頰，他的心情並不平靜。

「苦海無邊，但我相信總有渡盡的一日，若你們能夠成功，我的苦也算到了盡頭。去吧……」那兩個鬼物已經開始扯著鉤子上相連的鏈子，拉扯著覺遠大師，而弘忍大師深深看了我們一眼，站起身來，很是坦然跟著那一隊鬼物走了。

「等等，你們這是要帶我師叔祖去哪裡？」慧根兒忽然喊道。

那隊鬼物的領頭人轉過身來，望著慧根兒，語氣輕佻地說道：「既然是你師叔祖，你難道還不知道他許下的約定？我們城主大人和他打賭，看是他先變成咱們城內的一份子，還是咱們城內的人（鬼）被他渡化。所以，我們准許他每五天出來一次講啥佛法，做啥超渡，他也得接受咱們城內的刑罰，自願到那陰氣最駁雜之處接受一下『洗禮』，不公平嗎？」

聽聞這番話，我的腦子嗡嗡直響，忽然就恨透了這個鬼城的主人，它看中了弘忍大師的能力，一心就想用充滿了負面情緒的陰氣，還有殘酷的刑罰讓弘忍大師屈服同化，變成為它所用的真正厲鬼。

而弘忍大師大慈大悲，寧可忍受這般折磨，放棄靈魂前往極樂的機會，也要渡化這裡受苦的鬼物，順便守護著我師祖留下的，這裡的鬼物能得到解脫的契機。

這所謂的約定，到了這時，幾乎是一清二楚的事情了，弘忍大師從入城以來，就一直受著各種折磨，而慈悲地對待著這裡的鬼物，甚至在陰氣駁雜之地，用自己的一身功力，淨化些許陰氣，盡力挽救一些鬼物，就如朱卓這樣的鬼物，讓它們盡量能多清醒一些時間。

大慈大悲，真真兒大慈大悲的高僧。

「走吧。」弘忍大師看著我們悲痛的神情，自己的神情卻依舊平靜，然後頗有深意地望了我一眼，開口說了一句話：「不只我。」

「還囉嗦什麼？」那邊領頭的鬼物已是極不耐煩，又拉扯了一下弘忍大師鎖骨上的鎖鏈，弘忍大師則不再多言，跟著這些鬼物走了。

慧根兒的牙齒咬得咯咯作響，我拍了拍他的肩膀，發現火燙一片，這小子完全已經熱血上湧了，我輕聲在慧根兒耳邊說道：「我也忍得很辛苦，所以，就更快一些去辦事吧。」

慧根兒長呼了一口氣，鬆開了自己的拳頭，勉強對我擠出了一個比哭還難看的笑容，然後對我說道：「哥，我知道，我們現在就去吧。」

我搖搖頭說道：「現在倒是不急著去內城了，因為在外城還有幾件事情要辦。」說話間，我就已經開始在這個廣場四處找尋起來。

「承一，還有什麼事情？」開口詢問我的是覺遠，我看他的表情，內心的憤怒與焦急比起慧根兒也是差不多的，我剛欲解釋，卻發現在朱卓在一旁抖得厲害，看樣子很是害怕。

「小子，你怎麼了？」我看朱卓這個樣子，顯然是怕到了一定的程度，不由得詫異地問了一句。

「你們……你們是和城主大人作……作對的？」朱卓抖了半天，才忽然冒出這麼一句話來。

我歎息了一聲，覺得事情怕是應該和朱卓說一下了，如今這個形勢，我們和這座城幾乎是你死我活的局面了，沒必要連累無辜的朱卓。

它從某種意義上來說，也算幫了我們，我們大家也不介意為朱卓耽誤這一點兒時間，於是我很乾脆地在這廣場坐下了，對著朱卓招招手，讓他過來。

朱卓老老實實地走了過來，挨著我坐下了，我看得出來它是不敢反抗，在它看來敢和城主大人作對的人，一定是極有本事的。

「你怎麼知道，我們是要和城主大人作對的？」我盡力和善的問朱卓。

「我不知道，我什麼也不知道。」朱卓慌忙解釋道，可是對上我的目光，它又不敢爭辯了，小聲說道：「黑衣黑袍，是內城執法隊大人們的標準打扮，它們最愛把不聽話的傢伙丟入那護城河內，這城裡誰不知道它們啊？我害怕。」

「你也害怕被丟進護城河？」我笑著問朱卓。

「嗯。」朱卓對我重重點頭，樣子很無辜，在這時，它也不可以裝著中年男人說話的聲音了，而是變成了一個童音。

「那好，現在我也不瞞你，給你說清楚我們是什麼人吧，你自己選擇要繼續給我們帶路還是怎麼樣吧？」我平和地說道。

在這座城，留給我們和平的時間已經不多了，可能也就只剩下接下來的一點兒時間了吧。

第一百一十五章　陣法之謎

我盡量把能對朱卓說的事情，都簡單地給朱卓說了一下，就算刻意隱瞞了一些比較敏感的事情，但中心是明確的，那就是很直接地告訴朱卓，我們也許會毀了這座城市，或者說毀了這一場夢。

在這夢中，我們是極其被動的，從我們入城開始，就入了這個所謂城主的「千秋大夢」，就如那陣紋初現之際，所有的鬼物都暫時停止了活動，就是因為它們身處在這個城主的「夢」中，所以可以被暫時的克制行動，我們因為初入城，也就是入夢不深，又有弘忍大師的刻意庇護，才沒有受到多大的影響。

「好了，朱卓，能說的我都已經對你說了，你自己選擇吧。如果你還願意給我們帶路，到時候我們若是失敗，你可能就和我們徹底撇不清關係，面臨和我們一樣的下場。如果你不願意給我們帶路，我們現在就送你回去，這樣你所謂的罪責輕一些，到時候在一定會失敗的時候，我也有辦法讓你在這裡繼續待下去，我會讓弘忍大師保你。」我認真地說道。

是啊，如今我們都是在這個城主的夢中，這裡的一切就算它不是完全清楚，至少也能清楚一個大概，這畢竟是它的夢，或者嚴格地說，是它以入夢的能力，造出了一場巨大的幻覺。

朱卓聽聞我說完，低頭開始沉思，過了好半天，它才抬頭對我說道：「你剛才叫我的名字

——朱卓！在這萬鬼之湖，我已經待了好多好多年啦，快要忘記別人叫我名字的感覺了。這感覺真好，比麻木的，毫無希望地待在這裡好，其實……」朱卓的聲音漸漸變得有些小了。

「嗯？」

「我根本不怕魂飛魄散，那對於我來說，只是一種解脫，我不介意你們失敗，跟著你們一起魂飛魄散。我怕的只是比我現在環境更糟糕的無止盡折磨，我怕在以後我已經忘記了自己是誰，還在痛苦中一天天地存在著，也好，總算一成不變絕望的生活起了一些波瀾，我給你們帶路吧。」朱卓抬起頭，非常認真地對我說道。

「其實，我們很有可能失敗的，我沒多大的把握。」我說的是實話，契機已現，可是究竟我能完成它的把握有多大，我根本不知道。

「無所謂了，不管是人還是鬼，如果一直幸福著，心中輕鬆，活下去倒是一件兒天大的好事兒。但是在某種環境下，無止盡地存在著，反而是痛苦，何況還求死不能，這裡的城主怎麼可能讓你死？我已經決定了。」朱卓說到這裡的時候，反倒灑脫了起來。

它停了一下，緊跟著又補充了一句：「我沒本事，幫不上什麼大忙，但在這建城之處，清醒的人（鬼）還多的時候，我天天都在這座城中遊蕩，這裡的一切至少我是熟悉的。」

「我會盡力保你平安的。」我也認真地說道。

但朱卓那句「清醒的人還多的時候」，讓我頗有感慨，這座新城的主人需要的炮灰怕也是不少啊，這裡的陰氣是它可以讓它更污濁的吧？這裡那些失去了思想的靈魂也是它刻意培養的吧？

謎題很多，但我總會解開它。

陣紋只出現了一小段時間，但由於我身處在這個廣場，所以這裡的陣紋我是看了個清楚，就算沒看清楚也沒關係，因為這個陣法從師傅開始傳我術法以來，就一直在教導我。

不僅是教導我，每次考校我時，這個陣法絕對也是需要考校的內容之一。

因為這個陣法複雜之極，一開始我是一部分一部分的學習，到後來，才是熟悉整個陣法，隨著年深日久，加上我深厚的底子，為了應付師傅的考校，這個陣法我簡直是熟悉之極，如同刻進了靈魂一般。

所以，一見之下，我就把它認了出來，但我沒想到它真的會存在，還有一天會活生生出現在我眼前。

思緒有些亂，又回到了那一年還是青年時，北京的四合大院。

「師傅，你呢，要不然就是常常不在，一出現就忙著考我。你說老實話，是不是想找個理由揍我過過手癮？」下午的四合院，慵懶的陽光，熟悉的躺椅，一壺茶，老神在在的師傅，怨氣沖天的我。

「不愧是我徒弟，你說你咋就這麼瞭解我?就算你看破了我是想找機會抽你，你也得給我好好的應對，難道還跑得掉?」師傅眼睛一睜，對著我屁股就是輕輕的一腳。

屁股是沒有多疼，可是我還是誇張地倒退了幾步，嘟囔道：「也不能有個師徒溫情的時間，沒有也就罷了，還盡考些沒用的。」

「啥意思？」師傅端起茶壺，哧溜一聲，喝了一口茶，愜意地一歎。

「就比如說這個陣法吧，是好幾個陣法複合而成，有破幻境，聚陽氣驅邪的等普通的作用，不過聲勢也太大了，我簡直無法想像出來，一旦陣法開始運轉，會出現怎麼樣的場景！想想，我這個道士都覺得匪夷所思，根本不可能完成有這樣把普通作用無限放大的陣法，這也就罷了！這個陣法的核心之陣，竟然有著引路訣的作用，不不，是超級無敵吹破天版引路訣，是直接洞開一個陰陽之路的指引，只要陣法存在，指引就一直存在，這可能嗎？你要我日日熟悉它，夜夜熟悉它，你覺得就憑我有朝一日能布陣成功？就算我布陣成功，這個陣法的十八個陣眼，還有四個核心陣眼，且不說那核心陣眼，就說那十八個陣眼，我要尋什麼蘊含大法力，正陽氣的東西來壓陣？這個陣法是臆想的吧？」我一口氣兒說了那許多，振振有詞。

師傅的神情沒有什麼變化，只是閉著的眼睛半睜開來，望著我輕聲說了一句：「超級無敵吹破天版？」

我鄭重地點頭，師傅總算能夠理解我了。

可這時，師傅一下子從椅子上蹦了起來，抓起地上的鞋子就朝著我抽來：「看老子不把你打成超級無敵腫破天版豬頭三，你個狗日的，你師祖畢生心血完成的陣法圖，你敢給我說是超級無敵吹破天，你站著，你別跑！你這個不知道尊師重道的傢伙，你要把我這把老骨頭給氣死是不是？」

那日的院子裡，可以說是雞飛狗跳，我跑，師傅追著我打，師徒倆把院子裡的花花草草都弄得亂七八糟，葡萄架子也撞翻了一角。

最後的結果，我是頂著兩熊貓眼，還是老老實實接受了考校，又再一次熟悉了一遍這個幾乎已經記在靈魂裡的陣法。

往事如煙，那時的狼狽，打鬧何嘗又不是今日回憶起來的幸福，我眼睛有些澀，嘴角卻帶著笑，師傅的話猶在耳邊：「這個陣法，你師祖交代過，是山字脈最重要的傳承之一，不求弟子能夠完成它，但重要熟悉記得它，讓它傳承下去，說不定哪日也就用上了，這是傳承，是我們老李一脈的傳承，傳承的事情你就馬虎不得，知道嗎？」

「三哥哥，你發什麼愣啊？」如月不知道什麼時候，走到了我的身旁，輕聲問我。

我一下子回過頭，對如月笑笑，說道：「沒，我在找陣眼，馬上就會找到。」說話間，我扯下了手中的沉香串珠，我不知道用什麼來壓陣，但是弘忍大師看了這沉香串珠一眼，想必應該就是它了。

這沉香串珠我在手上戴了那麼些年，除了清神破妄的作用，我著實沒有發現，原來它有如此神奇的器靈蘊含其中，想起了郁翠子連續幾次都是被它驅趕而走，甚至有一次因為它而受傷，我忽然覺得師傅走得太匆忙，而我不瞭解的事情也太多了。

「不用找了，陣眼就在前面五步之處。」承真忽然走到我身邊，倚著承清哥，雙手抱胸對我說道。

「咦？妳也知道？」我好奇地看了承真一眼。

「不要忘記了，關於陣法的傳承，一直是山字脈和相字脈共同傳承的，只不過側重點不同而已。但這種屬於老李一脈的特殊傳承，相字脈又怎麼敢怠慢了？小時候，因為它，我師傅可是狠下心來抽了我，我怎麼會忘記？」承真的臉上也出現了一絲惆悵，思念的神色。

呵，老李一脈……原來師傅都是差不多的。

《江河湖海・湖之卷（中）》完

高寶書版集團
gobooks.com.tw

DN 175
我當道士那些年 III 卷二：江湖河海．湖之卷(中)
作　　者　仐三
編　　輯　蘇芳毓
排　　版　趙小芳
美術編輯　宇宙小鹿
出　　版　英屬維京群島商高寶國際有限公司台灣分公司
　　　　　Global Group Holdings, Ltd.
地　　址　台北市內湖區洲子街88號3樓
網　　址　gobooks.com.tw
電　　話　(02) 27992788
電　　郵　readers@gobooks.com.tw（讀者服務部）
　　　　　pr@gobooks.com.tw（公關諮詢部）
傳　　真　出版部　(02) 27990909　行銷部 (02) 27993088
郵政劃撥　19394552
戶　　名　英屬維京群島商高寶國際有限公司台灣分公司
發　　行　希代多媒體書版股份有限公司/Printed in Taiwan
初版日期　2014年4月

國家圖書館出版品預行編目(CIP)資料

我當道士那些年 III（卷二．江湖河海．湖之卷(中)）
／仐三著 -- 初版. -- 臺北市:高寶國際出版:
希代多媒體發行, 2014.4
面；　公分. -- (戲非戲175)

ISBN 978-986-185-999-6(卷二：平裝)

857.7　　103006178